中國古代四大美女傳

貂蟬

金斯頓◆著

貂蟬是一道迷離的色影，閃爍在三國的刀戈烽煙裡。

她是月宮仙子，皎潔、嬌艷、一塵不染。

貂蟬愛英雄，也引得英雄競折腰，董卓、呂布、曹操、劉備、關羽、袁術……

這些名利之徒的勾心鬥角一次又一次地讓她失望。

最後她選擇了真正的英雄——寶劍。

序

——《中國古代四大美女傳》

張同道

北方有佳人，絕世而獨立。
一顧傾人城，再顧傾人國。
寧不知傾城與傾國，
佳人難再得！

——漢・李延年

女人是人類的風景，美女是風景的花朵。一個沒有美女的民族是荒蕪的，擁有美女而不敬愛呵護則是野蠻。在歐洲，美女海倫點燃了雅典的一場世紀大戰，美女維納斯用斷臂爲無數年代與國度的愛美的人們圓了一輪美夢。在中國，春秋時代的詩人就熱烈地讚美女性：

手如柔荑，膚如凝脂，
頸如蝤蠐，齒如瓠犀，
螓首蛾眉，
巧笑倩兮，美目盼兮。

這是孔夫子堅持放逐，斥爲淫聲的衛風《碩人》。其實，孔夫子自己也終於去見南子，不管他如何對子路發誓，他出於公心，否則，「天厭之，天厭之！」此後讚美女性的詩賦裊裊娜娜，不絕如縷，陶淵明願意變作衣領、裙帶、眉黛、枕席、鞋子或蠟燭，以期親近美人，李太白也寫下了「名花傾城兩相次，長得君王帶笑看」的佳句。

更爲引人自豪的是，中國數千年美女中的四顆珍珠：西施、王昭君、貂蟬和楊玉環。人們用沉魚、落雁、閉月、羞花來形容她們的美，連動物、植物和天上的月亮也都在她們美的光輝裡不敢正視，以雲掩面，含羞不語。

西施——這位江南女子是水的精靈，罩著一個含露的霓夢。她像一道彩虹，升起在春秋的天空，洞穿了歷史漫長的幽暗，把整個時代裝扮得五彩繽紛，也把范蠡、勾踐、夫差、伍子胥、文種，這些燦若星斗的名字點綴得更加燦爛奪目。

王昭君鄙視賄賂、昏庸與諂媚，自願遠嫁匈奴，讓青春和美放出異彩。她就像美的光源，一踏上大漠，整個草原便爲她燃燒，大地山川鼓動著向她致意，連天上的大雁也不敢自傲，甘心落到地上，向她的美敬禮。

貂蟬是一道迷離的色影，閃爍在三國的刀戈峰煙裡。她是月宮仙子，皎潔，嬌艷，一塵不染。貂蟬愛英雄也引得英雄競折腰：董卓、呂布、袁術……這些名利之徒的勾心鬥角一次又一次地讓她失望，最後，她選擇了眞正的英雄——寶劍。

楊玉環是一朵含露盛開的牡丹，一道媚魂，高華瑰麗，儀態萬方。一代雄主唐玄宗爲她癡迷、燃燒、顫慄，重歸青春，像個初戀少年，她們迷醉在靈與肉的交融裡。大唐國的舞臺上，皇帝李隆基擊鼓、詩人李白塡詞、歌手李龜年奏樂，楊玉環獨自高舞《霓裳羽衣曲》。

中國古典四大美女爲千古的東方美艷增輝，日月星辰、山川湖海、英雄王侯、花鳥蟲魚，在周圍翩躚起舞。

美女不老，因爲美不會老去。

美女不死，因爲美不會消逝。

西施與范蠡一葉扁舟隱遁於太湖煙波之中；王昭君在月光下撫琴而去；貂蟬撲劍升仙，一道色影重歸月宮；楊玉環從梨花樹下一縷香魂飄洋過海。美人們永遠年輕、美麗、嬌媚，像天上的彩虹，像人間的月色。她們的美艷化作一縷芳煙，活在中國人世世代代的魂魄裡。

留在史書上的女人是烈女、貞婦、孝女、才女、女皇、皇后、公主、賢母等，或者被稱作禍水的女人，如褒姒、妹喜，然而，留在人們心裡的卻是美女，關於西施、王昭君、貂蟬和楊玉環的民間傳說宛若春節數不盡的花朵，愛美的人們用這些美麗的名字命名世界上一切美好的事物：西施魚、貴妃菊、貂蟬冠、昭君帽……

史官不願把篇幅留給她們，民間傳說又支離破碎，爲了復活這些東方美艷的精靈，再現她們的青春、愛情與風採，金斯頓以現代歷史小說的筆法創作了這套《中國古代四大美女傳》，力求還一個活人，還一個女人，還一個美人，讓這些絕代美人重返人間，因爲：

美人不死，美人永遠年輕！

本書作者金斯頓是一個富有藝術才情與想像力的年輕作家群，由傑出的思考者王志新召集。參與本書創作的還有郭寶亮、楊鵬、鄭勇、趙金慶等青年作家，這些積極參與美的創造者與美同在。

色影——貂蟬前言

這是一個千古傳頌的愛情神話。

早在她呱呱落地時，一個雲遊而來的女尼，就預言了她一生將遇見五個貴人，但其一生必將不幸。

她在木耳村長成了閉月羞花、沉魚落雁之貌。可是，木耳村的一場大火，卻將她逼上了塵土飛揚的黃土路，開始了跌宕的一生。

安定城的皇甫規家是她最早的棲身之地。風平浪靜的皇甫規家似乎預示著她的一生將如此風平浪靜。沒想到她侍奉的馬夫人傾國傾城的姿色，引來豺狼董卓的騷擾。馬夫人力拒董卓，卻招來滿門的殺身之禍。皇甫規全家三百顆人頭落地時，她在一片血光中再次踏上了茫茫遷徒之途。

東都洛陽的冷月照著她進入皇宮。她被任命執掌貂蟬冠，於是有了一個光照千古的名字——貂蟬。她到達皇宮不久，長樂宮中殺機四起，外戚與宦官司的權力之爭引發宮中一場流血事件。她被迫逃到御花園中，飲木蘭露維生，被司徒王允發現，收爲義女。

董卓將繁華的洛陽焚之一炬，把都城遷到長安後，更加爲所欲爲，淫人妻，食人肉，順我者昌，逆我者亡。上至百官，下至百姓，人人自危。王允巧使連環計，先把貂蟬許給呂布，又把貂蟬嫁給董卓。

英雄瀟灑的呂布闖進她的生活。她又覺得呂布才是所愛。在極度的矛盾與痛苦中，她極不情願地目睹了鳳儀亭董卓、呂布父子相爭，反目成仇的一幕。

呂布設計將董卓引出眉塢，殺死情敵，奪得貂蟬。從此橫方天畫戟，挈絕色美女，跨赤免馬，縱橫天下，風流了整個三國時代。

爲了奪得艷絕一代的美女貂蟬，三國豪傑曹操、袁術……紛紛加入這場美女之爭。

白門樓呂布死在群雄的亂刀之下。曹操爲了離間桃園三兄弟，割斷了自己對貂蟬的情絲，把貂蟬送給劉備。爲防止連環計重演，關羽把貂蟬送入靜慈庵削髮爲尼。貂蟬在男人的世界裡周旋得太辛苦、太疲憊。最後她終於伏劍身亡，一縷色影飄向朗朗星空，離開了那給她多少榮光又多少屈辱的世界。

目錄

第一章　東都月　冷眼京華春

你不知道你的故事
沾著我太多的淚滴

——阿明《說完了的故事》

紅塵初劫

一千七百年前。月光從幽暗的峽谷上方跌落下來。悠長的垣峽，便被分割成一明一暗的兩半。一支衣衫襤褸的羌胡軍隊，在他的主帥的統領下，穿行在月光裡，身上的盔甲閃閃爍爍，像一條在峽谷中穿行的河流。儘管這是一支千人的軍隊，但是在這荒無人煙的峽谷裡，除了極輕微的呼吸聲，沒有人語，沒有馬嘶，沒有器物的撞擊聲。他們自信沒有弄出一點可以引起峽上東漢守軍警覺的聲音，整個隊伍就像一條沒有聲音的長蛇，疾行在蜿蜒曲折的峽谷之間。

突然，一聲令人不寒而慄的大笑從每一個羌胡士兵的頭頂上呼嘯而過。那笑聲好似閃電一般耀眼，炸雷一般觸目驚心。所有的人都抬起了頭。

峽上，一個身披大氅，手按腰間佩劍的將軍，威風凜凜地站在峽上一塊突起的巨石上，用傲視千古的目光俯視峽中的每一位羌胡將士，如同一尊在月光下銀光閃爍的鐵像。只見他長氅一揮，發出一聲猛虎般的狂嘯。那狂嘯震顫著每一個羌胡將士的心，他們預感到那狂嘯將把他們每一個人的生命撕裂。

嘩嘩的流水聲從身後洶湧而來。羌胡士兵們驚恐地回首，洪水好似千軍萬馬，向他們追擊而來。洪水在月光下激蕩著、奔躍著、沸騰著、喧囂著，朝他們瀰漫過來……

「董卓決堰放水啦！」

一個老兵用嘶啞的聲音喊道。羌胡的軍隊便在洪水的威脅下，整個大亂起來。他們毫無秩序地朝著洪水到來的另一個方向狂奔。有的人摔倒了，成為千萬隻腳的鋪墊……

「造孽啊！」

峽谷的另一端，洪水也滾滾而來，雷鳴般的轟鳴聲在洪水到來之前將每一個人淹沒。許多人甚至借著月光，看見魚蝦龜鱉們興高采烈地在洪水之中騰躍。

瀕死的羌胡將士們紛紛放下武器，朝著他們崇拜的圖騰——圓月跪拜。披大氅的將軍董卓被那輪圓月所籠罩，身影堅定不移，按劍仰天大笑。

「饒命，饒命啊——」

絕望的聲音被洪水聲淹沒。董卓緩緩轉身離去。巨石之上，一輪明月高懸。洪水夾擊而來，羌胡將士感到月光和洪水同時把他們淹沒。

數天之後，垣峽之役化作一帖報捷奏書，由一匹快馬風馳電掣地送到了瀰漫脂粉氣息的長樂宮中。

董卓重返故鄉安定城，將一個屍橫遍野的疆場，遠遠地拋在身後。還是那麼圓的一輪月，在太師董卓的府上，卻找不到一絲血光刀兵的痕跡。依然春花爛漫，牡丹競艷處有蛺蝶和蜜蜂輕掠而過。樓臺水榭，有樂工手執箜篌練習新曲。夜幕四合，董府中的春宵美景多少挾帶著酸甜之氣。巡路的家丁們經過董太師的寢室時，總是繞路而行。

董卓頭戴林宗巾，走在輕靈的月光裡，織錦神仙服被春風吹拂著，鼓脹飄揚得宛若一面旗幟。

三太太何氏的房中，有燈光洩露出來。董卓帶兵在外的幾個月裡，她感受到一種難耐的寂寞。

她靜靜地佇立窗前，暈黃的光線將她美麗動人的倩影貼上窗格，牡丹將它陪襯成春夜一幅最佳剪影。

董卓推門而入的聲音震天動地，蘭麝之香蜂擁而出。他的出現使窗前的何氏驚喜地站起，在窗前消失，化作了一團溫柔，直撲向董卓的懷裡。

突然，董卓黝黑的臉龐四面環顧，虎狼一般的眼睛射出的目光飛快地繞屋一周。何氏的香閨之中，飄蕩著一股書卷氣息。這是在董卓離去之前所未有的。

案頭上，一張黑漆筆掛三五支筆凌空而立。

靠窗的案几上，七八個硯臺一溜兒排開。

書案左邊，幾本厚書在燈光裡閃閃發光。

鶴形香爐有煙裊裊而起。

……

董卓的目光定在一幅烏跡之書的條幅上。那條幅上的字不易辨認，卻有一股撩人的清逸之氣流蕩著。

此條幅絕非何氏手筆。

何人所爲？

何氏被輕輕放下。董卓背著手走向那個條幅，在烏跡之書前停下。

何氏苦惱地蹙起了眉。

「這幅字是你寫的？」

董卓回頭問道。

「賤妾哪有這麼大的能耐，塗鴉之作怎敢與牆上的佳作相提並論！」

何氏故作姿態的話中透出一股文人的酸氣讓董卓倒胃。董卓又問：

「不是你寫的，那會是誰寫的？」

何氏一下被問住了。董卓是個好色之徒，她要把烏跡之書的作者告訴董卓，董卓萬一起了淫心，強娶她爲妻怎麼辦？

何氏故意不吭聲。

董卓卻把眼睛逼過去。何氏閃爍其詞，莫非這幅字是她的情人相贈？他董卓一定要問個水落石出。

於是，他用低沉的聲音問道：

「到底是誰寫的？」

何氏不得不屈服：

「馬夫人。」

「馬夫人是誰？」

董卓追問。

「馬夫人是已故遼將軍皇甫規之妻。賤妾近日閒來無事，便拜她爲師，學習翰墨……」

「遼將軍皇甫規的老婆……」

何氏的話，將董卓一下子推向了悠遠的回憶。

當他還是皇甫規帳下一個無名小輩，隨同遼將軍南征北戰的時候，他曾無限迷戀過皇甫規年輕的妻子馬氏。有一次馬氏開了張小條，上寫「豬肉二十斤，麵三斤，羊肉十五斤」，讓他去採購。那張小條在他手上整整捏了半年，直到那條子被手心裡的汗水浸爛爲止。

多年以後，當他功成名就，手握大權的時候，他甚至可以自由進出皇宮，與公主隨意發生關係也無人敢聲張。但是，馬氏依然像迷霧般在他的夢中出現。

馬氏呵……

董卓長嘆一聲，那個在他少年時像高掛在高枝上的飽含甜汁的水蜜桃一般的馬氏，如今卻獨守空閨，荒蕪青春。

董卓說道：

「孤……孤想收攏馬氏，你認爲怎麼樣？」

「賤妾勸大人打消了這個念頭。」

出於一種嫉妒，也出於一種自衛，何氏勸道。

「爲什麼？」

「馬氏不是尋常女流之輩，她出自名門閨秀，熟讀詩書，視名節如生命，皇甫規雖死，她豈肯輕易再嫁？賤妾恐怕大人的厚愛難以回報……」

董卓聞言哈哈大笑：

「什麼貞潔，什麼從一而終，我董卓從來不信這一套。我董卓橫行天下，蓋世無雙，順我者昌，逆我者亡，區區馬氏算什麼？哈哈哈……」

一炷香煙裊裊而上。月光像暴雨般從窗外潑灑進來，滿地慘白的光。

絕色夫人馬氏面對丈夫皇甫規的靈位，心如死灰。

自從皇甫規多年前在千里外一命歸天之後，她就將心和丈夫的靈位埋在一起。年僅三十六歲的她，容貌姣好，風韻猶存。許多二八女子也只能望其項背。她的傾國傾城之貌每日引來多少公子王孫、達官貴人前來求婚，她卻像抽空了心的冰人一般，一律用刺骨的寒冷回絕。

皇甫規此時在千里之外的荒郊躺著，平靜得彷彿睡去，多年的風吹雨打，已使他的皮肉如泥土一般。他的白骨在月光下銀光閃爍，撲朔迷離。

馬氏的心此時也已隨同那堆白骨長相伴隨。她行走時，宛若一具美麗的行屍。

「紅昌，掌燈回房。」

馬氏的聲音飄飄渺渺宛若來自夢境。這使她的侍女任紅昌產生一種不眞實的虛幻之感。任紅昌移動金蓮，月光將她那尚未長成的輪廓十分精細地勾勒出來。她像河邊一株嫩柳般楚楚動人。

那盞孤燈由任紅昌之手的幫助，無比輕靈地飄起，又無比輕靈地向前移去，穿過了畫廊，向馬氏的寢室移去。

孤燈同時照耀著兩個人。這便使兩種截然相反的情景相互疊現。

孤燈引導著臉上漠無表情的馬氏，宛如一盞鬼火在引導一具僵屍，毫無目的地緩緩前移；孤燈照耀著年僅十二歲的任紅昌，就像明燈照耀一朵即將綻開的海曇，每向前邁一步，海曇似乎又多了一分綻開的希望。

任紅昌在多年以後注定要成爲一個驚世駭俗的美人，曠世美女貂蟬，但此時的她仍然顯不了山，露不了水。而她身後的夫人馬氏，卻冷艷得照人。

孤燈飄向了馬氏夫人的房中，侍女任紅昌又將馬氏房中的燈一一點亮。馬氏的房中，便像過鬼節時在河上飄浮的燈一般，幻影四處可見。任紅昌每點一盞燈，便覺得一種不同尋常的氣息飄浮而出。那是死亡氤氳的氣息，與眾不同。

然而夫人馬氏爲對此習以爲常。她的房中，何止只是死亡的氣息，還有鬼氣。任紅昌置身於這樣的房間裡，只覺得有股寒氣透徹骨髓，她有一種逃遁的渴望。

「紅昌，回去早點歇了吧。」

馬氏的這句話算是帶上了人氣，飄到侍女任紅昌的心裡。任紅昌只覺得自己的心被一股溫暖包圍。夫人待她恩重如山猶如親生母親，不管夫人待別人如何冰冷，她卻能從夫人那兒得到一分溫暖。

她無限哀憐地望了一眼夫人，十分溫柔地說：

「夫人，天已晚了，你也早些睡吧。」

然後，她像雲一般，從夫人房中飄出，又飄向隔壁更爲狹小的廂房。

月有陰晴圓缺。天邊那輪月，淒淒慘慘，彷彿是被誰咬了一口十分隨意地扔掉的餅。

任紅昌癡癡地望著那輪月，傾聽月光落地之聲。突然，叮叮噹噹的聲音從夫人房中穿透牆壁傳來。任紅昌的心像被誰提了一下，猛地收縮。

夫人又在撒銅錢了。

紅昌通過想像看到了牆那邊的夫人穿著一身薄如蟬翼的輕紗，無比優美無比輕巧地抓起一把黃光閃爍的銅錢，只是輕輕望空一拋，銅錢們便翻滾著、跳躍著、顛簸著、閃爍著在半空中呈現出五彩繽紛的煙花姿態，然後瀰漫開來，洋洋灑灑地墜地。於是，地板像湖水一樣在月光下波光粼粼，蕩漾起來。而夫人則如嫦娥仙子一般，飄然落地，美麗的腰身像狸貓一樣弓起，在月光裡，一邊癡情地呼喚著丈夫的名字，一邊像盲人一般在地上摸摸索索。銅錢在月光裡像眼睛一樣盯著她，她將眼睛一個一個拾起。

這是何等的淒清又何等的孤獨啊！

淚水從任紅昌眼裡滲出，月色在這兩滴淚中模糊成了渾沌的一片。

當紅昌睜開眼時，天已大亮。

董卓迎親的隊伍，浩浩蕩蕩開向了皇甫規高大冷清的府中。

當那鑼鼓之聲從遠處傳來時，梳洗已畢的馬氏對那聲音充滿了癡迷。

二十年前皇甫規從馬丞相府將她迎娶出來的鼓聲，也是這樣的喧天，這樣的熱鬧非凡。

往事若隱若現。

馬氏無比深情地傾聽鑼鼓之聲，對走向自己的幸福或者災難一無所知。她只是輕聲問任紅昌：「今天誰家又娶親了？」

尚不懂人事的皇甫飛將一紙紅帖遞到了媽媽手中。

馬氏一打開紅貼，頓時像挨了晴天裡的一聲霹靂，被震得六神無主。

她用手撫摸著不滿四歲的皇甫飛的小腦袋，故作鎮定，慈祥地對他說：「去，告訴看門的韓爺，告訴他們媽媽生病了，不能會見客人。」

皇甫飛睜大眼睛，看著母親，半天才說道：「媽媽，你也騙人？」

馬氏淒然一笑，拍了一下孩子的腦瓜：「快去，大人自有大人的事。」

皇甫飛似懂非懂地點點頭，很乖地向門外跑去。

任紅昌看見馬夫人的臉變得煞白，用胳膊強撐著身子，果眞像害了大病一般。

「夫人，你還是進屋休息吧！」任紅昌說。

馬夫人點點頭，搖搖晃晃站起來。

「啪、啪、啪……」

爆竹的聲音震天動地，一股硝煙向裡屋瀰漫過來，馬夫人嗆得直咳嗽。

「馬夫人，桃兒向您請安來了。」馬夫人聽見一個熟悉的聲音向她飄來。她抬起頭，只見一個黝黑肥胖的身體，鐵塔一般橫在了堂屋中央。

這人正是太師董卓。昔日董卓在皇甫規帳下跑腿時，大家都叫他的小名「桃兒」。

馬夫人明知來者不善，但董卓已是國家重臣，出於禮節，她只好一欠身，還禮說道：「太師久別無恙？」

馬夫人的聲音像一顆美麗的五彩小石子，投入董卓心湖。董卓沉迷在那絢麗多彩的聲音之中，難以自拔。

「皇甫規將軍爲國捐軀，桃兒早該來看望弔唁，只因公務纏身，終日帶兵在外。請夫人寬恕桃兒不敬之罪。」

馬夫人這一下倒弄得沒了主張。她甚至抱了一絲幻想，希望董卓此行眞的沒有其他企圖。於是臉上冰霜消融了一些，微微笑了一下，說：「賤夫因公殉職，哪敢勞太師大駕！」

董卓被馬氏那微綻的笑容弄得神魂顚倒。他以爲是自己左一個「桃兒」右一個「桃兒」的挑逗之辭起了作用，於是放肆起來：「桃兒這番前來，一是爲表達孤對皇甫規將軍深切的哀思，另一個目的，是想請夫人爲孤辦一件事。」

「什麼事？」

馬氏警覺起來。任紅昌站在旁邊，心裡爲馬夫人暗暗捏了一把汗。

「孤年近五十，雖有一妻四妾，但沒有哪一個合孤之意，且不說有姿色的沒一個，賢慧能持家的更無一人。孤已到黃昏之年，心中常懷憂慮……不知夫人能不能幫我這個忙？」

馬氏一聽此言，臉色大變：「我常年在家，交遊不廣，恐怕不能爲太師當介紹人，請太師見諒。」

董卓一聽，乾脆把面紗全扯了下來，不再拐彎抹角地說話：

「夫人此話差矣。孤念皇甫規將軍去後，無人照料你母子，特來收攏你，望夫人莫要因一時羞怯推辭。」

馬氏聞言又驚又氣。果然董卓這廝黃鼠狼給雞拜年，不安好心。於是她將臉拉下，冷冰冰地說：「我心已如枯井，太師莫要強人所難。」

董卓一雙牛眼色瞇瞇地打量著馬夫人，他張開雙臂，就要輕薄馬氏。

馬氏輕巧地將身閃開，任紅昌對眼前出現的一切手足無措。她聽見馬夫人用幽幽的聲音說道：「太師，請自重。」

董卓一臉壞笑：「夫人對皇甫規那老頭可不是這樣。」

馬氏情知難逃劫數，「撲通」一聲跪下，淚水奪眶而出：「請太師看在舊日與賤夫交遊的情分上，放我母子一條生路，我母子將終生感激不盡……」

馬氏掛著淚珠的臉龐在陽光下更加楚楚動人，宛若帶雨梨花。董卓看得如癡如醉，少年的夢想在馬氏的哭泣中蹣跚而來。

「孤正是看在了舊日與皇甫老頭交遊的情分上，來收攏你們母子的……」

董卓無恥的言語使馬氏徹底絕望，她索性站起，冷若冰霜地對董卓說：「太師若還要相逼，我就觸柱而死！」

馬氏寧為玉碎的抗爭使董卓勃然大怒。董卓紫漲著臉，拔出刀來：「好大膽的婆娘，孤令出必行，威震四海。你一個小小的賤人，敢不從我，莫非吃了豹子膽……」說著將刀逼向馬氏。

馬氏將頭高高揚起。

任紅昌屏住一口氣。

氣氛驟然緊張。細細的陽光在人們頭頂爆炸，火藥味瀰漫開來。

「不許欺負我媽媽！」

一團小小的紅色火焰從陽光裡滾過來，衝向持著寶刀要行凶的董卓，將董卓粗壯得跟柱子似的大腿緊緊地抱住。

任紅昌一看是馬夫人的兒子皇甫飛，一下驚呆了，半天才喊道：「飛兒，過來。」

董卓冷不防從斜刺裡殺出了一個小豆豆，先是愣了一下，小孩已將他的腿緊緊抱住，他十分厭煩地罵道：

「滾開！」

皇甫飛的突然出現也在馬氏的意料之外，她猛然意識到危險將波及整個皇甫家族，連皇甫飛這樣的小孩也無法倖免，不禁悲從衷來，喊道：

「飛兒，飛兒……」

皇甫飛死死地抱住董卓的大腿，任他怎麼踢、怎麼甩，皇甫飛就是不鬆一寸一毫。

「不許欺負我媽媽，不許欺負我媽媽……」

皇甫飛大聲喊著，馬氏心裡七上八下，皇甫飛的勇敢與豪氣果然和他父親一樣，只可惜的是自己對不起丈夫，保不住皇甫家族的骨血。她一邊想著，伸手要去抱皇甫飛。

董卓的手下對這半路出來的小孩也又氣又惱，提著鞭子，上前要去拿他。

任紅昌心如刀絞，走上前來。

「唉喲——」

一聲牛一般地呻吟，從眾人頭頂呼嘯而過，是董卓發出來的。天不怕地不怕的皇甫飛不顧死活地在他腿上啃了一口。

董卓惱羞成怒，伸出大手，拎著皇甫飛的衣襟，將他從腿上扯下來，又像扔一件不重要的物品一般，朝著牆壁就是一甩。

皇甫飛像玩具一般飛翔起來。

馬氏和任紅昌同時目睹了皇甫飛在陽光中飛翔的情景：他胖嘟嘟的身體在陽光下劃了一道火紅的弧線，堅定不移地向比他小腦袋堅硬得多的牆壁撞去。當他的小腦袋和牆壁接觸時，她們同時聽到一聲彷彿玻璃摔碎在地上的響聲，於是小皇甫飛停止了飛翔，雙手張開，臉朝下，飄然落地……

紅色的鮮血從牆壁上滑落下來，也從皇甫飛頭顱一側滲出。紅紅的血泛著太陽的光輝，蚯蚓一般，在地上蠕動著，蔓延著……陽光在皇甫飛小小的臉龐上駐足，慘白。

接下去是一聲撕心裂肺的號叫。不是從皇甫飛喉嚨裡發出的，是從馬氏的胸腔裡發出的。任紅昌清晰地看到，馬夫人披頭散髮地撲向她那彷彿正在熟睡的兒子。

多少年後，任紅昌仍然忘不了皇甫府上那慘烈的一幕：

馬夫人跪在慘死於董卓之手的皇甫飛身邊，手指著董卓罵不絕口：

「你這個羌中惡狼，還我兒子，還我兒子……，」董卓被罵得怒火中燒，暴跳如雷。他像野獸一般揪住馬氏的長髮，拖到中庭，把她的頭按在車轅上，從手下人手中奪過鞭子，對著馬氏劈頭蓋臉地一頓猛撻。馬氏寧死不屈，她的臉像紙一般，在董卓的皮鞭下，開始變得支離破碎，她的叫罵聲和皮鞭甩下的聲音一起，此起彼伏：

「你這個羌胡雜種，本是我丈夫門下的親隨，牛馬走卒，如今混出點人模狗樣，竟敢向你的君夫人非禮……你這個羌中惡狼，我恨不能吃你的肉，剝你的皮……你還我兒子，還我兒子……」

董卓被罵得性起，又叫手下牽來五匹烈馬，將馬氏的頭、兩手、雙腿分別縛於五匹馬的尾巴上，然後用鞭猛抽那五匹烈馬，那些馬兒在陽光下一聲長嘶，一聲生命撕裂的聲音像刀子一般，劃過人們的頭頂。馬夫人在這一瞬間裡四分五裂，頭顱、四肢、身體，鮮血淋漓，殘缺不全地掛在烈馬的尾巴上，朝著不同的方向奔跑。

任紅昌悲痛地低下了頭，那鮮血淋漓的景象使她掩住了雙目，止不住想嘔吐。

天空四分五裂，飄滿血紅的樹葉。

往事如煙

皇甫家族滿門抄斬，在安定城中消失了。

皇甫府上的傭人、婢女及財產，全部充公。任紅昌在刀槍的驅趕下，再一次踏上了黃土飛揚的他鄉之路。她將被送往洛陽的皇宮之中，開始她的宮中生涯。

她這是第二次上路了。筆直的黃土路，伸向遠方，她不知道，什麼樣的未來在等待著她。她不知道歲月將使她成爲光照千古的一代美女；她當然不會知道。

月光灑下來，黃土路在銀色的月光裡伸展，這樣的夜晚適於回憶。

她走進月光裡，便走進了自己的回憶裡。

還是這樣的四月天，在故鄉山西忻州木耳村的月河裡，青蛙們在星光下歌唱，強烈的月光把河水映得像剛榨出的豆油一般溫暖，一群群蝌蚪孵化出來，在緩緩流淌的河水裡像一團團漫漶的墨汁一樣移動著。河灘上的狗蛋子草發瘋一樣生長，紅得發紫的野茄子花在水草的夾縫裡憤怒地開放。

她是出生在母親的一個夢裡的。那個夢至今在她的故鄉到處流傳。

那個夜晚母親靜靜地躺在做木匠的父親身邊，她的母親對於她的到來事先一無所知。夜半之時她在夢中聽得瑤琴一般的美妙聲音自天際拂拂而來，香氣撲鼻，使她飄飄欲仙。霧氣氤氳之中，一輪雪白的圓月滾過，她誠惶誠恐地看見月門開了，一位身穿白色羅裙的仙女飄然而出。當那仙女的裙帶拂掠過她的臉頰時，她看見一朵亭亭的靈芝如蒲公英一般旋落，她伸手欲接，腹中突然感到一陣鑽心的劇痛……

於是紅昌降生了。父親寬闊粗大的手掌像樹葉一般托著她，溫暖著她。她瑪瑙樣的眼睛在這黑暗的屋子裡顧盼流離。當月光從窗外揮灑進來時，她「哇」地一聲痛哭起來。她的哭聲清脆悅耳，把木耳村的人都震驚了。人們如洪水一般從四面八方湧向了她的貧寒之家。幾位老者目睹了她那尚未成長的美女之容時，恍然大悟了一聲：「哦！」

據說，在此三年之前，桃杏花不知因爲何故，都不開了。村裡的人以爲天將降大禍，惶惶不安。如今老者們終於從小小美人的臉上尋找到了答案：桃杏不開花都是因爲她。因爲她，木耳村的桃花、杏花將慚愧自己容顏的醜陋，永不開放。這個預言在其後的一千七百年，如今你到木耳村走走，你仍然找不到一朵開放的桃花、杏花。

人們陶醉在她的出生之中。不知何時，天空燃起了一片大火，一隻鮮紅的圓球從那火中騰躍而出，外圈罩著橙紅的亮邊，漸漸變得耀目灼眼。它照在月河之上，爛漫的霞光恍若張開的翅膀一般，籠罩在潺潺東流的月河上，映出一片玫瑰紫的亮色，突然，霞光化作了光柱，世界整個地亮了……

靜空女尼就是在這個時候踏著晨光自村西大道而來。她飄然而來，腳步輕盈，行走在乾裂的黃土路上，宛若行走在流動的河上。

她兩手空空走向任家。那時任家小屋已被人堵得水洩不通，孤獨的哭聲驚天動地，刺破天穹。女尼邊走邊喃喃自語：

「……不是冤家不碰頭；人爲財死，鳥爲食亡；少年休笑白頭翁，花開能有幾日紅；得讓人處且讓人；讓人不算癡，過後得便宜……」

靜空女尼無頭無尾的話，頓時引起了村民的注意。他們暫時把興趣轉到女尼身上。任木匠看到靜空女尼的到來，心知必非俗人，滿面笑容地抱著痛哭不止的女兒走到女尼面前。

彼此行過禮後，女尼在嬰兒的耳邊輕語幾聲。嬰兒便停止了哭泣，黑玉一般的眼睛直直地盯著女尼。

「師父遠道而來，必有高才。請爲小女算一卦，看她一生如何？」

任木匠一看這個年青女尼果然不凡，便乘機向女尼請求道。

女尼頷首道：「這個女子一生將遇五個貴人，享受榮華富貴。然而她今生必風雨飄搖，承受人間最大的痛苦與不幸……」

任木匠聽了女尼的前句話，只覺得心上一顆石子落了地；聽她的後半句話，又覺自己被拋向無助的空中，忙請教道：「此話怎講？」

女尼搖搖頭，她的話使木匠又陷入無助與失望的境地：

「天機不可洩露。若要使此女一生逢凶化吉，無風無浪，可現在就度與我，讓她皈依空門，我保她一生平安。」

女尼的話使任木匠心裡不大歡喜，正色道：「我自己的骨肉，怎捨得託與你？」

女尼聞言長嘆一聲：「世人的迷津實在太深。看來我也無力救其於紅塵之外，任她去吧。願此紅顏女子一生順昌，我送她一個名字，就叫紅昌吧。」

女尼說著長袖一揮，眾人不及眨眼，女尼便如影子一般消失了。

任紅昌是沐著月光生長起來的。

她喜愛月光，這彷彿是一種天性。每當夜幕降臨，她總要走到懸崖邊，去眺望那一輪從山下徐徐飄浮而起的月。她的目光美麗而憂傷。有時砍柴人從她身邊經過，會看見她臉上掛著的淚珠像寒星一般閃爍。

月光和晚露日復一日地滋潤著她。她也日復一日地變得窈窕動人。

十四年的光陰在淡淡的月光裡悄然滑過。山崖上的她，像珍珠般閃耀出驚人的光輝。又是一個月圓之夜。無邊的稻田，月光在顆粒飽滿的稻子上鋪展，清涼的晚風吹過，稻子一起一伏，宛若波濤一般。面對稻田，猶如面朝大海。

靜空女尼在這個月光盈滿的夜晚，再次光臨了木耳村。

那時，斑鳩咕咕的叫聲在遠處的林子裡連成一片。突然，任紅昌聽見一種清脆的聲音在耳邊作響。她驚訝地抬起頭，看見一個眉清目秀、身材窈窕的女尼站在月光裡，她的周圍，繞著一圈薄薄的藍霧，一股異香撲鼻而來。任紅昌兒時的記憶全無，她驚訝地問道：

「你是誰？」

靜空女尼微微一笑：「貧尼隨風而來，隨風而去，你知道我是誰有何用？」

任紅昌疑惑不解：「你是找我嗎？」

靜空女尼頷首道：「任紅昌，快跟我走吧，快隨同我一起，逃離這人世無邊的苦海。」

女尼說著伸手去拉任紅昌。

任紅昌恐懼地望著她，驚恐地說：「不，我不能跟你走，我要同我的爹娘在一起。」

女尼將手縮回，搖搖頭，望天嘆了口氣。她的身影在搖曳的月光裡漸漸變得虛幻。女尼的聲音在任紅昌的心中，也激蕩起空洞的迴響：

「你將遇到一個紅臉漢子，他是你一生的幸福所在。跟著他，否則你今生必陷於苦海難以自拔……」

女尼像一縷青煙一般消失了。

明月如雪白的銀盤一般高懸於頭頂。低矮的房屋稀疏地匍匐在夜色裡，遠處的林子在蟲兒的叫聲裡，連成了一片……

紅臉漢子出現了。

他身材魁梧得像秋天原野上的一棵松樹。臉是奇異的棗紅色。臥蠶眉下的丹鳳眼中，兩個眸子射出機警而敏銳的光芒。只有很少的一點髫子在他嘴唇上。他衣衫襤褸，在對他來說完全陌生的村莊裡奔跑。

他殺了一個人，在他的故鄉。那個被他殺死的人在光天化日之下強搶民女。他路見不平，拔刀相助，把那人殺了。

現在，他受到了官府的通緝，四處奔逃。他在那對他完全陌生的村莊裡奔跑。

他在危難之中，完成了他與任紅昌的那次相遇。

那天，任紅昌挑著一擔水向家裡走去。一輪朝陽冉冉升起，鳥兒在天空中自由地飛翔。牠們成群地從遠方出現，像滿天白色的星辰灑過來，整整齊齊地繞著藍天拐了個彎，又鑽進陽光裡，消失得無影無蹤，一隻都找不著。

任紅昌的歌聲像鳥兒一般，在天空中飛翔，響徹了四方：

山青青，水綠綠
青山綠水好風景
百鳥飛翔過藍天
撒下銀鈴當歌聲……
我是雲中一隻鳥
不知該落哪個坡……

突然，紛亂的腳步聲由遠而近地傳來。筆直的黃土路在陽光的照射下，閃爍著金黃的光，好像鋪向天邊的地毯。

一個白色的身影由遠及近奔跑而來。

首先闖入她視野的是他那張紅色的臉龐，它像火苗似的在陽光下一閃一閃。任紅昌的腦中，便刹那間浮現出了那個神秘之夜靜空女尼的預言。這個預言與其說讓她欣喜，不如說讓她恐懼。

她難道眞的前生注定要屬於一個紅色臉龐的男人嗎？

那個朝她奔跑而來的男人難道正是命運爲她安排好的男人嗎？

難道未來正朝她奔跑而來嗎？

她的精神一陣恍惚，腳步聲拍打而來，彷彿敲打在她的心裡。

等她明白過來時，那個男人已經出現在她眼前了，大顆大顆的汗珠從他紅色的臉龐淌下，被陽光照射，發出血滴一般紅色的光。他的臉龐英俊威武，一雙臥蠶眉下的丹鳳眼炯炯有神。他用灼人的目光望著任紅昌。任紅昌的心怦怦直跳。

他雄渾的聲音向她飄來：

「妹子，哪個地方可以躲一躲……有人在追我……」

她望了一眼紅臉漢子。他一臉正氣，不像個壞人。這給了她足夠的信任感。於是，她對他說：「跟我來。」

她將那擔子放下，帶著他跑進她的家中。她的父母正好都不在家。她家裡，被一些即將打好和已經打好的家具塡滿。在家具與家具狹窄的巷道穿行，猶如迷宮。

她指了指一個大概能容得下一個人的櫃子，說道：「進去吧，我去應付他們。」

紅臉漢子貓著腰鑽進櫃子裡。櫃子的門被他「砰」地一下關上。

任紅昌鎮定地走出家門，又將門關好。她擱在門外的那擔水倒映著夕陽，十分恬靜地等待著她。

眾多的、雜亂的腳步聲傳來，讓人心煩意亂。

五六個身著官服，手持大刀的官兵在黃土路上出現了。他們喘著氣，朝著挑水的任紅昌奔跑過來。

「喂，小妞，看見一個人跑過去沒有？」一個胖子氣喘吁吁地朝她喊道。

任紅昌茫然地搖搖頭。

一個瘦子走向她：「那人是個死刑犯，你要看見了他就告訴我們。」

「我誰也沒看見。」

任紅昌斷然說道，然後理也不理，繼續擔著水，向自己家裡那間在陽光下閃爍著金黃色光的小木屋走去。

胖子和瘦子對視了一下，用懷疑的目光望瞭望那在黃土路邊孤零零地站著的小木屋，胖子先說道：「搜！」

瘦子也將手一揮。

其他四人便在胖子和瘦子的率領下，擁向小木屋。

「你們要幹什麼？」

任紅昌大聲問道。

胖子凶惡地說：「我們搜查一下，怎麼，不讓嗎？」

任紅昌將水放下，搶到門邊，說：「裡面一個人都沒有，我爸爸、媽媽都不在家。」

然而那些人卻不理會她。瘦子推開任紅昌，用肩膀斜著去撞門，「嘎吱」一聲，門便豁然開了。

光芒蜂擁而入，一屋子的家具十分冷漠地望著這些闖入者。

「搜！」一聲令下，六個官兵便一一動手將家具敞開。

任紅昌的心怦怦直跳。紅臉漢子就藏在那個最大的櫃子裡。而瘦子已經提著刀走向了那個櫃子。

任紅昌衝過去，用瘦小的身子擋住了櫃子的門。

瘦子狡黠地一笑。他幾乎可以肯定，他們要追捕的人就藏在這個櫃子中。

他奸笑著對任紅昌說：「別怕，我不搜這個櫃子。」

然後他又將手一拍，招呼道「喂，都過來。」其他五人雲集而來。

瘦子慢悠悠地說：「來，大家把刀插進裡面去。」

任紅昌大聲說：「不許你們這樣做，這會把家具損壞的。」

瘦子這一下發狠了，將小小的任紅昌一把推開。

任紅昌跌在地上，驚恐地望著那些人將刀緩緩地從鞘中抽出，又全體向後倒退一步，使盡全力，將刀深深地捅進櫃子裡不太厚的木板之中。

她想像裡面會有慘叫聲傳出，然後有血像蚯蚓一般從櫃子下邊滲出。

然而，過了一會兒，櫃子中依然一點動靜都沒有。

瘦子氣急敗壞地打開櫃子門，裡邊空空如也。

連任紅昌都感到吃驚：紅臉漢子哪兒去了？

那幾個人在任紅昌家中翻箱倒櫃了一陣子，一無所獲，便罵罵咧咧地魚貫走出屋子，踏上了筆直的黃土路，逐漸被陽光呑沒。

任紅昌長長地舒了一口氣。

這時，門自己動了起來，一個人影從門後閃出。正是紅臉漢子。

原來官兵進屋前，他就躲在了門後邊，官兵推門而入時，那門正好將他擋住。

「謝謝你，妹子。」紅臉漢子感激地說。

任紅昌朝紅臉漢子溫柔地笑了笑，將水挑進屋裡，從廚房拿來一把木勺，舀了一勺水，遞給紅臉漢子。

紅臉漢子一抹汗，接過遞來的水，咕嚕咕嚕喝下。那聲音滋潤著任紅昌少女的心，她的心怦怦直跳：這就是我的未來嗎？跟著他走，我的未來眞的能幸福嗎？

她癡想著，紅臉漢子已將木勺遞還了她。他朝外張望了一下，說道：「多謝救命之恩，後會有期。」

紅臉漢子說著，一腳邁出小木屋，踏上了筆直的黃土路。

任紅昌倚在門邊，望著紅臉漢子的遠去。靜空女尼在神秘之夜向她宣布的預言在耳邊迴盪：「跟著他，那是你一生的幸福。」

難道她就這樣看著幸福離她而去嗎？不，不！

她不由自主地走出家門，大步追向那個漸漸遠去的白色身影。

太陽越升越高。

她緊緊地跟隨著他。然而，奇怪的是她的腳步無論如何加快，總是趕不上他。

太陽的熱力越來越強，任紅昌汗流浹背了。

她想朝他喊一聲：「哥，等等我。」

可是，她已精疲力竭。她已經無力去喊他了。就是喊了，他也不會聽見。

太陽漸漸偏西。任紅昌的腿火辣辣地疼。

終於，那個白色的身影，越來越小，在無盡的黃土路與天的交接處，消失了。

半個月亮爬上來。

任紅昌扶著村口的一棵桂樹，淚流滿面，幸福和機遇，她失之交臂。她心愛的人，就這樣離她遠去，在漸來漸暗的夜色之中，消失了。

二月的木耳村，被浸泡在明媚的春光之中。繞村而行的月河，泛著醉人的綠色，河邊的柳枝翠綠得像煙像霧，在春風的吹拂之下，朝著平靜的湖面一點一點。

爆竹之聲在木耳村的上空震響，木耳村的社祠裡，燈火旺盛，輕煙裊裊。成群的燕子，在簷下飛來飛去；叢叢黃蠟蠟的報春花，在牆角迎風怒放著；棲息在社祠屋頂上的群鴉和在社樹上營巢的喜鵲們，又被這一年一度的熱鬧聚會激起少有的興奮，在瓦脊上，在枝權間起勁地叫著，跳來跳去，彷彿在催促著人們早一點結束社祭，好讓牠們分享供桌上的酒肉米麵。

一如往年，祭篷仍在高大的社樹上聳起。祭桌上四方八村送來的豐盛祭品，在陽光下閃爍著白白的、誘人的光。

偌大的社院裡，早已擠滿了早早趕來的木耳村的男女老幼。他們來到這裡，祈求土地老爺給他們以庇護，保佑他們人丁旺盛，五穀豐登，保佑他們平安地度過艱難的時光。這會兒，他們在主祭的指揮下，恭恭敬敬地禮神獻牲。

透過香火的裊裊迷霧，任紅昌看見土地神慈祥地朝她微笑著，它渾身被人貼得金光閃閃。任紅昌心想：這些泥塑的人眞能保佑我們每一個人嗎？我們每一個人的命運，眞是被冥冥之中的神掌握著嗎？我們難道眞的無法自己去創造命運嗎？

母親燃香時嘴裡飄出的喃喃祈禱聲使任紅昌臉紅耳赤：

「保佑紅昌來年找個好婆家；保佑紅昌來年找個好婆家；保佑……」

她很不好意思地望了一眼父親，父親的雙眼緊閉。他是個木匠，他此時嘴裡念叨著魯班爺保佑他來年財運亨通。

任紅昌眼前又浮現了那個紅臉漢子，她的一生，眞的只有跟著他，才能幸福嗎？

她想到這，心怦怦直跳。紅臉漢子去年秋天離去之後，便再也沒有出現了。她常常倚在村口，期待著他的到來。然而，這樣的期待似乎渺渺無期，紅臉漢子再也沒有出現。

難道今生再也不會相遇了嗎？

那她今生會屬於誰呢？

她想著想著，便也從香爐中抽出了幾炷香，對著冥冥中操縱她命運的神靈祈禱起來。災難在向她逼近，在向整個木耳村逼近。而她，她的父母，木耳村的全村村民，對此卻一無所知。

祭禮終於結束了。人們開始分享祭品。枝頭上的烏鴉和喜鵲們更加喧鬧。

任紅昌望著人們舉杯慶賀，大碗喝酒，大塊吃肉，心中掠過一絲不祥的預感。這個熱鬧的場面，在任紅昌眼中，它像解凍的冰河一般崩潰開來，她不自覺地向她的父母靠近。

事實證明了任紅昌準確的預感。一個令人毛骨悚然的聲音從人們頭頂呼嘯而過：「大兵來啦！」這一聲呼喊，使整個平靜的畫面波動起來。人們慌亂地離席而去。擺滿酒肉的圓桌被掀倒了，碗筷乒乒乓乓地敲打在地上，碎裂了，大魚大肉被無數隻腳踐踏，酒和湯汁放縱地四處流溢，酒香、肉香很不相符地與人們慌亂的叫聲混雜在一起。

人們潮水一般湧出了社祠。父親的大手一手拉著任紅昌，一手拉著她的母親。人潮推搡著他們，彷彿置身颱風之中，東倒西歪。

他們隨著人潮被捲出了祠堂，在黃土路上奔跑起來。黃土路頓時瀰漫起滿天灰塵。馬蹄之聲從後邊由遠而近地傳來，喊殺聲鋪天蓋地。任紅昌驚慌失措地朝後張望，只見揮舞著大刀的士兵們騎著高頭大馬朝著他們緊隨而來。

這些大兵的臉上都浮現著動物般的獰笑。寒光閃閃的大刀在他們的手上揮舞。跑在後邊的人被趕上，有的被馬撞倒了，摔倒在地，後邊的馬蹄沉重地從他們的頭上、後胸、手上、腿上踏過，被馬蹄踩過的地方，頓時出現紅色的窟窿，殷紅的鮮血汩汩冒出；有的被官兵用刀從後背扎了過去，刀尖從前胸露出，刀尖被染紅了，滴著血；有的頭顱被官兵從上往下劈，頭顱像柴禾一般碎成了兩半，鮮血淋漓；有的天靈蓋被削飛了，像一個去了蓋的罈子一般，沉重倒地，灰塵從他身子下邊煙一般漫了起來……

官兵們大喊著：「奉旨殺賊嘍！」

「衝啊！殺啊！」

而被衝擊的百姓們哭爹喊娘，呼妻喚子。他們在無比混亂地四處奔逃。騎馬的大兵們開始像洪水般往村子的各個角落滲透，開始了燒殺搶掠。

指揮這場血腥屠殺的將軍，此時縱馬高坡之上，他身上銀色的盔甲，在陽光下閃爍發光。紅色的披風被風吹起，鼓脹起來，猶如旗幟。他一手按劍，一手撫摸著像鋼針一樣抬起的鬍子，飽綻橫肉的大臉上，浮現出愜意至極的笑容。

指揮這場屠殺的人正是董卓。他望著那些像虎狼般衝殺的士兵，像綿羊般無助奔逃的村民，心中得意洋洋。這一村的村民相當於一個兵團。他命令他的士兵們把他們的人頭割下來，帶回京都洛陽，呈報皇上，便又可以記下一個大功：大破黃巾軍一個兵團，官升一級，俸加三千。

他神采飛揚地欣賞著高坡下的混亂，心中充斥著一種英雄的感覺。

任紅昌被父親有力的大手緊緊地拉著，東倒西歪，精疲力竭。突然，她的手像魚兒一般，從父親滿是汗水的手上滑脫，被人潮捲向了另一邊。

「爸——爸——，媽——媽——」

她大聲地喊著，她嬌弱的聲音很快被人群的喧嘩和大兵的吆喝聲淹沒。

一個讓任紅昌銘記終生的畫面映入她的腦海：一個騎馬揮刀的士兵闖入人潮之中。他的父親拉著母親匆忙閃開。馬向他們衝撞而來。士兵在馬與任木匠擦肩而過時，掄起大刀，砍向任木匠的頭顱。任木匠的頭顱像一個土塊般飛了起來，那個頭顱在天空中飛翔時，怒目圓睜，大喊了一聲：「我操你們八輩祖宗。」

然後它劃了一道血紅的弧線，落入人海之中，被人海吞沒。

任紅昌的母親悲痛欲絕，那個沒有頭的身子依然緊緊地攥著她的手。她無處奔逃，大兵又挺起刀，從她的後心扎過去。刀從她的前胸露出，被鮮血染紅，血一滴一滴地滴落下來……

任紅昌只覺得兩眼發花，心如刀絞。喧鬧之聲離她漸來漸遠，她毫無意識地跟隨著人們奔跑。她不知自己正在奔向何方，也不知自己將會被人潮帶向何方。

像禽獸般的士兵們開始闖入村民的家中，開始搶劫。他們在洗劫一空之後，便點起火燒房子。明媚的陽光在天空中揮灑，太陽一點一點地移向正中，它對陽光下的屠殺和鮮血視而不見。火從一間間房子上升騰而起，像從天邊掉落的朝霞。在滾滾狼煙之中，火又像液體般朝各個方向流溢、潑灑、瀰漫……小小的木耳村，頓時出現幾條呼嘯的火龍。

地上的屍體越來越多，橫七豎八。鮮血像被人們潑出的髒水，東一大片西一大片。血腥的氣息隨風飄蕩。這場屠殺一直持續到黃昏。天邊一片血色，陰風慘慘。

任紅昌躲在一堵破損的牆後邊，不時有人騎馬從牆根馳過。她瑟瑟發抖，像一隻受了驚的小鹿，幸好沒有人發現她。

她就這樣蹲著，蹲得手腳發酸。天色漸來漸暗，喊殺聲越來越微弱。官兵們在殺戮、搶劫之後，開始朝村口匯集而去，大勝而歸。

突然，一聲無助的呼救聲、廝打聲、掙扎聲從牆那一端傳過來。她將身子稍稍站起，把眼睛露出了矮牆。她看見一個大兵正將一個十七八歲的女子按倒在地，女子奮力反抗著，她用手推大兵，用腳死命地蹬，但她仍然被大兵壓在身子底下。大兵嘴裡發出嘿嘿的獰笑聲，那個可憐的弱女子眼看在劫難逃。

任紅昌驚恐地看著這一幕，她不知從哪兒來的勇氣，抓起矮牆上兩塊鬆動的磚頭，彎著腰，蹩出矮牆，無聲無息地靠近大兵。大兵正在專心致志地解開女子的衣帶，對即將到來的滅亡一無所知。

任紅昌將兩個磚塊綁在一起，高舉過頭頂，向大兵的頭砸了下去。

磚頭落在大兵的頭上。大兵身子一挺，便像一段木頭般，從那女子身上滾落。

那女子掙扎起來。大兵被砸暈了，在她腳下一動不動，她抽出大兵腰間的佩劍，一使勁，將他扎了一個透心涼。大兵在不知不覺中走上了黃泉路。

那女子望著腳下死去的大兵，還不解氣，又往他身上扎了幾刀。她的臉色蒼白，汗水順著她姣好的臉緩緩而下。她只覺得頭發暈，要往後倒，任紅昌連忙將她扶住。

「大姐，躲起來。」任紅昌將那女子拉到了矮牆後面。

官兵的腳步聲開始整齊地從遠處傳來。任紅昌和那女子屏住氣不敢呼吸。月亮已經爬上來，星光揮灑。借著朦朧的月光，她們看見一面寫著：「殺賊返朝」四個大字的白旗掠過斷牆殘垣向這邊移過來。接著，排列整齊、驕橫不可一世的大隊人馬出現了。他們的馬頭上、車轅上，都掛著從死去的村民身上割下的人頭，許多人頭依然圓睜怒目。

再後邊，是哭哭啼啼的年輕女子們，許多人任紅昌都認識，她們在官兵刀槍的威逼之下，踏上了他鄉之路。

任紅昌只覺得兩眼發潮，淚水滾滾而出。她的爸爸、媽媽被他們殺了，房子被他們燒了。她將孤獨無助地在這個戰火連天的人世間過完一輩子，她可怎麼辦呢？

她想放聲大哭，她身邊的女子卻將她的嘴緊緊地捂住。

「別出聲。」她對任紅昌說。

董卓大軍終於離開了陰風慘慘的木耳村。整個村莊陷入了一片沉寂。遠處的水車一無用處地在月光下閃爍著銀光。水桶在井中拍打著井水：「咕嘟，咕嘟，咕嘟……」

任紅昌在年輕女子的帶領下，來到安定城，投奔年輕女子的親戚馬氏夫人。從此任紅昌便成了馬夫人的使女，馬夫人待她恩重如山。她原指望從此能平平安安地過日子，沒想到這樣的日子，又被董卓打破。她不得不又像來時一般，踏上了這黃土飛揚的黃土路。

董卓，又是董卓！

她與董卓有不共戴天之仇！

當她再次踏上茫茫的黃土路時，她對著蒼天暗自發誓：

一定要除掉董卓這個奸賊，爲馬夫人報仇。

第二章 御花園 木蘭墜露

在我內部　有另一個微弱的我
在呼喊　在召喚
召喚他自己

——海子・《太陽》

色影

喋血宮廷

一輪血紅的夕陽，沉入東漢末年的洛水之中。

風在東都洛陽的上空低低地吼叫。夜幕四合。宏偉高聳的長樂宮也沉入一片瀰漫而來的陰影之中，成爲影影綽綽的模糊黑影。

千里之外的荒郊野嶺，官軍仍然在和頭裹黃巾的農民進行血腥戮殺。鮮血鹹腥的氣味隨風飄蕩。連京城裡的庶民，也隱隱聞到了血的味道。

至尊無上的漢靈帝宮中，昔日瀰漫的淫蕩氣息、女人的脂粉氣味，如今也飄浮在淡淡的血光之中。

隨著燭光水草一般的晃動，三十四歲的天子劉宏凝眉緊鎖的臉龐，在暗影裡飄浮而出。桌上一卷一卷告急的帛書，在光影裡也泛著淡淡的黃光。翻開其中任何一卷，必有沖天的狼煙冒出，必然涉及某一個陰謀某一起戰事。

「煩，眞煩！」

劉宏手一推，桌子前傾，卷宗、帛書紛紛落於地，放縱地舒展開來，一股火藥味便在那字裡行間瀰漫開來。而那金豆一般的燭光，也同淌著油的龍燭一起，飄然落地，遇著了錦書、帛書，便燃燒起來，頃刻形成燎原之勢。

周圍的女侍們頓時慌了，用掃帚、扇子、袖子……手忙腳亂地撲打起來。火苗在她們的驅趕下，知趣地盾逃於黑暗之中。

「出去，通通給我出去！」

劉宏雷霆一般的吼聲剎那間將那些服服貼貼的女侍們驅逐得乾乾淨淨。地上一片狼藉。燭光晃動，寢宮顯得出乎異常的大，出乎異常的靜。

王美人如河邊細柳一般立於床側。這個向來作爲君王玩物的女人，不知平日溫和懦弱的靈帝爲何龍顏震怒，爲何生氣得像個男人？她只是靜靜地立於一側，影子在燭光中浮動，膽戰心驚的她顯得極不眞實。

劉宏的龍眼在靜夜裡放著野獸般的光。此時他由一國天子蛻變成荒原裡的一頭怒獸，四處尋找著可供發洩的獵物。凡經過他目光掃視的物品，都在瑟瑟發抖地瀕臨毀滅厄運。

於是有巨響劃過夜空，乒乒乓乓，大珠小珠落玉盤。

於是有花瓶、古玩、佛像、飾物……傾倒，與大地相撞，裂成碎片。

當劉宏如寒冰般的目光掠過王美人瓷一般的臉時，她的心不禁爲之一顫，腦中幻化的是和那些古玩一樣的碎裂。

果然，那頭野獸挾裹著風雲而來，像拔一棵樹般地將王美人從地上拔起扔到龍榻之上，又像惡狼般撕扯她的衣服，全失了往日君王的儒雅風度。

「他在哭？皇上在哭？」

王美人心頭一驚，剛才那頭狂猛的野獸，此時變成了一個溫順的大男孩，在她的懷裡抽泣！王美人不禁產生一種母愛的憐惜情懷，脫去了大男孩身上的衣服。

在美人酥手的撫摸下，漢靈帝劉宏墜入了溫柔飄渺的夢中，他在夢的絢麗耀眼的通道裡往回走，走回那個春光明媚的午後。

那時陪伴於他身邊的是誰？是宦官蹇碩？是國舅何進？還是立志圖新的討虜校尉蓋勛？記不起來了，一點都記不起來了，但是那天某人喋喋不休地談治國、談軍情、談削奪宦官特權、談君臣倫理綱常的聲音至今縈繞於耳邊。這令他不勝心煩。乾脆，把這一切如蒼蠅般的嗡嗡聲從夢境中抹去吧！

他於是步入一個既同於那個暮春午後又不同於那個暮春午後的純美夢境之中。

那一天的陽光又如網般撒過來，罩住了他。他悠閒地漫步御花園中。但見御花園中的山水樹花，應有盡有，在燦爛的陽光下爭奇鬥豔。那石山石屏，也是巧奪天工，雖是人工堆就，倒也十分逼眞。中間的池塘不見水，被荷葉滿滿遮蓋，一座九曲石橋就貼在荷葉之上。天子步過石橋，頓時心曠神怡，海闊天空起來。遠處的翠竹葱葱蘢蘢，在風中搖曳。翠竹之後，花卉無數，有盛開的桃花、杏花、梨花，有未曾盛開的海棠、菊花、蘭花。桃杏猶繁，爭執不下，而那一片牡丹，雖安然觀望，一聲不吭，卻更顯高貴。

不知不覺間，天子漸入花叢，腳下的路驀然斷去，花團錦簇的牡丹花叢使他眼花繚亂，蜜蜂蝴蝶翻飛之聲使他眩暈。

天子只覺得一種天塌般的打擊擊中他的腦際，接下來便是天旋地轉……

風從窗外鑽進，一朵燭火在風中熄滅。

王美人從自己瞇虛著的眼縫裡，發現皇帝的龍眼珠子已整個地翻了上去。王美人伸出手，在皇帝的面前晃了幾下，突然嚇得發出一聲尖叫。

然而，另一個絕望的叫聲便從那開始變得冰涼的龍體上發出，聲音淒慘不已，如利劍般直刺聽者的胸膛。這一聲喊叫拖得很長，似乎集一人畢生的聲音一口吐出，在寢宮裡呼嘯而出。王美人彷彿看到了聲音刺透牆壁時的迅猛情形。那聲音至今仍在呼喊，呼喊在人們的傳說中，呼喊在人們的記憶裡：「我劉宏枉爲君王一世啊！」

同樣是明月高照，春花爛漫的夜晚。

皇帝駕崩的消息像一陣風，由皇帝侍衛長潘隱傳入何進何國舅的府中。那時，肥胖的何進正同典軍校尉曹操和司隸校尉袁紹秘密討論剪除宦官的計劃。

身披唐猊鎧甲的潘隱的不期而至，使何進眼前又浮現出一個月以前南宮門那一幕：那一日清晨的陽光打在馬背上，洛陽城的所有建築和人影在光芒裡蕩漾飄浮。大將軍何進奉皇帝之命帶少數幾名貼身護衛進宮朝見皇上。當他穿過高峨的平城門時，感覺到有陣陣寒冷的劍光之氣從南宮門裡拂拂而出。南宮門前幾名持戈侍衛在紅門前走來走去顯得無足輕重。當何進之馬接近南宮門漢白玉造的臺階時，有目光拂掠而來擋住。何進急勒白馬，但見潘隱立於宮門邊頻頻使出眼色。當潘隱的目光如無形的橋樑一般搭在何進玉珠所飾的佩

劍上時，何進頓時心領神會；再往前邁一步便是生與死的陰陽界。何進急急抽身而退。當紅門敞開，幾個穿紅衣的宦官若隱若現時，何進在其護衛的擁簇下，由小苑門旋風般地衝出，又急急逃往洛陽城郊的私宅避難。

潘隱的目光輕而易舉地瓦解了上軍校尉蹇碩天衣無縫的計劃。當何進的馬馳近南宮門時，他和禁衛軍全部埋伏於南宮門中，只等何進一踏進南宮門便輕取他的頭顱。何進的轉身離去使他的榮華富貴頓時成爲水中花、鏡中月。

何進與蹇碩的矛盾由來已久。當蹇碩這個名亡實存的貴宦還在鄉村野外四處勾引女人時，何進是個操著宰豬刀在鬧市吆喝的屠夫。屠夫的妹妹是個美人被選入宮中成爲貴人。正應了俗話「一人得道，雞犬升天」，屠夫頓時也青雲直上。當屠夫的妹妹何貴人生下太子辨被封爲何皇后時，何進也扶搖直上成了國舅。當何進出任洛陽府尹時，黃巾黨人如遍地蒿草般隨風而生，何進奉召出任大將軍，統領軍權。

王美人的出現使何皇后的地位一落千丈。在漢靈帝劉宏的寵幸下王美人生下皇子協。皇子協由劉宏的生母前代天子漢桓帝之妻董太后撫養。蹇碩潛入了董太后的宮中後，在蹇碩的指點下，董太后明白了正在牙牙學語的劉協是她榮華的保證。於是她以祖母的身分勸告劉宏改立劉協爲太子。劉宏因祖宗制下的漢王室立長立嫡的家法遲疑不已。於是這一事件成爲遲遲未結的懸案。

從此何進蹇碩成爲不共戴天的仇人。有一天蹇碩與何進在宮門口狹路相遇，互相都不肯讓路，他以爲何進會像旁人一樣對他謙讓三分。但何進卻突然怒吼起來：

「把這個骯髒小人攆出宮去！」

何進先動手推了蹇碩。旁邊的剛下早朝的朝臣們便一哄而起，把蹇碩拳打腳踢地轟出宮門。蹇碩狼狽而出時聽見身後響起一片刺耳的笑聲。何進狂笑著大喊道：

「你不過是夜間一鳴而已，白天怎麼也敢耀武揚威？」

蹇碩一抹鼻血回應道：「你也不過是仰仗了你妹妹……」

董太后是在第二天從蹇碩的怨訴中得知宮門口的這段小插曲。她讓御醫爲蹇碩背上的淤傷敷了藥。

「一點小傷無礙大事。」董太后愛憐地望著蹇碩，隨即話鋒一轉說：

「蹇碩你也太張狂了。人家何進正得勢，哪是你碰得的。以後進出都走北門。」

從此蹇碩事事讓著何進。但兩人的矛盾一觸即發。雙方都虎視眈眈地瞪著對方，只等對方稍顯勢弱便一撲而上。

於是有了若干年後蹇碩埋兵南宮門，潘隱使眼色救何進的故事。何進從潘隱的目光中撿回一條性命後便緊鑼密鼓地召集袁紹及曹操等反宦官共議大事。當潘隱還在奔向何進家中的路上時，袁紹與曹操大吵起來。

袁紹對何進說：「宦官的勢力，從沖、質時就開始了。現在剷滅宦官的時刻終於到了。我建議借精兵五千，斬關入內，確立新君劉辨，誅滅閹黨，掃清朝廷，以安天下！」

曹操立刻起身反駁：「宦官勢力在朝廷滋蔓非常廣泛，宦官人數又那麼多，況且不是人人擅權作患，玉石俱焚，於法無據。何進蹇碩等領有禁軍，雙方在禁宮內動刀劍火拼禮法不容且不說，萬一事出不慎，便有滅門之災！」

袁紹與曹操各據一詞，爭執不下。何進是市井屠夫，聽聽袁紹的，覺得袁紹說得不錯；聽聽曹操的，又覺得曹操說得有理。正在躊躇之際，潘隱於月光下顯現，他嘶啞的聲音如霹靂一般，震動在場者每一個人的心：「皇帝已經山陵崩了（靈帝已死）。蹇碩和董太后正在密擬詔書，宣詔何國舅進宮，要殺了何國舅絕後患，乘機奪權篡立皇子協爲帝。太子辨和何皇后危在旦夕……」

董太后坐在四人抬著的步輦上如同一具行將入土的枯木。

董太后以婆婆的身分被請入席中上座。何皇后頻頻敬酒殷勤得像媳婦。董太后明知這是一場鴻門宴，內心緊張如擊鼓，但仍裝作鎮定與威儀。酒至半酣時，何皇后起身捧杯再拜婆婆說道：「婆婆我有一句話要直言相告，我們都是婦人，參與朝政，不是我們所應該的。過去呂后把握重權、宗族千口被屠戮的教訓婆婆是不會忘記的吧？現在我們應當深居九重宮門之內，守住閨禮。那些朝廷的大事，應該由大臣元老們自行解決商議，這是國家的大幸。婆婆您說是吧……」

董太后一聽臉色頓時大變，憤怒地將酒潑向何皇后臉上說道：「你毒死了丁美人，純粹是因爲心懷嫉妒。現在皇帝屍骨未寒，你又同你那殺豬的兄弟勾勾搭搭，還敢胡言亂語！我馬上派出驃騎兵斬掉你的狗頭，易如反掌！」

何皇后也惱羞成怒，若干年前與皇帝寵愛的丁美人爭風吃醋的情形又若隱若現。丁美人終於不是何皇后的對手，被她一杯鴆酒毒殺。何皇后大獲全勝之後重新獲得靈帝的寵愛。董太后的話像刀子一般挑開了她內心醜陋的傷疤。她抹著臉上的酒汁問道：「我以好言相勸，你爲何反而發怒了？」

董太后怒不可遏：「你家不過是宰豬的小輩，有什麼見識？」

何皇后終於再也無法控制住自己，咆哮起來：「你的風流醜事，我不是不知道。」

「你這臭婆娘……」

董太后霍地從座上站起，撲向何皇后，叉開五指，胡亂地撕扯何皇后。何皇后本是宰豬的女人出身，自然也不相讓，同樣地抓扯董太后的頭髮、臉……。於是兩人打成一團。桌子被攪在一起的身體撞翻了，杯盤落地，咣咣噹噹；湯汁亂流，汩汩作響；兩段身體決戰在杯與盤充滿香味的狼藉中。周圍的婢女和宦官們目瞪口呆，手忙腳亂，不知如何將那兩個都不要命的肉體亂結解開來。

何進終於採納了曹操的建議：「情況危急，今日之計，應先求正君位。請速以何皇后的名義召集三公及文武大臣，先扶持太子登九五之尊。爲了防止蹇碩以武力阻撓，宜就近調動京師禁衛軍團，以護送大臣進入南宮，完成新皇帝就位大典。一方面更應派人說服一向親近皇后的張讓及段珪等，勸他們保持中立，造成宦官集團的內部分裂。這樣子便可以先孤立蹇碩，再以國家法律及制度，解除宦官擅權於政的弊端。」

第二天晨光揮灑之時，何進的軍隊，便如洪水一般，包圍了洛陽宮。中軍校尉袁紹、典軍校尉曹操、右軍校尉淳于瓊各率一彪人馬，分別從城南的平城門、水宛門、津門進入，身在南宮的周圍布防，嚴禁其他軍隊接近皇宮。

蹇碩突然得知靈帝已死，急返回宮與董太后擬密詔，再次從寢殿中出來時，天已大亮。突然外邊人聲鼎沸，不知何事，正待弄明白時，他的禁衛軍軍官急急而來，告訴他何進已包圍了洛陽宮，形勢危急。這一切都如夢般捉摸不定。蹇碩來不及思考命運的迅猛無情，何進京師禁衛軍團已殺入宮中。他只好帶著勢單力孤的人馬暫時退入北宮。

到了正午，大將軍何進已攻入洛陽宮，率領文武大臣登上嘉德殿，以皇后名義，尊奉十四歲的太子劉辨即皇帝位，爲尊皇后何氏爲皇太后。當劉辨俯視山呼萬歲的群臣時，他的頭腦一片空白，身後拉開了亂紛紛的三國戰事，他一無所知。這一天的正午，是漢靈帝中平六年（西元一八九年）四月十三日的正午，改元光熹。

又過了三、四個時辰，正是庚午時刻，百官呼拜完畢，大將軍何進當場承受聖旨，親率兩千名禁衛軍攻打北宮。這是一場無比血腥的戮殺。蹇碩的部隊雖猛勇無比，但人數到底懸殊太大。雙方進入肉搏戰沒多久，宦官派部隊便傷亡殆盡。蹇碩再也沒有了美少年的風度，滿頭亂髮，殺得雙眼通紅，身中數十刀，力氣用盡後退入御花園中。

御花園中，盡是明媚春光，萬紫嫣紅的歡暢景致接連不斷，放眼望去，桃柳爭妍，紅的似火，綠的如茵。石橋下的一漂綠水細水長流，冬日的荒涼景象已經銷聲匿跡。蹇碩在跌跌撞撞地行走間，恍若重度首次進入宮中的美好時光。那已是如煙往事，當年在張讓的帶領下以爲今生將榮華一世富貴而死，沒想到卻是如此結局。荒涼和繁榮在蹇碩心中交替出現，使他覺得腳下嫩綠的草地、豔美的御花園一會兒虛幻，一會兒不實。極目遠眺，雖然鮮豔的景致歡暢跳躍，可昔日的荒涼並未銷聲匿跡，如日光下的陰影一般跳蕩。蹇碩知道自己走到了生命的盡頭。

突然，一陣陣襲人的香氣隨風飄來，在劫難逃的蹇碩不禁飄然起來，一個聽起來無比奇妙的聲音掠過水面飄飄而來，又四散開去，然後如細雨一般紛紛揚揚降落下來。那聲音點點滴滴如珠璣落盤，細細長長如水流潺潺。仔細分辨，似吟哦之聲，又如瑤琴之音，蹇碩凝神細聽，不知不覺匯入進去，一生的曲折已經化爲煙塵消去。一個亭亭玉立的女子，裊裊婷婷而來，一身白色的羅裙拖地。那羅裙的白色又非一般的白色，好似月光一般。女子身著羅裙，倒不如說身披月光。

蹇碩目瞪口呆。女子微微一笑，那笑如微波蕩漾一般。蹇碩大驚，問道：「你是誰？」

那女子雲髻高聳，櫻桃小口微微開啓。蹇碩不禁心馳神往。女子說道：「奴是宮女，執掌貂蟬冠，小名任紅昌，山西忻州女子……貂蟬去也……」

女子長袖一揮，蹇碩不及眨眼，那飄移的影子消逝殆盡。有人從假山和花叢中衝出，刀光劍影，爲首一人昂然而來，蹇碩定睛一望，是宦官張讓。「張公公救命！」蹇碩如落水之人見到水面一根救命的稻草般呼喊道。

然而，報與蹇碩的只是一陣刺骨的陰冷之笑。那聲音使蹇碩寒毛倒立：「張公公救不了你，張公公要取回他借給你的東西……」

接著，又是一聲嚴厲的喝聲：「割。」

……

隨著血淋淋的塵根離去，騫碩的頭顱也被張讓親手割下。月亮上來的時候，他的頭顱被送給了何進，塵根卻由張讓隨身帶著，走向何皇后的宮中。

這時，何皇后正與董太后進行不可開交的廝打，雙方臉上都已血痕累累了。董太后被何皇后一大早騙入宮中，對外面發生的事一無所知。當她正在與何皇后廝打得不可開交的時候，只聽一人大吼道：「放肆！」

幾個月以後，洛陽宮中爆發了另一場血腥的殺戮。

一支武裝的大軍，穿過洛陽的大街小巷，在陽光裡行走。他們的盔甲閃閃發光，彷彿一條銀色的河流，直流向長樂宮。走在隊伍前面的是三位將軍，中間一位是手握大權的大將軍何進。一左一右，分別是袁紹和曹操。

何進奉何皇后之命進宮，他對正在向他逼過來的死亡陰影一無所知。而身邊穿褐紅色戰袍的袁紹和穿白色戰袍的曹操，卻隱隱意識到了宣詔何進入宮是一個陰謀，長樂宮此時有一張網已經張開，像一隻張開的血盆大口一樣期待著大將軍何進的進入。於是，他們倆各自帶上了精兵五千人，保護何進入宮。

何進對曹操、袁紹的謹小慎微不以爲然。他甚至十分自負地對他們說：「我身爲朝廷命官，何皇后是我的姐姐，那幫閹官豎黨誰敢動我一根毫毛？」

自負終於把他推上了死亡之路。

陽光大塊大塊地從天空中跌落下來，長樂宮的簷角彷彿有蝙蝠在上面憩息，崢嶸欲飛。宮前數人方可合抱的柱子，紅得像血，宮門前碩大的石獅子耀武揚威，張牙舞爪。那條閃爍發光的河流，被手持詔書的一青衣宦官阻在了南宮門外，他尖細卻高高吊起的聲音好似公雞打鳴，有明顯的狗仗人勢的味道：「皇后特宣大將軍，其餘人不許進入。」

曹操和袁紹相互對視了一下，他們異口同聲地說：「內宮情勢未明，皇后此詔可疑，何將軍不可擅入，恐怕有詐。」

何進仰天大笑，將袁紹、曹操的擔心忽略而過：「皇后召我登殿，有何禍事？」

袁紹的話流露出他內心的憂慮：「如今外藩軍隊入京的計謀已洩露，宦官必會反撲，大將軍要進入禁宮，千萬不可大意。」

曹操接著袁紹的話說道：「事正緊急，可先召出張讓等作爲人質，大將軍方可入宮。」

張讓是宦官之首，是以何進爲代表的外戚勢力的死敵。曹操的建議是萬無一失之舉。何進卻再也聽不進去了，長袖一揮，曹操和袁紹同時聞到一股死亡的氣息蔓延而來。何進的聲音在上午的陽光裡飄飄忽忽：「你等不必阻我，量那幫閹黨不敢拿我怎樣。」

於是，在青衣宦官的引領下，何進昂然邁進了南宮門。他的身影像火焰般一閃，便被陽光吞沒。紅色宮門十分沉重地關上了。

曹操仰天長嘆：「何進此命休矣。」

袁紹緊鑼密鼓，讓他的五千精兵，沿宮牆散開，鐵桶似的包圍了紅牆綠瓦的長樂宮。

長樂宮中死一般的寂靜使何進的心緊縮起來。太陽的光芒將四壁宮牆照得雪亮。何進隱隱覺得殺機四伏。但他依然將胸高高挺起，以掩飾內心的恐懼。嘉德殿已赫然出現在眼前，陰影從房簷上切了下來。在明與暗之間，刀叢林立，一個聲音在頭頂炸響：「何進，天下如此大亂，難道罪責都在我們身上嗎？何皇后曾有幾次大難，若非我等的鼎力相助，你們何家哪有今天然而現在你恩將仇報，將外藩軍隊引招入京來剿殺我等，你的良心讓狗吃了嗎？何進，你的死期已到，還有什麼話說？」

說這話的人正是宦官張讓。站在他身邊的，是他貼身的禁衛部隊，他們都穿著青衣。

青衣人手持利刃，站成一排，步伐一致地逼向何進，彷彿是一排青色的籬笆。

何進頓時面如土色。他恐懼地抽出了腰刀，回轉過身。無數的士兵像青煙般從角落裡冒出。他們無聲無息地邁著整齊的步伐，向何進包圍過來。

死亡無聲無息地降臨。

太陽越來越耀眼，燙人。影子蜷縮到人們腳下，人們頭上冒著蒸氣，汗流浹背。

曹操、袁紹在宮外等候何進等得心急火燎。紅色的大門依然緊閉著，沉默著，彷彿一千年也不會開門。

袁紹再也忍不住了，對著長樂宮中大聲喊道：「請大將軍出宮議事。」

沒有回音。

死一般的寂靜。

「請大將軍出宮議事。」曹操呼喊道。

紅色的宮門對曹操愛理不理。

等得焦躁不安的士兵們也齊吼道：「請大將軍出宮議事。」排山倒海的聲音，一浪一浪，越過宮牆，向長樂宮中湧去。

「請大將軍出宮議事。」

「請大將軍出宮議事。」

……

一個血淋淋的頭顱從宮牆裡邊高高飛起。它的嘴朝著中午的太陽大張著，眼睛卻害怕光芒似地緊緊閉上，臉色蒼白得如一張白紙。它越過宮牆，在耀眼的陽光中劃了一道弧線，「嗵」地落到地上，在地上蹦了兩蹦，滾了兩滾。

何進的人頭！

張讓的聲音穿透牆壁而出，在人們的耳邊迴響，所有的人都有一種受騙的感覺：「何進謀反已經伏誅，其餘人馬凡屬被挾從的，全部赦宥！」

這話激起了曹操、袁紹心中的沖天怒火。他們將刀高高舉起，各自命令他們的手下，大喝一聲：「殺——」

千萬隻箭，如同飛蝗一般，直射向長樂宮中。曹操、袁紹的軍隊，用一根巨大的柱子，轟開了長樂宮的大門。士兵們如同潮水一般，湧向宮中。曹操和袁紹的軍隊，同張讓的禁衛軍進行了一場血腥的肉搏，一時間，肉血橫飛，刀光劍影，觸目驚心。

太陽漸漸失去了它的威力，向西邊霧靄繚繞的邙山滑落。天色漸暗，長樂宮中，戮殺之聲不斷。雙方僵持不下，袁紹在廣陽門指揮，見長樂宮久攻不下，便命令道：「燒！」

柴禾像山一般堆起，袁紹親自動手，點燃柴堆。只聽「呼」的一聲響，火光沖天而起，一條火龍，便沿著柴堆，「劈裡啪啦」地游動起來。火龍經過之處，烈火呼嘯而起，小蛇一般直往上竄。袁紹望著那沖天的烈火，一恍惚，只覺得是紅色的水在潑灑、四濺、飛揚……

守在宮中的張讓見皇宮火起，不覺膽戰心驚，慌忙稟告何皇后，聲稱大將軍率兵造反，焚燒宮門，攻打內廷。何皇后此時卻不知道何進已死，張口結舌。她衝出寢宮，但見一輪圓月貼在夜空中。圓月之下，烈火沖天而起，濃煙瀰漫，將那一輪慘白的月，熏烤得鮮紅。

張讓知道大勢已去，胳膊從皇后後邊繞過去，勾住皇后的脖子，不管皇后是否願意，向北宮拖去。皇后是他的人質，或許可以用她的風燭殘年之軀換一條小命。皇后在張讓的威逼下，逃向了北宮。張讓逃到北宮的閣道窗前，攔腰抱起皇后，爬上窗戶。何皇后畢竟人老力衰，怎麼掙扎也無濟於事。

這時，只聽一聲雷鳴一般的炸響，將張讓嚇得魂飛魄散：「張讓逆賊，殺了大將軍，還敢劫持皇后嗎？」

原來是同袁紹一黨的尚書盧植有先見之明，估計張讓可能會從北宮逃跑，早已派兵等侯在此。他的一聲大喝，使張讓大吃一驚，心中一慌，挾掖皇后的手就不自覺鬆開了。何皇后見狀，慌不擇路，從窗戶上縱身跳出，盧植急忙派人上去救護。

青鎖門雖然堅固，但畢竟是木頭做的，在烈火的焚燒下，漸漸坍塌下來。眾人見了，未等火滅，就用櫺木輪番猛衝，三下五下，皇宮又多了一個缺口，袁紹精兵蜂擁而入。

張讓的禁衛軍在曹袁帶領的精銳刀手的衝殺下，全部被剁成了肉泥。

這場屠殺持續了整整一夜，袁紹下令部隊封鎖所有的宮門，全力捕殺宦官。

宮內宦官，不分老少，被殺者兩千多人，有些年輕沒鬍鬚的朝臣，被誤以為是宦官，不明不白地成為刀下之鬼。

火把像鬼火一般在長樂宮中飄忽。

烈火依然在燃燒，映照出那些殘缺不全的屍首和頭顱。

月光在血腥氣息的蒸騰下，變得模糊不清。

美女玉露

皇宮在一場殺戮之後一片衰敗，御花園中的草木不知人間憂樂，依然萬紫嫣紅。太陽光一如既往地從天空中灑落，遙遠的邙山像洗過一樣，青翠欲滴。柔嫩的柳絲像一串串金線，低垂在澄清的池沼之上，嬌啼婉轉的鳥兒，在亂花叢中飛來飛去。

洛陽宮事變的第三天早晨，司徒王允帶著一幫人馬，重返長樂宮。當他經過御花園，看著那些生氣勃勃的花鳥時，不禁感喟人世的滄桑。

越過碧綠的流水之上曲曲折折的小橋，便到了牡丹園中。王允驚訝地看見有無數隻鴛鴦結隊浮游在綠水之上，牠們光潔的羽毛，在陽光下泛著五彩的光芒。將那些鴛鴦看久了，便覺得那流水成了一條彩色的河，溢彩流光。

御花園中的牡丹開得煞是好看，花團錦簇，還沾帶著露珠，在陽光的照射下，像璀璨的珍珠般閃閃發光。令王允驚詫萬分的是牡丹花上，有彩蝶無數，在花間飛舞，在陽光下抖落五彩紛呈的光芒。王允一走近，那些像彩雲般附在牡丹花上的彩蝶，一下子飛起，在空間裡瀰漫。王允抬頭仰望，萬千蝶兒飛向天空，好似萬千花朵灑向藍天。王允恍恍惚惚，猶如步入仙境，腳下的泥鬆軟而潮濕，王允覺得自己好像踩在被水弄濕的棉花上，飄飄欲仙。

穿過牡丹園，一股醉人的香味撲鼻而來。那股清香醇厚、透明，像縷縷清泉，流入王允的心田。

王允睜眼一看，是一株高大的木蘭樹，滿樹白而碩大的木蘭花，像滿天的星星，在陽光下閃爍著潔白的光芒。木蘭花上，露珠尚未蒸發，在木蘭花上晶瑩地滾動，有幾滴露水從木蘭花上滾落，帶著透亮的陽光，在空間裡滑落。

一幅動人的畫面，突然闖入王允的視野。開滿潔白花朵的木蘭樹下，一個身穿白衣的窈窕少女，屈著膝跪在長滿各色小花的草地上，兩手扶著木蘭樹樹幹，將頭朝天仰起。如瀑的長髮，從肩上瀉下，一陣風吹來，那長髮隨風飄起，像花朵般綻開。陽光透過木蘭樹冠照下，她的臉被一束白色的光籠罩著，聖潔而虔誠。她用雙手搖晃著木蘭樹，露珠紛紛從木蘭花上滾落，剎那間形成一小塊範圍的光雨。少女張開小嘴，將露水、陽光、空氣貪婪地吮吸進去，她整個身體，也被耀眼的光雨所籠罩。整幅畫面，如詩如歌。

王允剎那間被感動了，他舉步走向那株木蘭樹。

然而，就在他眨眼之間，被籠罩在白光中的少女消失了，木蘭樹下空無一人。

王允大吃一驚，回頭問他的隨從：「你們看見木蘭樹下的少女了嗎？」

王允的手下茫然地搖搖頭，說道：「報告主公，我們什麼都沒有看見。」

王允實在難以置信，他又將眼睛眨了眨，還是什麼人也沒有看見。

萬般無奈，他命令道：「你們幾個前去看看。」

王允的手下們便像種子一樣潑灑到御花園的各個角落。過了片刻，朝木蘭樹方向走的手下回來報告說：「報告主公，我們沒有找到漂亮的少女，只發現一個渾身是泥，又醜又髒的女孩。」

王允心想：莫非就是她？

王允信步走向木蘭樹。

只聽「嘩」的一聲，滿樹的木蘭花都活起來了，它們長出了白色的翅膀，潔白的脖頸。王允驚訝地看到，滿樹的木蘭花化作了無數的白天鵝，牠們在一刹那間展開雙翅，飛向了藍色的天空。

「你們快看啊，哪裡來的那麼多天鵝？」王允指著天上大聲叫道。

王允手下抬頭仰望，萬里無雲的藍天空空如也，連一隻飛著的麻雀都看不見。

「你們怎麼會不感到奇怪啊？」王允還沉浸在激動之中，問他的手下。

他的手下答道：「報告主公，我們什麼都沒看見。」

王允大爲詫異：「一路的鴛鴦、蝴蝶你們也沒看見嗎？」

王允的手下人都搖頭：「報告主公，你說的我們都沒看見。」

王允拍拍腦袋，心想：「這可眞怪了！」

他在手下的帶領下，找到了那個滿身是泥的髒女孩。

這一次，他又看到一個和他手下描述的完全不同的人。

這哪是什麼髒女孩啊，她穿著一襲一塵不染的白衣，冰清玉潔。正是他看見的那個飲木蘭墜露的女孩子。她望著他，目光純淨，而略帶恐懼，像落入獵人手中無力逃脫的天鵝。

該相信他的手下人呢？還是該相信自己的眼睛？

王允俯身問道：「你是誰？爲何孤身在此？」

那女子站起身來，略略施禮，說道：「我是宮女貂蟬，本名任紅昌，忻州人氏。因遭宮廷之亂，避難在此，饑渴難忍，只好飲露維生。」

她的聲音宛若瑤池之音，悅耳清脆，猶如玉相撞。王允知道遇上了異人，憐憫之心大動，便道：「我帶你到家中，我供你衣食住行，你做我家使女，可以嗎？」

貂蟬婉轉如鶯啼的聲音飄來：「多謝大人救命之恩。」。

貂蟬到了王允家中不久，再次踏上了風沙迷眼的黃土路。

那時鉛灰色的天空，從夜裡開始就飄起了小雨，到天明時，雨下得更大，雨點打在太廟的螭吻上、琉璃瓦上，激起了一片白霧。漢靈帝死後繼位不久的小皇帝漢獻帝和文武百官在太廟裡舉行告廟儀式。小皇帝看上去像一具冰冷的木偶，在太傅和三公的攙扶下，隨著太常卿的唱號，向供奉在大殿正中的光武皇帝的神主以及其他六廟遷來的神主行祭拜告奠之禮。禮畢，淒涼悲慟的辭廟樂章，便從兩廂宮廷樂隊的箜篌之中飄揚而出。太常卿贊禮開道，儀仗導從在前，齋車在後，夾著漢獻帝和他的文武百官遷出洛陽，西去長安。

春雨似錦，哀樂如泣。轔轔的車輪聲和蕭蕭的馬鳴聲使在場的每一位官員都覺得酸楚難忍，臉上分不清是淚水還是雨水。這是太師董卓一手安排的遷都。百萬的洛陽居民，在皮鞭的驅趕下，走上了西遷之路。

貂蟬夾雜在王允的家屬之中。春雨霏霏，楊柳依依。貂蟬再次走上了百里秦川的泥濘之路。她的精神和心靈，又一次開始了漫無邊際的漂泊。出了洛陽城往西的最後一道外郊之門，貂蟬驀然回首，只見洛陽城中，燃起了漫天大火，烈火熊熊，遮天蓋日。清晨的細雨澆著它，如油潑入火中，必必剝剝，燒得更加的響亮。

剎那間，貂蟬聽見有人放聲大哭起來，一哭眾應，哭聲瀰漫起來，四處飄揚。人們鬱結在胸中的種種悲痛之情，像風一樣，四處流蕩。烈焰像千萬條火龍般吞噬著洛陽城的層樓高閣，整個洛陽城，頓時成了一片火海。皇宮宗廟、官府衙門、尋常巷陌，在一天一夜的大火之後，燃爲灰燼。

董卓的一把大火，是洛陽自周公營建洛邑以來所遭受的最爲嚴重的一場浩劫。從此，這個由十一位東漢皇帝前後近二百年內營造起來的東方大都市，便再難尋找到昔日的繁華。洛陽城在燃燒。百萬洛陽城居民則在西遷路上受著更長時間的煎熬。上路時，許多人家只揀了幾件要緊的細軟隨身攜帶，可這沿路的百姓早就聞風而逃，滿目蕭條，荒無人煙，縱有錢財，也難換到活命的食物。凍餒交加，步履維艱。更爲惡劣的是那幫押送的大兵們，他們或縱馬踐踏，或揮鞭驅趕，稍不如意，就動刀動槍。

還有一些趁火打劫的盜賊也時時冒出來，或偷搶財物，或掠奪女子。在這漫長而泥濘的逃難路上，已分不清貧富貴賤。誰頂不住這一路的苦難，誰就成爲陌路上的孤魂野鬼。

在這西遷路上，成批成批的人餓死倒下，積屍盈道。

人們足足走了半個多月，好不容易長安城廓在望，卻不料平地裡颳起一場撼山震岳的狂風，一時間飛沙走石，接著電閃雷鳴，暴雨如瀉。無數難民，倒斃在長安城下。

貂蟬立於風雨之中，天空中一個又一個電閃將天空照亮。在亮光中，貂蟬看見了一個藍色的城池。無情的命運將她推入了這個陌生的城池，一場千古傳頌的悲喜劇，將在這個藍色的城池裡拉開。

貂蟬對此，卻一無所知，命運在照徹天地的白光中向她走來。

第三章　錦雲堂　花叢的秘密

以你的榮耀，賜予我嚮往
在十字路口，有你的花容
我日漸一日地懷念
那最聖潔的玫瑰

——阿明《愛情十四行》

尚父暴政

這一年的陽春，尤其荒涼，既不見桃李爭妍，也不見桑麻遍野。極目望去，樹木枯萎，遍野黃土；竹籬歪斜，茅舍在風中搖搖欲墜。彷彿仍是寒冬臘月。

司徒王允行走在長安街頭，破落的氣息拂面而來。走到哪裡都是冷冷清清，全不見鄉下人挑著擔子，提著籃子進出的情景，也不見富家公子游手好閒的模樣。城內更無沸騰的人聲，只是一些面黃肌瘦的人四分五裂地行走。即使聽到一些說話聲，也是有氣無力。雖然仍是五步一樓，十步一閣，可樓閣之上的金粉早已剝落露出裡面的喪氣。王允在家丁們的簇擁下行走如行於鬼城之中。一個個迎面而來的布衣寒士喪魂落魄若行屍。昔日鋪滿街道的茶亭已寥寥無幾，大多已經關門閉店，人去屋空。灰塵布滿了門框和窗櫺。倖存的幾家也掛不出肥肥的羊肉，賣不出桔餅和粽子了。酒保和小廚都是一臉呆相，活潑不起來。酒店的櫃子依然放著些盤子，可不是一排鋪開，而是摞在一起，盤中空空無物。更不見鄉里人來捧著湯麵薄餅沿街叫賣。

王允一邊行走，一邊回想昔日的繁華，似乎在夢境中。世事如煙，轉瞬即逝。王允對著鉛灰色的天空，不禁長嘆世事無常。

爲了趕時間，王允未走大道，而是率領家丁們步入了一條僻巷。王允行走其間，只見兩旁房屋蛛網懸掛，不曾聽得有人語之聲，倒也冷清，只覺得有陣陣陰風襲來。

王允不禁加快腳步。僻巷中，只有腳步聲敲打黃昏。終於穿過羊腸小巷，王允的視野一下子金碧輝煌地開闊起來。

此間寬敞處正是尚父董卓的住宅省台。這座深宅大院氣派非凡，門前兩座石獅張牙舞爪。朱紅大門敞開著，甚是威嚴。再看裡面的樹木參天，飛簷重疊，如同天堂一般，別是一番景致。

王允呆呆地看了半晌，如在夢中。剛才目睹的無盡荒涼彷彿不曾存在過。王允停立片刻方才緩步走入，這時大院裡有了人聲，是前來赴宴的百官，一個個見面後都在例行公事地寒暄。

王允沿著一條長道向前行走，這長道也是上好的青磚鋪成，一塵不染。牆外的樹枝伸進牆內搖曳，一枝紅杏出牆。王允從雕花的空格裡眺望見牆外是一座玲瓏精致的花園，春花爛漫，不時有女子的隱約嬉鬧之聲傳來。

王允恍恍惚惚地在這另一方洞天裡行走，心中五味翻騰。百官見了司徒王允自然是過來客氣地寒暄請安，司徒王允自然是一一還禮一一撫慰。百官的聲音像水一般在王允耳邊流過。王允彷彿只是軀殼在說話，而思想與靈魂，卻在肉體之外飄來蕩去。董卓的富貴奢華與其說激起了他的義憤不如說激起了他的嫉妒。

這個亂世誰不爲自己考慮？這個時代誰敢殺誰敢搶誰就是英雄。老實人在這個亂世中只有挨宰只有完蛋。沒有人會爲國家考慮。國家都四分五裂了哪有國家？董卓匹夫竟然如此牛氣。我王允英雄一世又該置於何處？董卓我總有一天要取代你，要讓你滾下臺要把你的家產婢女統統歸我所有。我總有一天要將你千刀萬剮……

王允像坐在一隻小船上般在自己的意識中起伏跌宕。他心中嫉妒和仇恨的藍火苗在這片繁華的點燃下噗地一下燃燒起來，越燒越烈，燒得他難以自禁。

百官既已到齊，便在一陣鼓瑟聲中進入尙父宮中入席。司徒王允列坐上席。他望百官時百官神情木然彷彿長安道上兩排整齊的楊樹。此時，夕陽如一個遲暮的女人勾在飛簷上流連忘返，不時有鳥兒飛起叫了一聲便鑽進血一般的紅霞之中。王允猛一吸氣，頓覺一股香味徐徐而來。

尙父宮中燈火通明，在夕陽餘光的照射下，透射出一種非人間的虛幻氣息，一如西域沙漠中的海市蜃樓。尙父董卓在一群美女的簇擁下登堂時，百官如朝見天子齊起身鞠躬問安。董卓臉上擺出的是一副放縱不掬的笑容，目光裡射出的凶光令百官膽寒。他的眼神在大廳裡掃過，眾臣彷彿聽見一種呼嘯飛逝的聲音。一些大漢忠臣不無沮喪地想著這個篡權的賊子將要取代還是孩童的漢獻帝成爲一國之君。這是一個可怕的兆頭，無人不心寒。

尙父董卓搖著肥胖如豬牛的身軀在宮中漫步一圈，手中的劍不時透出幾分殺氣。百官們淚眼望著宮中高懸的寫著「尙父」二字的金匾，再看看驕橫不可一世的董卓，他們有一種相仿的玄妙之感。尙父宮與董卓在這個陽春時節合爲一評，它將爲一個時代的標誌聳立在尚父宮中。

手持方天畫戟的呂布登場使在場眾人又添了一分膽寒。董卓似狼呂布如虎。虎狼公然巡視於燈火輝煌的宮中，人人都有一種自危感。所有的人都如坐針氈恨不能立刻離席而去。百官注視著這一對虎狼瀟灑自如地行走於堂上，個個噤若寒蟬。

董卓突然哈哈哈縱聲大笑，那一排狼牙放射出血光。呂布威風凜凜地一頓畫戟頓時鼓樂齊鳴。群臣不得不強作歡顏，華燈競放處觥籌交錯，歌舞升平。董卓一拍手眾美女魚貫而入表演群舞，更是讓人嘆爲觀止。

一百名美麗的少女舞姬表演了聖壽舞，彩袖飛轉之際似風中之靈，逐次排出聖、壽、千、古、道、泰、百、王、皇、帝、萬、年、寶、祚、彌、昌等字形。一百名歌伎精湛的樂工以笙、簫、琴、琵琶、五弦、箜篌、羯鼓、胡笳奏響歡樂的宮樂舞曲。一百名身手矯健的少年舞人獻上了生動有趣的五方獅子舞，金球逗獅。雜技娛人，赴宴群臣中一片歡樂的喝采之聲。潛在的危機感飄然而去，百官均陶醉在一片歌舞聲中。司徒王允卻無法進入這一片歡樂，嫉妒苦苦地煎熬著他的內心。他心中一直呻吟著：

董卓匹夫我要讓你死於我的刀下，我要讓這一切榮華富貴歸我所有……

王允腦中正幻化著董卓如何身首離異的幻象時突然聽見一聲炸雷一般的吼叫：「停。」美女、歌伎、少年……便和音樂舞蹈一起有條不紊地退出宮中。酒過三巡百官均稍有醉意。尚父宮中歌舞景致很快就消逝殆盡一片空曠。肥胖的董卓春風得意地坐於首席，呂布持方天畫戟威風凜凜地立於一側。眾臣只覺得寒意再次從宮中的各個角落飄然而出。月亮已在宮外升起，人們都在想，月亮的背後一定很冷。

董卓一拍手只見一群士兵押著一群頭裹黃巾面黃肌瘦赤身裸體的囚犯進來。眾人不解其意齊將目光掃向董卓。

董卓起身說道：「今日宴請大家，是想敬請大家時時刻刻勿忘國事。大家看見的這些囚犯都是從北地招安來的黃巾軍賊兵。大家看該怎麼辦才好？」

百官寂然無聲。

堂下卻一陣喧嘩，喧嘩者是董卓的家丁們，他們猖狂的聲音使在座眾臣不寒而慄：「殺了！剁了！閹了！煮了！……」

董卓令人恐怖地大笑一聲，說道：「黃巾賊黨犯上作亂，禍國殃民，千刀萬剮，死有餘辜。既然各位都要求拿他們開葷，那我也盡地主之誼，成全了各位……」

董卓說著回望呂布，呂布隨之也爆發出一聲大笑。笑聲在廳堂內迴盪。人們彷彿看見那聲音穿透牆壁的情形。

那父子倆的笑聲絕非人的笑聲！

那父子倆的笑聲是野獸的笑聲！

群臣彷彿聽見荒野狼嚎與深山虎嘯，無不驚駭得面如土色。

那群被押來的黃巾囚徒也被他們笑得全身發軟，被家丁們的哄叫嚇得腦袋砸地如搗蒜，此起彼伏地叫著：「大人饒命，大人饒命……」

董卓舔了舔舌頭，手一指，喝道：「給我來點葷的，這個胳膊好肉，要胳膊；那個眼睛明亮要眼睛；還有那個，精氣看來挺旺……」

董卓喋喋不休的聲音瀰漫開去，很快被淹沒。

司徒王允不覺毛骨悚然。回頭看百官都在震天的哀號聲中顫慄失箸。再看董卓父子，全然不曾聽聞一般，若無其事地飲著酒，談笑自若。

司徒王允看得魂不附體，半天才醒悟過來，百官也和他一樣，臉上全無人色。月光照射進來，滿地的鮮血泛著銀子似的白光，讓人感到一絲絲的涼意。

又過了一會兒，一盤盤熱氣騰騰的肉由一群金童玉女之手捧著端上堂，置於百官面前。百官無人不眼眦目咧，腸胃翻滾，頭昏眼花。

「新鮮的，請大家品嘗品嘗。」董卓說著抓起一塊大腿模樣的肉，「吧唧吧唧」啃了起來。

「嘔——」王允聽見座旁一人突然翻天覆地地大吐起來，自己喉中也一陣發癢。那人天昏地暗地嘔吐著，眼淚四濺。董卓吃得正高興，這時聽見嘔吐聲，抬起頭，對呂布小聲說了些什麼。呂布會意，怒目圓睜，逕走過去，像提一隻小貓一般將嘔吐不止的張溫提了起來，大步流星地踏著滿地鮮血走出堂外。

眾臣膽戰心驚地等待著，許多人緊閉雙眼，董卓貪婪地啃人腿的景象令人聯想到山中的惡狼。他津津有味啃食的聲音卻不可抑制，像針一般扎入耳膜，又如蛇一般鑽入人的心中，咬著人的心肝。

不多時，四位壯漢捧著一口大鍋進來，幾位童子挑水擔柴而入，眾臣不解其意。但見那幾位壯漢將鍋放下之後，那幾位十三四歲的童子便手腳麻利地往鍋中加水，其他人手忙腳亂地添柴點火。不多久，在賊旺的柴火烘烤下，那一大鍋的水便汩汩地沸騰起來，霧氣飄浮而出。

過不多時，一位侍從將一紅盤捧入，另一侍從走來，將紅盤中的紅布揭去，但見張溫的頭顱置於盤上，雙眼圓睜，死不瞑目。

百官個個看得魂不附體，脖子發癢。董卓哈哈一笑，大聲說：「諸公不要害怕。張溫勾結袁術，想要謀害於我……因袁術派人寄書來，落在了我兒奉先手中。──所以斬了他。諸公都與此無關，不必害怕……」董卓說著又把目光掃向焦觸、徐仁。焦觸、徐仁被看得發毛，魂飛魄散。

董卓突然站起，手一指，大聲說：「座下還有兩位同謀。給我拿下煮了，清君側以謝皇恩……」

徐仁、焦觸正要辯解求饒，早有士兵如虎狼一般將其二人擒出。二人大呼尚父饒命，董卓只是不聽，手一彈，喝道：「給我煮了！」

眾官一個個都丟了魂，齊刷刷跪下，異口同聲齊呼：「尚──父──」

尚父董卓在萬人的山呼聲中踏著滿地鮮血昂然而出，撇下滿廳堂驚恐的百官。

今夜月光慘亮。

王允妻子柳氏看見王允在家丁們的護送下宛若一隻驚弓之鳥回來。他的臉色雪白得如同死人，雙眼可怕地散發著綠光，進入自家門檻時後腳勾住了門檻身體前傾差點摔跤。

柳氏自從嫁了這個永遠自以爲是的丈夫以來從未見過王允如此狼狽。她伸出雙手扶住了他，他像夢遊般嘴裡喃喃地說：「董卓……匹夫……吃……人……」

這時，廚房裡有狗肉的香味拂拂而來。柳氏深知王允酒後需要狗肉湯醒酒，因此一如既往地將湯早早熬好等待丈夫的歸來。王允一陣恍恍惚惚，狗肉的香味又刺激起他的那些血腥回憶，他的腸胃頓時翻江倒海大口大口地嘔吐起來，邊吐邊喊：「誰……誰在煮人肉？」

「我沒有我沒有……」午夜時分，王允在一場噩夢中驚醒。整個晚上他感覺到有個黑影潛著雪白的月光而來，走到他的枕邊，用兩隻光滑冰涼的手撫摸他的頭顱，整夜整夜不歇。當那隻黑暗之手撫摸他時他內心充滿了恐怖渾身卻不能動彈。那個黑影又徐徐潛過來山一樣將他壓住，他奮力掙扎著要將那山一般的沉重移開……

他終於從迷離陰森的夢境裡爬出。柳氏被他的驚叫鬧醒，茫然地望著他發福的身子。這時他又彷彿聽見那個影子在敲窗戶，他緊緊握住柳氏的手突然跳了起來喝道：「誰在外面？」

只有風聲和月光。

世界一片寂靜。

「外面一個人都沒有。」

柳氏說著用手環住了王允的腰身。王允披著一半被子坐了起來點亮了燈，燈光在他繃緊的臉上投下一圈弧形的光暈。宴會上那些被屠戮的黃巾軍黨人的哀號聲，徐仁、焦觸的慘叫聲呼嘯而來。他驚恐地睜大了眼睛。

「要我陪你出去嗎？」柳氏迷離著睡眼問。

「不用，你睡吧。」王允說著直身坐起，披衣而出。

這是一個月色異常寧靜的夜晚。但是路上沒有月光，月光掛在兩房屋簷上，有點近似清晨的雨水。王允走在過道上，不安的心情慢慢地平伏下來，剛才的恐懼慢慢地蕩然無存。王允小心翼翼地遊蕩在自家窗簾流出的光芒之中。他的想入非非在此刻像蝙蝠一樣迅速飛翔。他的想像正把他帶向一個未知的地方。他感到自己正在遠離家鄉，正在進入的地方由千百萬種光怪陸離的光芒組成。

必須殺掉董卓。董卓是一隻豺狼。不殺死他你遲早要被扔進油鍋煮著吃。王允置身於野心與恐懼之中。他感覺到月光如河流一般在洗刷夜晚。他從來沒有像現在這樣覺得一切都充滿了飄忽不定的美妙氣息。

就在這時，有低低的哭泣聲從假山後面的花叢裡傳來。

王允停立片刻，便穿過月門直步入後花園中。月光落下，打著滿池荷葉。王允步過貼在荷葉之上的九曲石橋。那哭泣聲越來越近，越來越悲切，讓人心碎。王允穿過花徑，繞了個彎，便轉到假山那一側了。抬頭一看，不看則已，一看真要驚得魂飛魄散，命歸九天。但見月光之下，牡丹亭畔，一個美豔無比的女子燃了一炷香，對天禱告。吟哦之聲如她四周的牡丹一般燦爛，光彩照人。她站在月光下，像一株柳樹臨風，衣帶飄飄而起。這女子深藏青樓，三春好處無人知曉。今日讓司徒王允撞見，頓時昏昏沉沉如同墜入夢中。吟哦和哭泣之聲就是從這裡飄揚而出，隨著香煙裊裊升上天際。白雲被月光鑲了一道銀邊，緩緩移動，將幾顆稀疏的星星覆蓋住。

那女子聽見了腳步聲，便收起了聲，吟哦之聲戛然而止。

王允被眼前花前月下美豔迷人的女子驚呆了。這女子正是半年前他在御花園中搭救的宮女貂蟬。

王允萬萬沒想到半年前在御花園中所救的那個飲露面生的女子竟出落得這般漂亮美豔。她只一回頭，櫻桃小口便洩露出無限的風情，一雙秋水微漾的眼睛飄忽遊蕩使王允骨軟神酥。王允如在夢中暗暗懊悔無意中要錯過一顆默默發亮的月明珠。於是，他借威大喝一聲：「賤人有私情了嗎？」

這一聲陰柔的，不懷好意的嘶吼將她從月色交織形成的光影之中驚醒。逃難的人潮、飄渺的靜空女尼、紅臉漢子……的回憶在那吼聲中消失殆盡。只有滿園子的月光與牡丹花香。

矮胖黝黑的王允站在月光裡，他故作威嚴地站在歌伎貂蟬面前，從貂蟬身上散發出來的陣陣體香使他意動神搖，心旌蕩漾，不能自持，那是一種逼人的美。當貂蟬向他投來火焰般的一瞥時，他只覺得「轟」地一聲，整個身體都燃燒起來一般……

「歌女貂蟬拜見老爺……」

美人一屈身下跪，那盈盈的身姿，美妙的聲音，頓時使老爺王允骨軟神酥。那是怎樣的驚心動魄啊！王允表面鎮定如故，胸口卻突然燙痛。他沒想到歌女貂蟬出落得如此美豔驚人，這簡直是對自己的嘲笑。他清楚地看到幾縷黑髮從她髮鬢上淌下來，和月光一起鋪滿肩頭。王允頓時覺得空氣中有草漿的溫香，拂拂而來。

萬幸的是王允畢竟不是少年人，也非色迷心竅之徒，沒有失態。他聲音顫抖地用老爺的威嚴說：「夜色已漸深，不回房休息，在此暗自哭泣不是因爲有了私情又是爲何？」

貂蟬直身站起，王允身形雖矮矬，但他的威嚴高高居上，俯視著她。她心中略有些慌亂，臉色緋紅，急忙辯解道：「賤妾怎麼敢有私情？」

王允看著她嬌弱慌張，美麗含羞的神態，在非非之想以外，不禁多了一分愛憐，用略微和緩的聲音問：「難道府上有人欺侮你不成？」

好久沒人這麼問候過她了。她的心中頓時湧起一種感動，千言萬語，心潮澎湃，她有一種重新面對父親，要把一切告訴父親的強烈欲望。然而，當她的目光與王允圓圓的鼠目相對時，她突然又明白了，這不是那個有寬大溫暖的手掌的父親，他只是老爺。

半年的皇宮生涯，一年侍奉皇甫規夫人馬氏的經驗養成了她的應變能力，她輕啓朱唇，娓娓說道：「不，老爺府上沒有人欺侮賤妾。只是近日看老爺不思飲食，苦悶異常，心裡焦急難過，本想替老爺分憂，可賤妾身爲歌女，老爺雖待我恩重如山，我卻不敢在老爺跟前動問，所以只好在此悲傷……」

這話不說則已，一說頓時如電光石火，將王允擊得雲來霧去。

剛才王允還想入非非，使勁抽著鼻子，吸著她的芬芳。此時貂蟬得體機智的話，一下子感動了他，又一下子將她與他隔絕開來，離他而去。

在王允小而塞滿野心與詩書的腦袋裡，一個計劃在醞釀膨脹……

此時，交織在他心裡的既有渴望，也有一陣苦痛。那個計劃是他的神來之筆，可是當這個傑作付諸實施時，他將失去平生一件最大的財產。他伸出手抓住貂蟬小巧白皙、在月光下泛著玉般光澤的手，感覺像握住了一塊冰，他小聲而神秘地說：「貂蟬，夜深風大，容易著涼。跟我來。」

王允的書房空空曠曠，一豆孤燈搖搖曳曳，鋪地的青磚泛著淡淡的黃光。鐵梨木雕花的屏風、八仙桌上的圍棋、牆上的寶劍、案几上插著孔雀尾的古瓷瓶，還有靠著牆壁滿櫃子的書，在燈光裡搖搖曳曳，顯得極不眞實。而桌上製作精巧的琉璃盞、瑪瑙杯、象牙雕和各式古玩泛著淡淡的青光，飄浮出一種神秘的氣息。博山爐裡的龍涎香，香煙繚繞。透著金屬光澤的滴漏銅壺，滴滴答答，催促著暗夜走向更深處。

幾個守著空房的書僮，在燈下昏昏欲睡。王允老爺的突然到來使他們猛醒。在老爺的喝斥聲中，一個個魚貫而出。他們在步出書房時再次浸入沉睡，走起路來一搖三晃。只有一個較爲精瘦的書僮回頭望了一眼老爺和老爺身後如花似玉的女子，滿腹狐疑地在心裡問：「這麼晚了老爺要幹什麼？」

但他腦子滴溜兒一轉，在心裡答道：「這麼晚了老爺還能幹什麼？」便於心中壞笑一聲，仰頭打了個長長的哈欠，最後一個離去，把門虛掩上。月光衝著那門的縫隙，擠了進來，落在青磚地上如同銀棒一般。

貂蟬在心裡打了一個激靈，她回頭瞟了一眼神色鬼鬼祟祟的矮胖子，並沒有從他臉上找到任何不軌之圖痕跡，連男人通常臉上愛浮出的那種輕薄神情都沒有。她感覺到將有什麼重大非凡的事情要發生。

老爺的臉像下雨前的天空一般，烏雲密布，會有什麼事情發生呢？

面對這個如花似玉的美人，單獨處於一個空房之中，連王允自己都覺得奇怪。在那陣陣體香的襲擊下，他王允竟平靜如水。

董卓家中的豪華之氣，董卓臉上跋扈的神情，激起了他天生的仇恨。王允出身貧寒，年少就懷有位極人上，享盡人世間富貴榮華的野心。後漢室選士，他十分榮幸地被選入朝廷，又因其能幹，時刻揣著向上爬、步步高的心思，很快成爲司徒。這在昔日放牛娃的他看來，似在意料之外，又在意料之中。如今天下大亂，誰不想乘機撈上一把。王允從蘭心慧質、奇花解語的貂蟬身上，似乎已經看見了自己的錦繡前程。

董卓的殘暴又激起他發自內心的恐懼。晚上挖人眼、砍人手、端人頭、吃人腿、煮人肉的情形仍然若隱若現，使他渾身顫慄。董卓是一隻豺狼，呂布是一隻猛虎。這一狼一虎不僅擋住了他的進身之道，還在他身旁虎視眈眈，稍有不慎，就要把他活剝生吞。他和董卓之間，必然是一個魚死，一個網破。

嫉妒和恐懼像兩隻手，輪番地揉著司徒王允的心，他越來越清楚地看到：除掉董卓，是當務之急。而除掉董卓的計劃，在他心中已經雪亮，實現這個計劃的人，就在眼前。

「蟬兒，請上坐。」

王允手一招，彷彿打開了虛空之中的一扇門。貂蟬被這突如其來的禮讓震驚了，望著那扇門，躊躇不定，連忙跪下，告罪道：「賤妾不敢。」

「我叫你坐你就坐。」

王允將貂蟬扶起，拉向紅木漆的椅子。貂蟬冰肌玉膚的手在他粗糙的手掌中微微掙扎。

一絲惆悵和感傷浮上他的內心。

一縷月光又從雕花的窗格上探進來，窗外雲影翻滾，那月光突然擴大，王允書房上方放置的金匾上寫的三個字一下子浮現出來，那三字是前帝漢靈帝劉宏親筆所書：錦雲堂。

在一瞬間，那三個字像遊龍般在月光裡動了起來，竄進月光的銀色之中，呼地一下，又消失了。多少年後，當貂蟬回首這個夜晚時，這一景象仍然若隱若現。

貂蟬既已坐定，王允突然跪地叩頭就拜。這一舉動使貂蟬大驚失色，趕忙跪到王允面前攙扶王允。當王允抬起頭時，貂蟬驚訝地發現，王允黝黑的臉上，兩行老淚緩緩而下，落到腮幫時，便止住了，淚滴隱隱約約、明明滅滅地閃爍著銀色的光。

貂蟬也驚恐地跪下，伏在地上說：「大人何故這樣？」

王允泣不成聲地說：「貂蟬，這回漢室江山有救了。」

當這話從王允口中飄出時，他並沒有感到自己的虛幻。在那個混亂年代，所有的話語都圍繞著匡扶漢室江山，拯救國家來展開。不管是有心還是無心，救國是最冠冕堂皇的口號。即使是董卓，在沒有取代漢朝皇帝之前，他的一舉一動，都要打著維護漢室利益，拯救國家的旗號。王允自然不可能向貂蟬洩露自己的眞正意圖，救國是他最好的藉口。

貂蟬望著淚如泉湧的王允，如墜雲霧之中，忙問：「老爺，這究竟是怎麼回事？小奴怎敢接受老爺的跪拜，這簡直是賤妾的罪過。」

貂蟬起身把王允扶到座位上，王允渾身僵硬如木頭一般。貂蟬又說：「是老爺將賤妾從御花園中救出，只要有使用得著我的地方，我萬死不辭。」

王允聞言在心裡一震，喝采道：「好一個烈女子，我果然沒有看錯人。」

貂蟬侍衛在王允身旁。王允一抹老淚，說道：「現在百姓有倒懸之危，君臣有累卵之急，你可知道？」

貂蟬不敢在王允面前充大，順著說道：「賤妾目力淺薄，還望大人明說。」

王允嘆了口氣，道：「現在朝廷大權全掌握在奸臣董卓之手。他不僅濫殺無辜，陷害忠良，還想篡奪漢室江山。他的義子呂布也驍勇異常，好生了得。我朝文武鑒於他的軍威，皆是敢怒不敢言……這，你大概已有耳聞了吧？」

王允的話一下子將貂蟬推到了那個細雨綿綿的清晨。董卓肥胖的身軀，再次擠進她的腦海。在五匹馬的撕扯下四分五裂的馬氏撕心裂肺的慘叫呼嘯著從她耳際穿過，而皇甫規家被滿門抄斬、遍地鮮血的怖人情景像水一般地潑到了她的眼前。她對著蒼天立下的殺死董卓爲馬夫人報仇的誓言再一次在她的耳邊震響。

「你—願—擔—起—殺—死—董—卓—的—重—任—嗎？」

王允一字一頓地吐出的話將貂蟬從回憶中拉回現實。

這每一字，都如重錘一般敲擊著她的心。她就是在夢中也不會想到王允會對她說這句話。她無比震驚地抬起頭，望著神情迫切、臉部肌肉扭曲的王允，吃吃地半天說不出一個字來。

「董卓殘暴成性，只要是人，都有誅滅他的心思。我也對他恨之入骨，可惜不能生啖其肉。大人的意思是……」貂蟬好大一會兒才鎮定下來，花容月貌倍加嫵媚。

這一問，倒把王允給問怯了。遲疑道：「呂布、董卓皆是好色之徒，今晚見到你，我心中頓生一計……」

貂蟬突然一下子全明白了，老爺是要使「美人計」。她只覺得王允的話如洪水一般向他湧來。而她，則如洪水之中的一片孤立無援的樹葉，於激流之中時沉時浮。在耳邊迴響的，是很遙遠以前母親在她耳邊天天講、月月講的《三字經》忠孝貞節觀。她一下子天眩地轉，進退兩難。女尼的話又浮出來了，抓著她的心：「你將遇一紅臉漢子，他是你一生的幸福所在，抓住他！」

於是紅臉漢子又推著那輛裝著紅黃藍綠的手推獨輪車，吆喝著向她走來。他的所有肌肉塊塊飽綻。她應當屬於他啊，她的貞潔應該是給他啊。

王允的話喋喋不休地直灌進她的耳朵：「……如若以你爲誘餌，必能使他們父子色迷心竅，叫他們爲你爭風吃醋，自相殘殺，漢室江山豈不得救了……」

貂蟬只覺得地轉天眩，她眞想對老爺說：「漢室江山算什麼，我只要他，要他……」

王允見她目光迷離，不知她心中在想什麼，又見她臉上又有不捨神情，頓時又恍然大悟，嘆息道：「我知道你捨不得這個家，捨不得我。我本想收你爲四房小妾，只恨今生無緣……」

王允的話再次將貂蟬迷離的夢撕裂，她又驚又懼地看了老爺一眼，突然對自己眼前的現實看得一清二楚。王允極沒有自知之明的話使貂蟬觸摸到冰涼的現實：她的未來或者被當作美人計的工具，或者成爲這個矮胖子的姨太太，除此以外，別無選擇。

貂蟬頭腦一下子清醒了。紅臉漢子，只是一個今生不會實現的夢！

她又在心中權衡了未來的兩條路：她不可能嫁給王允。王允雖然將在御花園中飲露的她救出，恩重如山。但她內心，對他只有長者的崇敬以及對待父親一般的愛，何況她在這裡待了一年有餘，妻妾之間、奴僕之間的勾心鬥角她是親身目睹，極端厭倦。對於這個家，她實在談不上留戀。

那就倒不如充當一次工具吧，嫁給董卓，殺死董卓，實現她的誓言，爲夫人報仇雪恨，然後玉石俱殞，也不枉今生。只可惜那個紅臉漢子，今生恐怕再也無緣。

想到這，她略帶悲憤地回答道：「老爺，剛才賤妾已經說過：只要有使命，貂蟬萬死不辭。何況是大人將我從御花園中救出，給我重生機會，我的一切都是老爺給的，我早就想報答老爺恩德，但苦於沒有機緣。今天老爺在如雲的美女中，看到我能勝此重任，這是我的福分與榮幸。請老爺放心，爲完成此重任，我會赴湯蹈火，萬死不辭，以報老爺深恩於萬一……」

王允聽後心中湧起一陣狂喜，但又有所顧忌地說：「事情如若洩露，我可是有滅門之恨啊！」

貂蟬說：「大人不必擔心。妾若不報大義，必死於萬刃之下……」

貂蟬說這話時，那輪圓月正從雲裡緩緩移出，月光從窗外潑進來，將貂蟬圓圓滿滿地罩住，貂蟬渾身銀光閃爍，如同月色裡的冰人一般。

這個月明之夜柳氏過得無比寂寞與荒涼。

她緊緊地用手箍著自己的身體，王允離去後把另一半空空蕩蕩的床給了她，只有月光與她同眠。她在嫉妒之中煎熬，心想是自己人老皮軟，老爺終於不要她了。她派出使女到王允的二妾趙氏三妾錢氏那去打探，得到的消息是老爺既不在趙夫人房中也不在錢夫人房中，這令她大爲吃驚。

又過不多久使女回來說老爺帶著一個歌伎貂蟬去了書房，將上上下下的書僮僕人都趕走單獨和貂蟬待在一起，這又引發了她的無限想像。她努力地在回憶中尋找那個叫貂蟬的歌女，可是怎也想不起她的模樣來。

於是她在心裡面咒罵著那個她未來的競爭對手，想方設法地作踐著她，而暗暗尋思對付她的對策。柳氏就這樣在恍恍惚惚中，與那個叫貂蟬的歌伎廝鬥，不時睜開眼，仍然只有月光靜靜地站立在床前。

不知過了多久，屋外腳步聲雜亂，僕人們在交頭接耳地說著什麼，柳氏從迷夢裡驚醒，直身坐起，不知發生了何事。不一會兒，敲門聲響起，使女翠翠得到她的允許後推門而入，翠翠穿著一身荷綠色的衣服，站在月光下，宛若一株臨風的荷花。她的聲音傳入柳氏耳中時柳氏大惑不解。翠翠說：「老爺有請夫人去錦雲堂。」

深更半夜的，去書房幹什麼？老爺是不是瘋了？

柳氏在心裡嘀咕。老爺平時從來沒有這樣的反常規之舉。今天是怎麼啦！莫非……莫非又要宣布那個小賤人為妾？想到這，柳氏心中如泉湧一般泛起股酸酸的妒意。她一邊在使女的幫助下著裝打扮，一邊凝眉緊鎖地尋思。

柳氏在翠翠提著燈籠的護送下，在月門遇見了趙氏與錢氏，她們打了個照面，柳氏故意揚起頭以顯示自己的威嚴。三位心中彼此暗暗嫉恨的仇人均一言不發。柳氏從她們的眼中分別捕獲到了疑惑不解的神情。

她們原來和我一樣，也是什麼都不知道呢。

想到比她年輕的兩個妾其實也沒有占著什麼便宜，柳氏心中寬慰了許多。

錦雲堂中擠滿了人，上至王允的三個夫人、兩個兒子、三個女兒，下至僕人、奴婢、老媽子，濟濟一堂。他們深更半夜睡了半截，忽聽老爺傳喚，不知又出了什麼急事，雖然心中充滿怨言，但還是都急忙齊集書房。到書房後，每一個人都發現老爺臉上的陰霾散盡，笑容燦爛，幾天的愁雲一掃而光，不知道發生了什麼事，面面相覷。王允的三個夫人心裡，各自都揣了一分危機感，暗暗焦急。

貂蟬哪裡見過這麼大的陣勢，有些緊迫。眾人的目光在她身上掃來掃去，各有不同的含義。夫人們的目光如火一般，對她充滿了仇恨，奴僕們的目光則是又妒又羨。王允幾個兒子的目光，則很明顯地寫出了對她超世駭俗的美麗的讚嘆。

貂蟬有些不安地將目光投向了王允。王允很理解地接住了她投過來的目光，看看人都已到齊，便高聲宣布他的最新決定，這個決定使在場的每一個人都感到意外與不可思議。他說：「……從今天起，我正式收貂蟬為我的義女。貂蟬在府上的地位和一切待遇與小姐完全相同。」

話音一落，貂蟬馬上跪在王允面前叩拜，便以父親大人相稱。拜完父親，自然是拜三位夫人及哥哥、姐姐。夫人們心上的石頭總算落了地。柳氏長舒一口氣，當貂蟬跪拜時她竭盡全力做出賢慧的模樣將貂蟬扶起。貂蟬的美豔向她逼來，她心中暗暗慶幸王允沒有納她為妾，否則必敗無疑。她用眼睛的餘光瞟了一眼趙氏、錢氏，發現她們臉上的肌肉也鬆弛下來，鬆了一口氣。

接著，王允又命管家拿出二百兩銀子，當眾宣布這是一件可喜可賀之事，特賞府上所有男僕、女婢每人白銀二兩。

刺目晃眼的白銀使每一個人都眼熱心跳，當貂蟬將銀子放到每一個人手中時，他們在心裡都湧出一分感激。一位六十幾歲的老媽子接過貂蟬放在她手上的銀子時，半天喘不過氣來，好不容易才說一聲：「姑娘，你好福氣。」

這一句話如一石投湖，激起貂蟬心中的千萬重漣漪。她想對老媽子說真正命苦的是自己。但她什麼都沒說，只覺得一種悲愴的感覺在心中流蕩。

第二天王府上下又破例舉行酒宴，以示慶賀。王府上下，在盎然的春意中，又倍增了一分歡樂。

第四章 鳳儀亭 柔情陷阱

今夜美麗的月光　你看多好！
照著月光
飲水和鹽的馬
和聲音

——海子·《月光》

明月秋波

那個穿青衣的男子在昏黃的燈光裡一晃的時候，大將軍呂布正在書房裡展讀兵書。家丁沙啞的通報聲音將兵書中詭譎多變的思路驅趕得一乾二淨。呂布猛點頭圓睜一雙豹子眼。家丁在大將軍凜然的目光裡唯唯而退。那個青衣男子便在門邊出現，宛若框中的一幅畫。燈光搖搖晃晃、飄浮不定。青衣男子也搖搖晃晃，飄移不定。

青衣男子笑笑的臉孔對於呂布來講陌生無比。他用底氣十足的聲音向笑笑臉的青衣男子道：「你是何人？」

呂布的聲音如猛虎嘯叫於荒野，笑笑臉的青衣男子彷彿看見聲音穿透牆壁的情形，有些惶恐，於是不那麼笑笑了，垂下雙手，腦袋掛了下來，用一種閹公雞般的聲音說：

「我是司徒王允府上新來的管家，奉司徒王允之命，爲表示主人對蓋世英雄將軍您的欽敬，特來奉送金冠一頂……」

青衣男子臉上笑笑的神情重新又飄浮而出。但見他手一招，門邊又有一黑影閃出，當黑影進入房中時，燈光將黑影黑褐色的外殼掀去，呂布目睹了一位神情瀟灑的少年捧著一個蒙著紅布的紅盤矗立在書房中央，聽任著昏暗的光芒如流水一般洗刷他的神采。

青衣男子的身影移向了少年人。只見他的手無比虛幻地一揭，頓時有金光流溢而出，將昏暗的書房四壁照得雪亮。金光之中，有無數飽滿圓潤的珠子，它們以一種美妙的姿態珠聯璧合成一頂金冠的樣子。呂布被那刺目的金光照得兩眼有些發痛，反而覺得那如太陽一般光亮的金冠很不眞實。

「這是爲何？」呂布驚起，臉上的肌肉鼓一鼓，彷彿要從臉皮下綻出來。

「請將軍笑納。」笑笑臉的青衣男子和神采飛揚的少年人再次揖手。

呂布在這一瞬間只覺得有洪流洶湧而來。在他的印象中，王允屬於那種愚忠愚孝、狗一樣追隨著朝廷、追隨著小皇帝的老頑固。這樣的老頑固怎麼會想到來勾搭我？呂布大惑不解。

笑笑臉管家的話再次將呂布打入疑惑的深窟。他說：「主人向來佩服將軍的英武果斷，長久以來想設宴款待將軍，總是尋不到機會。明天正是十八良辰吉日，主公特設薄酒陋宴，想與將軍把酒度過良宵。將軍能否賞光？」

呂布聽笑笑臉管家這麼一說，一種受寵若驚的感覺湧上心頭。呂布自從殺死丁原，認董卓作父以來，爲虎作倀，參與炮製的冤假錯案宛若此時戶外的滿天星辰。百官眾卿畏懼呂布如畏懼虎狼，既怕得要命，又恨之入骨。偶爾路遇，對他如瘟神一般，唯恐避之不及，哪裡還有人吃了豹子膽把這樣的虎狼引入室中把酒言歡，與狼共舞呢？

在「卓黨」中，人人都懼怕他的反覆無常，不敢與他深交，自然除了董卓之外，沒有一個說得上話的朋友。

呂布雖勇猛蓋世，卻孤獨似荒原狼。司徒王允的盛情使在寂寞中徘徊已久的他彷彿見到了黎明般感激涕零。

於是，他仍然用猛虎一般十足的底氣說道：「煩先生回去告訴司徒，說我明日一定親自到府上登門致謝。來人，給兩位先生每人二十兩賞銀。」

笑笑臉管家從猛虎的聲音裡聽出了感動，而少年依然木在那裡，他悄悄地一扯少年的衣襟，少年從癡想中猛醒，連忙雙膝一軟，伏身拜謝。呂布望著笑笑臉管家和風采飛揚的少年領著賞銀欣欣然出去後，開始對著那流光溢彩的金冠陷入沉思。

笑笑臉管家和風采飛揚的少年消失在暗影裡。

從王允家的中堂望出去，天空宛若藍色的綢布一般。綢布下面，是玉一般閃爍迷幻光輝的牡丹、百草、百花。綢布的右上方，一輪圓月高高地懸掛過了前廳的飛簷。那十八圓月的金黃色像是用金紙貼上去的，似乎一捅即破，一捅就有金黃黏稠的液體流出。

遠遠地，馬的嘶鳴十分刺耳地傳來。於是，得得的馬蹄聲無比清脆地飄揚而來，劃過了長長的深巷。司徒王允誠惶誠恐。這個十八的夜晚，將有一位蓋世英雄來拜訪他。

他再次環視了中堂裡食案上的珍饈美肴，肥肉甘醇。那些食案如同天上明月一般排成了圓形，只不過在中堂與前廳之間的通道上留了一個供人行走的口。王允滿意地看著擺成圓形的食案，他想，這是一個圈套，過不了多久，一隻猛虎將要落入這食案圍成的圓圓的圈套裡，任他擺布。

想到這，一絲笑影掠過他黝黑的、肥肉橫生的臉龐。早有人進來通報說呂布將軍已到。沉浸在幻夢裡的王允，這才想起那「得得」馬蹄聲戛然而止已有些時間了。於是，他像被一條無形的鞭子驅趕了一般，跌步穿過中堂與前廳的過道，親自到大門口迎接。

呂布早已牽馬昂然而來。他頭頂上束髮金冠猩紅色的帶子在月光裡飄忽抖動宛若遊龍，戰袍上的百花燦爛奪目，唐猊鎧甲耀眼生輝，獅蠻寶帶更襯出了他的瀟灑英姿。一輪圓月將他牽馬挺戟的剪影勾勒得淋漓盡致，栩栩如生。矮胖的王允在十公尺外，便感覺到那股英氣拂拂而來，直逼骨髓。

那呂布見了王允，加快了腳步。王允只覺得一座挺拔陡峭的山背著月光朝自己移過來。呂布拱手寒暄。他也拱手寒暄。早有僕人飛奔而來，牽著赤兔馬往裡走。赤兔馬卻像長在地上一般，死活不動。

呂布回頭望馬，馬也回頭望呂布。馬的目光裡流露出哀求。呂布大惑不解。馬又試圖用目光在呂布與王府之間樹一道柵欄，不讓呂布入內。呂布並沒讀懂馬的目光，他跨步過去，用手撫摸了一下柔軟光潔黝黑的馬鬃，那個動作，彷彿純情的少男在撫摸初戀少女的如瀑長髮。馬長嘶一聲，雙腿騰空，迎著滿月吐著咻咻熱氣。

呂布依然不解。他挪去英雄之手，在王允招引下，穿過了馬的目光鑄成的無形柵欄，昂然走向前廳，邁向由食案圍成一圈的中堂，挺進圓圈的小口。

赤兔馬穿過前廳的暗影，看見呂布已經走進了食案圍成的圓圈中心，彷彿看見一雙胳膊上放滿美味佳肴的手將他緊緊環抱住了。牠絕望地長嘆了一聲，便任著那僕人牽進馬槽，一滴晶亮的淚滾落下來，浸飽了月光。

司徒王允喋喋不休的溢美之詞使大將軍呂布飄飄欲仙。呂布雖身爲當世英雄，但受到司徒這樣朝廷重臣的破格禮遇，不能不深感榮幸。因此，一種酒逢知己乾杯少的感覺油然而生。王允在一再誇獎呂布將軍的才幹和武功之後，又將一頂頂高帽子拋向此時並不在場的董卓。呂布浸泡在王允爲他釀造的一個又一個甜蜜的詞語之中，酒不醉人人自醉。王允酒席的場面之大可坐百人，而請的只有他一個，荒原狼一般孤獨的呂布面對眼前的場景，恨不得像殺丁原一般殺了董卓，認王允爲父。

酒過數巡，呂布感覺到有聲音如蛇一般朝他游來，那聲音乾澀猶如青果，卻殷勤宛若肥肉。好半天，他才找到這聲音是從王允厚厚的嘴唇裡飄出的，他想自己大概是有些醉了。那聲音說：「薄酒陋宴，難成敬意，伏望奉先將軍見諒。不如喚出佳人把盞，歌者勸酒，奉先將軍意下如何？」

呂布好色，聽見這話，如酒杯敞開著等待佳釀傾入一般，正中下懷，迫不及待地說：「司徒大人如此盛情，呂某榮幸之至，一切聽從先生安排，呂某從命則是。」

王允聞言把手輕拍一下，便見一隊濃麗纖巧的妙齡女子從中堂側面的玉屏後面裊裊婷婷緩緩而出。那些女子個個美侖美奐、光彩奪目，宛若天仙一般。呂布看得目眩神迷，只覺得玉屏後面，有一朵一朵的彩雲朝著自己飛來。

那些女子飄至紅氍毹中央，便輕舒歌喉，曼回舞步，且歌且舞。一時間，歌聲繚繞，舞姿翩翩，整個中堂頓時五彩繽紛，燦爛明麗，正好那輪圓月落到了前廳的屋頂中央，那些輕舒廣袖的女子，就像是剛剛從月宮飄然而至的仙人，把個呂布看得如癡如醉，色眼圓睜，手持酒盞連連說著：「好，妙極了！」

半天，在一陣突然爆發出的大笑之後，讚嘆道：「呂某本以為太師府的歌舞伎樂冠蓋京華，不意司徒大人府中也有如此天仙一般的佳麗，呂某眞是眼界大開啊！哈哈哈……」那笑聲像虎嘯長林，一串一串，笑得王府上下的人膽戰心驚。

時間在歌舞與美酒之間悄然而逝。呂布整個人都沉浸在美人歌舞之中。突然，一聲嬌語呢噥伴隨著一股蘭麝之氣拂拂而來。那呢噥之聲如鶯啼婉轉，似竹林滴雨，幾乎可以看見聲音的透明、光潔、飽滿。呂布置身於聲音中，彷彿置身於一陣劈頭蓋臉的水晶雨中。

那嬌喉婉轉、山谷鶯啼般的聲音是：「將軍請用酒。」

於是，一樽在燈光下散發著古銅色光澤的酒，由一雙白如象牙，輕若柔荑的美人之手安排，從半空裡飄浮而來，停在呂布的耳杯上空，傾斜。於是，有暗紅色的、芳香甜美的液體如線一般從酒罍的嘴裡飛出，在半空中劃了一道紅色弧線之後，注入耳杯，透明、半厚的紅色水珠翻滾跳躍，活潑地濺出。

呂布驚訝地抬頭仰望，進入他視野背景的是大如傘蓋的圓月。圓月之中，一個纖巧的身影如柳臨風，纖纖而立。呂布再啓眸端詳那個在月光裡飄忽流離的影子時，不由自主地驚呼了一聲：

「美哉！天人。」

一失神，英雄之手失去了控制，輕輕地在空中毫無意義地一揮，耳杯像失戀的女人一般失魂落魄，傾倒。頓時，那暗紅色的液體奔騰而出，將照得出人影的食案染得鮮紅，紅色液體繼續奔騰，形成一個小瀑布，飛流直下，濺在了呂布簇新的錦繡百花戰袍上，剎那間濕了一片。

那個秋波流盼，櫻口含貝，媚笑盈面的麗影已占據了英雄呂布的整個視野。他看得瞪口呆，只覺得中堂的音樂和美妙的歌舞正在遠離自己而去，宛若大海裡一朵浮萍，被海潮一推，消逝得不見蹤影。

呂布完全進入了一個無聲的、美妙的無人之境。這個無人之境由千奇百怪、耀眼奪目的光芒交織組接而成，彷彿一個五彩繽紛的洞穴。呂布雖然見過美人無數，但若擺在這位佳人的面前，實在不值一提。當那白藕一般細嫩的巧手揮動著芳香的手帕爲他擦拭衣服上的酒滴時，他才猛醒過來，說：「不用，我自己來。」

這時，王允的聲音追過來，將呂布話中最後一個字的尾音咬住：「英雄光臨，爲府上增輝。爲表達對英雄的欽佩和敬意，現特叫小女貂蟬爲英雄敬酒。蟬兒，再上酒來。」

早有侍女之手將另一耳杯送出，貂蟬再次傾酒。那倒酒的姿態令呂布刻骨銘心。只見她輕揮廣袖，飄然生風，輕盈得出塵超凡，「翩若驚鴻，宛若遊龍。」那黑黝黝、光油油的雲髻宛若輕煙密霧一般，傾向一側，似墜非墜，巍巍顫顫得讓人又愛又憐。雲髻之上還簪有一支隨步搖動的金爵合歡搔頭，與窈窕的細腰，凝脂般的皮膚，相映生輝。

面對如此迷人的女子，怎能不使呂布看得目瞪口呆，欲火上竄。更讓人銷魂的是美人那一雙娥眉，似蹙非蹙，凝聚著無限情意；一雙澄如秋水、流光四瀉的秀眸，更把呂奉先的靈魂勾向了天外的溫柔之鄉。

呂布看得意動神搖。貂蟬在呂布面前喊了三聲：「貂蟬給英雄敬酒。」

呂布這才如夢初醒，魂歸軀殼，竟站起身來十分慌亂地接酒一飲而盡，並連聲說：「豈敢豈敢，多謝多謝。」

王允不失時機地又說：「這是小女，已一十有六，只有貴客臨門才敬酒。」

呂布又忙說：「不敢當，不敢當。」

於是貂蟬又再次敬酒。有如此國色天香把盞，呂布覺得自己是酒仙再世。一杯，二杯，三杯……千杯不醉，而且覺得杯杯沁人心脾，迥乎異常。一朵紅雲從呂布的臉上浮出，綻開了滿面的春色。這一切情景滴水不漏地落入王允眼中。王允構思了一下，朝著貂蟬投過去一個意味深長的眼色。貂蟬心領神會，放下酒盞，給呂布道了個安，便如風拂柳枝一般款款退至堂中央，呂布感覺到那芳香的溫馨在離自己遠去。

於是一輪金黃的、傘蓋般的圓月落下，罩住了美人倩影。貂蟬輕舒薄如蟬翼的廣袖，曼聲度曲，呂布只覺得一團豔麗、透明的影子在圓月中飄忽不定，變幻著各種美麗動人的情形，不禁又目眩神迷，心神俱醉起來。

正忘情觀賞之間，忽聽鏗然一響，歌罷舞歇，貂蟬嬌喘微微地至呂布案前告辭。貂蟬移動的身影在燈光裡連貫一致，久久不曾消失。呂布只覺得有無數貂蟬一個挨一個朝自己走來，連成一條豔麗無比的河流，流向自己。

貂蟬又回頭一望，眞是「回眸一笑百媚生」，這一笑從此凝固在呂布心裡，一輩子也休想抹掉。貂蟬隨風飄然而去。呂布目送歸鴻，忘情之極，直至不見了美人，仍朝著美人去處癡癡呆望。

那輪金黃的月也貼到了金藍色的天空上，稀疏的幾顆星星散發著寂寞的光。滿室的牡丹花香四處流蕩。望了半晌，不見美人復出，呂布才戀戀不捨地把目光收回，訕訕地問王允：「司徒大人好福氣啊！」

過了半天，又怏怏地問：「名花有主了嗎？」

這一句話使王允產生一種類似魔幻之感，他彷彿看見那食案圍成的有缺口的圓正在如手臂一般悄悄地爬行合攏。

他聲音略微有些顫抖：「小女年方二八，尙未許人。」

呂布並未從這話中聞到一絲陰謀的氣息，這一句話，將他送上了歡樂的夜空，便一個勁地誇獎貂蟬，迎娶之意，溢於言表。

食案圍成的有缺口的圓終於合攏了！

王允鄭重其事地說：「將軍如不嫌鄙陋，允當使小女服侍中櫛。」

「司徒公此話當眞？」呂布聞言，如猛虎從林中躍起一般從座上躍起，抓住王允肥胖的手，驚喜過望問道。

「淑女當配英雄，英雄莫如將軍。豈不聞『馬中赤兔，人中呂布』！」王允撫摸著他唇上濃密堅硬粗短的鬍鬚說。

呂布被這話語一激，頓時受寵若驚，納頭就拜：「果承司徒公見賜，恩德無量，誓當圖報。岳丈大人，請受小婿一拜。」

王允在心中長舒一口氣，抿嘴竊笑，把呂布扶上桌，說道：「老夫已看出英雄對小女頗有愛意。老夫一直想爲小女物色有德有才、文武俱佳的如意郎君。不意今日將軍錯愛如斯。這是小女的榮幸，何必稱謝。」

王允接著又把貂蟬叫出，對她說：「將軍是我的至友，孩兒但坐無妨。」

貂蟬便坐在王允旁邊，呂布目不轉睛地盯著她，怎麼也無法將目光移開。貂蟬也做出風情中人的姿態，眉來眼去，秋波頻送，媚態百生，把個呂布看得心急火燎。王允又把剛才對呂布說的那一番話說給貂蟬聽。貂蟬心裡明白，並裝出羞口難開的樣子，一片紅雲浮上臉際。目光裡流出的火，卻將無限風情洩露得淋漓盡致。

王允又說了一些諸如「我一家將來全靠著將軍」的話，呂布也連連謙讓。又過了一會兒衷腸，兩人便把迎娶的日子定了，答應數日之後送貂蟬到呂布府邸完婚。

在這整個過程中，貂蟬秋波頻送，把個呂布撩得坐也不是站也不是。少頃席散，王允說：「老夫本想留將軍止宿，恐怕太師生疑。」

呂布再三拜謝，歡天喜地告辭而去。

那時，天空的明月正圓得緊。呂布勒馬，赤兔馬一聲長嘶，宛如一聲嘆息，騰空而起，風馳電掣，直向呂布家中奔去。

父子情仇

大將軍呂布萬萬沒想到，義父董卓差使他前往眉縣去督察別墅工程的進度。他找了無數個理由要把這樁差使辭去，但義父董卓實在找不到更合適的人選，萬般無奈，呂布只好騎著赤兔馬，快快上路了。而他的一縷情絲，依然掛在了美女貂蟬身上。臨行前，他派了管家前往王府告知司徒王允，說他要離京幾天，很快就回來。

呂布此舉是擔心王允會在這幾天反悔，不料卻正中了王允的下懷。這時他正愁著沒辦法把呂布這頭猛虎調離董卓身邊呢。

這一天清晨陽光燦爛，皇宮屋頂上的彩色瓦片在陽光裡閃閃發光，鳥兒貼著屋頂飛翔，司徒王允覺得自己的心也正貼著屋頂輕鬆自在地飛翔。

這是西元一九一年的天空，在這片天空下，一個肥胖粗壯高大的身體像一座山一般，朝著洛陽宮中移去，穿過早晨，穿過陽光。

王允的心像初戀男子首次見到戀人一般跳蕩。當董卓剽悍粗糙的臉終於從陽光裡飄浮過來時，王允突然覺得那張臉是前所未有的可愛。

那山一般的身體終於橫在了王允面前。王允倒地就拜。在日光裡移動的大山便止住了。王允感覺到了董卓粗壯的鼻息像牛喘氣一般向他壓來。

王允強壓住內心的恐怖，說道：「太師，我想屈您的車騎大駕，到草舍去赴宴，不知您的意思如何？」

董卓先是稍稍一愣，他熊一般的眼睛掠過王允。王允只覺得心裡的秘密正在像蒸氣一般從身體裡一縷一縷冒出。

董卓的賊眼珠又輪了一圈。王允不禁哆嗦起來。這時，那個粗獷的聲音十分豪放地在頭頂炸響：「司徒見招，我董卓就是再忙，也要忙裡偷閒到貴府一聚。」

那聲音炸得王允發暈，只覺得日光撲辣辣像鳥群一般全飛向了他的眼睛。

山的影子繼續十分笨重地向前飄去。王允的雙腿跪得發酸。雖然只是一會兒，他的兩腿已經酸得哆嗦了。他直身站起，手心裡的虛汗早匯成了小溪。這晚的月出現了一個缺口。月亮像黃色的汽球在天空中浮動，有暗紅色的雲緩緩地從它表面掠過，如一方紅紗巾。

王允將自己的中堂屋又重新修飾了一番。比呂布來那次修飾得更豪華，更深刻豐富。內外都飾著帷幔，錦繡鋪地，月光在銀光浮動的錦繡上跳蕩。

王允的心一會兒是在地上，一會兒又盪到了天空。呂布有勇無謀，王允覺得自己的那點功夫還能蒙住這個小兒。董卓老奸巨猾，王允知道今番必是引狼入室，弄不好會引火燒身，有滿門遭斬的血光之災。

王允在中堂裡來回踱步，腳步凌亂而沒有秩序。

遠處的車輪之聲從小巷裡傳來。王允連忙弓著身子，急急出門去迎接。

董卓盛駕來到司徒府上，王允的朝服顯得過於工整。

在王允的導引下，董卓進入王府中堂，早有如雲美女恭立於中堂兩側。董卓用目光一個一個掃了一遍，覺得眉目倒還清秀端正，但沒有哪個撩得起他的心思，便仰頭傲然地直入王允中堂。

中堂布置得倒也豪華奢侈，但和董卓府上相比，給太師董卓感覺只是草廬一間。於是也無所謂地直奔上賓席上，也不謙讓。王允偷眼看了一下董卓，沒有從他黝黑的臉上找到任何滿意的神情，也沒有找到任何不滿意的神情。

董卓落座後，面對滿室芬芳撲鼻的海味山珍無動於衷。他的目光時左時右，偶爾也掠過天上那輪月亮，要不是他身軀肥胖如熊的話，給人的感覺是董卓是一隻狐狸，一隻狡猾、老謀深算的狐狸。

飲宴開始，王允敬酒言談，但總有一種伴虎的感覺抓住了他的心。董卓似聽非聽，對王允的話，他時而回答，時而一言不發。

王允心中隱隱發虛，他提議道：「據我所知，太師飲酒沒有美女奉陪是不會盡興的。寒舍雖然美女不多，倒也有幾個頗具姿色，可登大雅之堂的美人，不知太師有無興趣？」

董卓是有名的好色之徒，此話自然逗起了他心中的一塊癢肉。但進門時見到那幾個女子，相貌倒也平平。他從心裡小看王允，只是點了點頭。

於是，那些曾使呂布怦然心動的美女們從帷幔處緩緩移出。董卓看那群女子，個個如花似玉，嬌美動人，但和自己府上那些美女相比，還是天上地下。

王允再次從太師董卓臉上尋找滿意的影子。但董卓的臉依然似笑非笑，似怒非怒，找不到任何他心理活動的痕跡。

王允心中頓時升起了一種失敗的感覺，焦急之火燃燒起來。他竭力使自己平靜，說道：「太師盛德舉世稱讚，恐怕連古代的三皇五帝都及不上您。」

董卓的臉一下子被這句話撼動了，熱情像水波一樣蕩漾起來。王允乘機捧起了觴，再次稱賀道：「我自幼愛習天文，夜觀星象，覺得漢家氣數已盡。太師的功德威震天下。這就好像舜傳位給堯，禹繼承了舜的王位一樣，正好符合了天意人心。」

董卓的心在空中一盪，定睛注視王允，從王允畏縮卑怯的臉上，他找不到一絲開玩笑的痕跡，於是，心花怒放地說道：「豈敢豈敢。」

於是，王允又乘機阿諛奉承道：「自古以來都是『有道的討伐無道的，無德的讓位有德的』，我那樣說法不過分……」

董卓頓時像孩子一樣樂不可支，一種狂妄的神情從心底裡冒出。他無比放縱地哈哈大笑，說道：「果眞有那麼一天，司徒王允應是元勛……」

王允連忙拜謝，他縮成一團的身影有些猥瑣滑稽。

董卓臉上的肌肉終於全部活了，他突然手一招，將那幾個揮舞廣袖的女子全招過來，說：「你那幾位妹子過來陪老夫痛飲幾杯。」

王允唯唯讓座，那幫美女們便風雲聚集，一下子將董卓簇擁在中間。這一切都是王允事先安排好的，她們或者敬酒，或者夾菜，或者撒嬌，或者調笑，把個董卓侍弄得渾身舒暢，飄飄欲仙。

就在這時，笙簧之聲突然從帷幔之後奏起，那聲音薄如蟬翼，隨風飄起，又此起彼伏地徐徐落下。董卓無比驚訝地看見天上那輪金黃的月，穿透了聲音的薄紗，向自己緩緩移來。

董卓想自己死亡一次之後還應當再去死一次。

那輪色影飄忽的圓月，散發著濃郁的麝香味，悠悠蕩蕩地奔向自己，亦眞亦幻，奇妙非凡。

太師董卓目睹那輪豔麗無比的圓月走向自己時，只覺得一種溫暖也正在走向自己。他伸出手去，圓月離他還有一段距離，溫暖卻具體可感。當那輪月兒眞眞正正立於董卓之側時，董卓只覺得自己沐在了香風香雨之中。那月兒的幻影消失了，一個光彩照人，豔麗奪目的臉龐立在了他的上空，令他不敢仰視。

隨著笙簧之聲在中堂上空繚繞旋轉，那個臉龐和一襲白衣也飄飄旋轉起來。董卓看見那襲飄渺的白衣揮舞時，月光似水一般，被它潑濺得到處都是。地上有無數金黃月光碎了，彷彿滿地的銅錢在閃爍。

白衣旋轉時，有歌聲在旋轉，貼著地朝董卓而來，扇著翅從空中朝董卓而來。董卓仔細尋找那聲音，聽到的是：

「今日良宴會，歡樂難具陳。
彈箏奮逸響，新聲妙如神。
令德唱高言，識曲聽其真。
……」

董卓於是墜入一片無限的春意之中，癡迷的神情躍然臉上，那聲音繼續唱道：

「南斗工鼓瑟，北斗吹笙竽，
娥垂明擋，織女奉瑛琚，
蒼霞揚東謳，清風流西獻，
垂露成幬幄，奔星扶輪輿。
……」

太師董卓看到了自己在歌聲中飛翔，那歌聲扇著透明的羽翅撲向他。他也扇著透明的翅膀撲向歌聲。突然間，唯幔後檀板輕拍一聲，美麗透明的歌聲便展翅遠去。董卓戀戀不捨地望著那歌聲消逝如同望著飛鴻遠去，久久方才落回人間，落回他的食案前。

「好，好，非常好！」

董卓粗黑肥胖的手拍了一下食案。食案上的碗碟湯菜受到震驚，跳躍一下，方才驚魂未定地落回原處。

那襲白衣飄向自己，那光芒照人的臉龐停在了空中，一隻玉葱般的手，捏成了蓮花指，噴吐著芳香。太師董卓臉上本已鮮活的肉又僵住了，定定地凝固在空中，眼睛怎麼也無法從美人豔麗的臉上拔出來。

他聽見了喉嚨裡發出一種彷彿小石子落入靜湖的聲音，知道那是口水被嚥進喉嚨裡的聲音。他偷眼瞟王允，卻見王允臉上無動於衷，對此三春美景視而不見。

「貂蟬，爲太師敬酒。」司徒王允不容置疑地說。

於是，那豔麗的色影穿過董卓四周花瓣一般的美人們而來，酒壺由那玉手送來。董卓連忙用那空空蕩蕩的酒杯接住，一抹亮光中，酒沖瀉而出，將酒杯注滿。於是，天上那輪月落入酒杯中，搖搖蕩蕩。

酒壺和玉手就要離去之時，董卓伸出寬大粗糙之手，一把將玉手擒住。玉手涼如冰，董卓只覺得一絲涼意透過皮膚滲入，直透心脾，神清氣爽。

王允以目示意，圍住董卓的美女們便一個一個飄去。董卓也不管她們，目光依然凝固在那張美玉般的臉上。

「太師……」嬌滴滴的聲音宛若空谷啼鶯。董卓更是目眩神迷，他手一拉，聲音便同他一起坐下。

「來來來，陪太師喝上一杯。」董卓說道。貂蟬不勝嬌羞，只得落座，臉上綻開了紅雲。

董卓忙裡偷閒，側目問王允：「這個妹子青春幾何？」

貂蟬接過話頭，說：「賤妾年方二八。」

董卓放聲大笑：「不意府上竟有此等佳人，眞是神仙中人啊！」

王允見問俯身答道：「既蒙太師見賞，便當獻上。」

董卓笑得更加歡暢。笑聲如流水嘩嘩。王允幾乎要被那笑聲淹沒。

「如此見惠，我怎麼才能報答司徒的恩德呢？」

王允將話接住：「此女得侍太師，她的福氣不小啊！」

董卓喜笑眉開。酒闌席散之時，董卓擁嬌而出，王允早已準備好氈車，董卓笑逐眉開地打道回府。

董卓便一眼望見了天上的月，一片恍惚。因爲，他的身邊，也有一輪明月，流光溢彩。

呂布眉塢之行度日如年。

八百里眉塢、巍峨的太白山竟激不起他的一絲遊興。他縱馬在太白山下的原野奔馳，天空中、流水裡、青松上、峽谷間……到處飄忽的都是貂蟬的身影。

他從沒發現自己那麼喜愛過一個女子。呂布平生喜愛的東西有三件：權力、烈馬和美女。過去，他好美女，然而更好權力與烈馬。現在他才發現，貂蟬已完完全全占據了他的心靈。

眉塢工程草草視察完畢，他便急急打道回府。赤兔馬日行千里，隨從的馬兒體力再好，也難以同赤兔馬匹敵。不到半日，呂布便將隨從全部甩下，單槍匹馬在原野上奔馳。

呂布馬捷身輕。美女貂蟬將使他的一生輝煌而完美。他的腦中幻化出一幅動人的圖景：像波濤一般起伏的群山之上，一輪碩大鮮紅的朝陽冉冉而起，彩霞滿天。一碧千里的草原之上，奔騰的赤兔馬載著驍勇過人的少年將軍和傾國傾城的美女，穿過清晨露水蒸騰起來的晨霧，金梭銀梭織出來的金光，縱橫馳騁……

「噫——」赤兔馬一聲長嘶，騰空而起。突然，在一陣動人的音樂聲中，周圍的一切都像水蒸氣一般消失，淡化，一團紫霧飄浮而出，將他緊緊環繞……

「呂布快快懸崖勒馬……」

一個悠長的聲音像紙片一般飄飛而來。呂布定睛細看，漫天的大霧裡，一個影影綽綽的身影在迷霧之中顯露。她的一介袈裟在風的吹拂下飄然而起，宛若旗幟……好一個神清氣爽的窈窕尼姑。

呂布急急將馬勒住，拱手問道：「女菩薩有何見教？」

女尼青春美麗的臉上，掛著一絲笑影：「呂將軍將往何處？」

呂布告訴她自己因公出差，將返長安。

「呂將軍爲何如此匆忙，莫非佳人有約？」

女尼玄妙的聲音使呂布的心頭之一顫，心想這個女尼必是異人，對他的心事竟是一清二楚，便道：「正是。」

女尼又說：「前方是柔情陷阱，我勸將軍不如懸崖勒馬，削髮爲僧，遁入空門，可免日後斷頭之災。」

呂布聞言大驚：「女菩薩此話怎講？你怎麼知道我日後有斷頭之災？」

女尼微微一笑：「這是天機，不可洩露。將軍可曾見古往今來，多少帝王將相，才子佳人，活著的時候風流瀟灑，到頭來只是一堆青冢，一堆白骨。將軍是有識之人，望聽小尼苦勸。」

呂布便說：「話雖如此說，可是功名利祿又怎能放得下？」

女尼道：「數十年匆匆一生與天地之壽相比，孰長孰短？」

呂布思索片刻：「當然是天地之壽長。」

女尼又說：「功名利祿匆匆數十年，不過是過眼雲煙。若能與天地同壽，便是永恆。」

呂布仍執迷不悟：「如何才能與天地同壽？」

女尼歷數道：「不貪圖功名利祿，不殺生吃葷，不爲俗事煩惱，不近女色……」

呂布縱馬仰天大笑：「大丈夫一生不圖名利，不近女色，不飲酒食肉，不殺幾個人，活著還有什麼意思？女菩薩休要再勸，呂布寧願身首異處，萬箭穿心，也要榮華一世，活個瀟瀟灑灑，風風光光……」

女尼仍不死心：「將軍迷誤太深，現在回頭猶時未晚，請將軍三思……」

呂布正色道：「菩薩休要再勸，我呂布注定只能是個俗人，且放我一馬，我要回長安城中去吃我的酒肉，享我的權勢，寵我的美人去了……」

女尼見呂布心已定，無可奈何，長嘆一聲，一揮長袖，便同那瀰天大霧一起，消失殆盡。

晴空萬里，呂布持戟挺身馬上，能夠清晰地看見遠處水底各種顏色的鵝卵石，以及白如積雪的茅穗上甲殼狀或蛾狀微生物爬行的姿態。

長安城的天空竟飄飄揚揚地下起了小雨。雨點滴落在飛簷上，很快就被吸沒了，人家房舍裡透出的毛絨絨的燈光，給人以溫暖的感覺。

呂布一進家門，也顧不得梳洗，便四下裡尋找，找了一圈下來，也沒見著貂蟬的影子。按照約定的時間，王允該把貂蟬送到府上了。

於是他迫不及待地叫來長隨：「王司徒與我約好，昨日就將新人送至府中來，難道因我臨時赴眉地而推遲了吉日？」

長隨丈二金剛摸不著頭腦：「小人並未聽說將軍要娶什麼新人。倒是知道太師府上這兩日熱鬧非凡，據說是從司徒府中新納了一絕色歌伎，名叫貂蟬……」

「貂蟬……」呂布只覺得頭頂有一百個太陽在爆炸。他一拍桌子，勃然大怒道：「好你個王允，一女不嫁二男，你竟敢將我呂布當什麼耍……」

呂布怒火沖天地走出家門，牽著赤兔馬，穿過綿綿雨絲，向司徒府走去。

呂布的到來在王允的意料之中，但他卻故作驚訝，問道：「將軍何事發怒？」

呂布對他的明知故問越發的氣憤，像提一隻小雞般，揪著王允的衣襟，將他整個人提起來。他無比氣憤地問道：「貂蟬現在何處？」

王允顯得更驚訝了，像鴨子一樣掙扎著：「難道太師沒有將貂蟬送到府上？」

呂布一聽更加怒火中燒：「要眞這樣，我還找你來幹什麼？」

「將軍冤枉我了！」王允大叫，呂布將王允塞到了一張褐色的椅子上。王允繼續辯解道：「那天太師親來府上，說王允有義女要許給將軍，特地到府上來審看後方可許婚，我便讓貂蟬出來見過太師。太師看後大加讚賞，稱讚將軍好眼力，擬先接貂蟬回京覆命，再行婚禮，將軍回來，可曾見過太師？」

呂布聞言，火氣頓消，賠罪施禮道：「如此說來，倒是奉先性急，錯怪大人了。」

窗外湮無聲息，幾隻鳥在屋簷下築巢撥拉下一些草莖和泥塊。呂布彷彿覺得清新的空氣和燦爛的陽光正在他的內心貯滿。

呂布一間房一間房地尋找貂蟬。董府像個迷宮，董老太太的房間，董卓妻妾的房間，侍女的房間他都去過，並未見貂蟬的身影。呂布推開二太太的房間。二太太正在梳妝，久而不至的男人氣息撲面而來使她誤以爲是董卓不期而至，便蝴蝶一般向門邊撲去。

挺拔英俊的呂布立於門邊使她微微一愣，她一臉媚笑地問呂布：「奉先何事找我？」

二太太的臉像終年不化的積雪那樣慘白，自然是缺乏男人的撫慰。呂布的到來使她臉上浮出重見天日的笑容。

「貂蟬在哪裡？」呂布也顧不上同她調情，風風火火地問道。這句話涼水般澆冷了她的心。於是她沒好氣地說：「那妖精在太師房裡呢。」

一幢嶄新奇異的建築夢一般浮現在呂布眼前，離去的十餘天，太師竟如此神速，蓋了這麼一座漂亮的房子，莫不是要給我呂布迎娶？呂布向那袖珍小巧的房子走去。

金桂樹的南窗下，有一美人在對鏡理妝。呂布驚喜地睜大雙眼，那月桂樹下的美人，不正是自己朝思暮想的貂蟬嗎？呂布的心鼓點一般敲響。貂蟬烏髮豐垂，雙手托腮，似有無限心事，這更使呂布的愛憐之情倍增。

就在這時，窗內的貂蟬也發現了呂布。回首凝視，她目光裡聚攏的愁雲，迅速凝結成的似墜非墜的淚珠，使呂布的心焦急得撲火的飛蛾一般撲騰起來。呂布正待呼喊，只見貂蟬用手指指窗口，又指指自己的心口，似有不盡的難言之隱。貂蟬的手勢使呂布如墜五里雲霧，暗自著急，迫不及待地跨進了屋內。

一座大山橫在了呂布與貂蟬之間，呂布定睛一看，是睡眼朦朧的董卓。

呂布一下子明白了一個事實：董卓這個禽獸將他的未婚妻給睡了。

呂布又驚又怒，越過董卓的肩膀眺望貂蟬，貂蟬眉目含情，眼神裡，似有無限委屈。

「奉先何事直闖內室，莫非有緊急軍情？」董卓牛一般粗重的聲音喝問道。

呂布支支吾吾，他本可以用眉塢工程一事加以掩飾，此時卻不知道話從何開頭。他的目光；一直定定地繫在了貂蟬身上。董卓本是色情中人，對這等事相當敏感。呂布的眼神，已使他嗅到了個中的奧秘，他沉下臉：「既然無事，你就先退下。」

上午上朝，呂布一如既往地服侍董卓到未央宮朝見天子。

在董卓與天子喋喋不休的談話之中，呂布終於找到了機會。他心想董卓這個老東西恐怕要同那個娃娃天子嘮叨一個上午，何不先回到董卓府中，問清到底是怎麼回事？

於是他瞅了一個空，像脫線的魚兒一般，離開董卓。又對隨行的衛士說：「奉太師鈞令，回府取物」，便出了未央宮，跨上赤兔馬，風馳電掣地馳向了太師府。

呂布安置好赤兔馬，便提著戟，大步流星地直奔太師房中。

董卓房中美人香澤猶存，但是美人卻不知去向。早晨那一幕在這幽館空房裡若隱若現，一股難抑制的悲憤油然而生。呂布大叫一聲，像一隻發了瘋的公牛，雙眼血紅，四處尋找他夢中的美人。

後花園中，陽光燦爛，風敲響樹葉，蛺蝶與蜂兒在陽光裡亂飛，騷動而溫暖。一池的綠水，映著純藍的天，有了生命似的。

「哎——」長長的一聲吟哦之聲，掠過水面傳來。猶如珠落玉盤，呂布抬頭望去，但見紅屋頂的鳳儀亭下，一名端莊的女子正仰頭長吁短嘆。呂布心中不禁狂喜：那不正是等她千百度的心上人貂蟬嗎？

呂布不顧一切，跑過那曲曲折折的小橋，躍到亭上，將柔若無骨的貂蟬緊緊擁入懷中。貂蟬對突如其來的擁抱先是一驚，當她發現來人竟是呂布時，便忘情地張開雙臂，但又很快地將手縮回。

「貂蟬，你讓我找得好苦！」呂布激動地說。

貂蟬卻將身子扭開，兩眼垂淚道：「將軍休污貴手。」

呂布大驚：「貂蟬何出此言？」

貂蟬淚如泉湧：「將軍難道還蒙在鼓裡，妾身已被太師霸占了……」

呂布聞言如五雷轟頂：「果眞有此事？」

貂蟬哭訴：「那天太師對義父說先將妾接到府上，等將軍回來再完婚。誰想一回到府中，就變了卦，當夜闖到賤妾房中……賤妾已被人污辱，有何面目再見將軍，不如一死了之……」貂蟬說著，就要縱身躍入綠水瑩瑩的湖中。

呂布連忙伸出雙手，抱住貂蟬纖細如柳的腰身，說道：「我知道你是被人所迫，我不怪你，我死也要娶你爲妻。董卓老賊，竟然做出如此不仁不義的事來……」呂布手中的畫戟憤怒地搖動起來。

貂蟬看上去大受感動，十分堅強地說道：「賤妾生爲將軍人，死爲將軍鬼，只望見將軍一面，死而無憾。今幸如妾願，將軍還是讓我去吧！」

呂布把畫戟往亭子的柱子上一靠，將貂蟬摟得更緊，貼面近身，曲意溫擴，對天發誓道：「我呂布不從董卓手中奪回貂蟬，誓不爲人……」

陽光一團一團地從天空中拋下來，將英雄美人淹沒。花叢中，蜂蝶亂飛，鬧出一派春意，蕩漾的湖水，傳遞著春日的無限騷動。

呂布貂蟬卿卿我我，開始了他們愛情的第一歷程，感動像風一般從兩人的心靈深處掠過，頓起漣漪無限。呂布的手撫摸著貂蟬的暖香溫意，貂蟬兩頰緋紅，倒在了呂布懷中。

「呀——」一聲驚天動地的吼叫，將這春日的美景撕裂，呂布抬眼一看，只見董卓氣勢磅礴地朝他奔來。原來董卓正在與天子談話，忽然感覺到身後空空蕩蕩，回頭一看，呂布不在身邊。又問身旁的衛士，衛士說呂布「奉太師鈞令，回府取物」，早晨的一幕便浮現在董卓眼前，董卓敏感地嗅到了大事不好，便將話題結束，急急地往家趕。

回到府中時他和呂布一樣，首先直奔臥室，一看貂蟬不在，便跑到後花園中，果然見呂布貂蟬相依相偎，便抑制不住胸中的怒火，大喝一聲。

呂布見董卓氣勢磅礴撲將過來，忙撇下貂蟬，撒腿就跑。董卓跑到亭邊，呂布已蹦到池塘邊上了，董卓一急，便拿過風儀亭柱子上靠的方天畫戟，大叫大嚷，緊追呂布不捨。呂布手快腳快，身輕如燕，奔跑如飛。董卓身寬體胖，雖然力大如牛，行動終是遲緩，縱是急火燒心，卻怎麼也追趕不上。看看呂布越跑越遠，眼看是追不上了，董卓便將方天畫戟狠狠地砸了過去。

那方天畫戟在陽光下劃了一道閃光的弧線，帶著「呼呼」風聲，向呂布追來。呂布只感到腦後一股殺氣驟然而至，身子一偏，方天畫戟擦耳而過，斜釘在泥地裡。

呂布驚出了一身冷汗，加快步伐，在假山間三繞兩繞，便輕煙一般消失了。

董卓氣喘如牛，又將肥胖的身體折回，挪向在鳳儀亭中啜泣的貂蟬，拿貂蟬問罪：「你辜負了孤的一片厚愛，怎麼與呂布偷情幽會？……」

不等董卓把話說完，貂蟬搶先說道：「太師錯怪了賤妾。賤妾從許與太師那天起，就發誓要用畢生精力來服侍太師，怎肯與他人偷情，太師冤枉賤妾了。」

董卓依然怒氣不消：「這是我親眼所見，你還敢抵賴。」

貂蟬又是一番淚雨：「賤妾在此賞花，不料呂布那賊突然闖入，一把摟住妾身，就要非禮，若不是太師及時趕來，賤妾定被其所污……」

貂蟬說著又站起身，淒涼地說：「太師若是不信，賤妾願以身投湖，以明心志……」

董卓這才安下心來，又愛又憐地將貂蟬抱住：「蟬兒，孤怎能不信你呢，呂布眞是色膽包天，以後不准他再進後花園一步。」

第五章　北掖門　憤怒的畫戟

這些往事發生在
夏末的時節……

——蒲寧・《在夏末的時節》

伍　孚拔劍

陌生人在一個春天即將過去，夏天即將來臨的午後出現。低低的風在明媚的天空中號叫。陌生人在陽光裡晃動一下的身姿令人難忘。

陌生人的腳步一直延伸向一座簷牙高啄、層台聳翠的深宅大院。大院門前的石獅子張牙舞爪，穿皂色衫的看門人坐在陽光裡昏昏欲睡。狗吐著舌頭，凶凶地瞪著陌生人。當陌生人陌生的氣息像影子一樣罩過來時，牠便發出一連串充滿敵意的吠叫。

狗的吠叫像鑿子一樣鑿碎看門人的美夢。

「去，去，去……」

看門人抬起的腳使狗感到一縷恐懼。陽光裡一股令牠垂涎的香味飄揚而來，那股香味離牠漸來漸遠。爲了親近那股香味，牠追尋而去，消失在陽光裡。

陌生人出現在臺階上，使看門人感到一股凜凜之氣拂拂而來。

看門人使勁扳直他那像弓一樣彎曲的身子。但那對令人顫慄的眼睛依然高高在上。他臉上的所有肌肉像寒冰一樣凍結漠無表情。

「我是俠士伍孚，你速去告訴董太師，我伍孚久仰太師禮賢下士，廣納四方豪傑之名，特來投奔……」

陌生人的聲音像敲打在冬天乾硬土地上的栗子一般沉重而驚心動魄。他手中的寶劍蛇吐信子似的「嗞嗞」鳴叫。慵懶的看門人在陌生人伍孚俠士之氣的感召下，十分順從地領命而去。他一弓一弓的身體逐漸被陽光吞沒。

守門人弓一樣的身影在略微枯黃的陽光裡出現。他細聲細氣的嗓音從喉管裡鑽出時和他的身形一樣彎曲：「太師有請俠士。」於是，俠士伍孚在看門人的引領下步入董府。他高眺挺拔的身姿令人聯想到朝天待發的箭矢。弓和箭的奇妙組合使人產生一種春日獨有的眩暈。

董府的奢華擺飾，董府的如雲美女對於俠士伍孚來說像臉盆裡的洗腳水一樣膚淺。他高傲的眼睛將董府轉注相連的樓閣台榭、羅列堂上的鐘鼎寶器，排比屏前的羽仗華扇一一忽略而過。

飄渺的音樂使俠客伍孚頓生玄妙之感，無數薄如蟬翼的絹質舞衣，像晨霧般在俠士伍孚的眼前飄然而起又飄然而落。透過那旋轉翻飛的舞衣，堂上一對使人怦然心動的圖畫若隱若現。

一絲陰險的冷笑掠過伍孚冰冷的面龐。他置身在音樂和舞蹈亮麗的旋渦裡，提前看到了那幅令人怦然心動的圖畫支離破碎的情形。

那幅令人怦然心動的圖畫，在人們的想像裡像一池春水一樣晃動起來，兩個身影便在晃動的水紋裡飄浮而出。

董卓粗壯的身軀壘於堂上，像一隻立於林中巨石的猛虎。他頭上的林宗巾雖然垂下但給人的感覺是飄飄而起，貂蟬依偎在董卓寬闊的懷中好似一輪明月。堂外雖是白日青天，堂上卻是一輪明月照著一隻昂頭嘯叫的猛虎，猛虎的狂笑呼嘯著從伍孚頭上掠過，俠客伍孚驟然猛醒自己已置身於猛虎嘴邊。

「散了。」董卓的低斥使那些衣袂輕舉的舞女們知趣地退出。那些旋轉翻飛的舞衣的消失使俠客伍孚略微有些遺憾。

「俠士伍孚久仰太師威名，不遠千里前來投奔明公。」

「伍俠士不必多禮，在孤面前，一律不拘那套禮節。」董卓長袖一揮，用眼一瞟貂蟬，卻見一縷愁雲在貂蟬臉上浮現。

「謝太師恩典。」

俠士伍孚拱手說道，他鞘中之劍像久居洞穴冬眠而醒的蛇一般騷動不安，發出令人顫慄的「嗞嗞」響聲。

「你的武藝如何，露一手給孤看看。」董卓年少好武的心情，此時像夏日的荷花一般重新燦爛雪白地綻放。這一次綻放差點提前中止了他霸氣一生的英雄生涯。

「俠士伍孚有請太師過目。」

伍孚話音未落一把寒光凜冽的長劍在伍孚之手的安排下從封金鑲銀的劍鞘裡飛出。長劍筆直地高高挺立於空中時整個中堂彷彿有電光瞬間劃過。伍孚將身一轉，雪白的長劍隨著他蛇一般游走起來。伍孚一騰躍那劍便活了，繞著伍孚周身翻飛騰躍。刹那間，劍光裏住了伍孚。只見那一片刺目凜冽的劍光，卻不見了伍孚。

董卓被那眼花繚亂的劍光迷得似傻如狂，往昔西羌荒野的刀劍生涯在伍孚夢幻般的劍光中重現，他忍不住大喝一聲道：「好！」

這一聲彷彿有了磁力，將那一柄數尺長的寶劍吸了過來。寶劍的後邊拖著英武的伍孚凌空飛翔。伍孚今生從未如此舒適地飛翔過，他甚至渴望那柄長劍就這樣飛翔到底，永無終止。

面對這場驚變，人們的驚叫像傍晚的炊煙一般裊裊而起。人們驚恐的心像蝙蝠一般在中堂上四處亂撞。英雄董卓目睹了那把長劍整個的飛翔過程。他只一閃身，長劍和俠士伍孚便在他與貂蟬裂開的峽谷中穿過，落在董卓身後一公尺的地方，靠在牆上，像一個挺劍而立的銅像，渾身的布衣青光閃爍。

董卓有些艱難地開始挪動肥胖的身軀。那柄長劍在稍稍喘息之後重新鬥志昂揚地刺了過來。這時，一個豔麗的色影飄忽而來，橫在未轉過身來的他與長劍之間。長劍在貂蟬美麗顫動的胸脯前方兩寸之處戛然而止。俠士伍孚面對貂蟬的豔美體驗到一種發自內心的顫慄。

當劍鋒離那美麗的山峰不到兩寸時，他用絕倫的內功止住了那柄試圖在貂蟬體內打一個通道的雪白長劍。他又一次體會到什麼叫顫慄。他的顫慄因美而生，這一顫慄便輕而易舉地斷送了他的俠士生涯。

堂下的衛士此時追逐長劍而來。伍孚試圖讓那英勇的長劍再一次爲他效勞時，長劍也顫慄起來。董卓終於轉過身摟住貂蟬，又將身子倒過去迎接伍孚長劍。

俠士伍孚卻在貂蟬使人撕心裂膽的美色面前喪失了最後一絲勇氣。衛士們正在一擁而上。他的長劍依然顫慄不止。

董卓摟著貂蟬逃離那柄長劍的攻擊。他那寬大的臉龐潑了血一般漲紫起來，一雙眼瞪得好似銅鈴一般，口鼻的呼呼聲響宛若野獸的喘息。

伍孚最後一次目睹了貂蟬飄忽的色影之後便任那柄長劍飛起橫立於頸邊。他像拉二胡的弓弦一般將那長劍輕輕一拖。一縷鮮紅的血便蜂擁而出，迅速地在劍鋒上瀰漫，好似海水漲潮漫向雪白的沙灘。

伍孚用一柄長劍將自己凝固在時間裡。多少年後他的名字被一個史官順手塗抹進了歷史典籍，卻被罩上了一層光芒四射的英雄色彩。時間依然在流動，伍孚被拋棄在時間之外，活著的依然在前行，活著的故事依然在有條不紊地發展。

伍孚之死在美女貂蟬的心裡引起無比激烈的震動。她連自己也無法理解那飛蛾撲火般撲向董卓，將長劍隔離開來的舉動。她無比憂傷地意識到自己開始背離了自己的初衷，背叛了自己的陣營。那種改變她心靈的力量宛若一隻高高懸在空中朝她揮舞的手，那隻來自冥冥之中的手在撲朔迷離地安排著她的命運與她的未來。

謀士李儒出現在陽光裡宛若一株病樹。董卓呂布父子之爭使他憂心忡忡。董卓牛似的身軀橫在他面前時，他感覺到光芒彼此打成了死結，凌亂不堪。

「先生找孤有什麼事？」董卓十分客氣地說。貂蟬美艷的目光此時也瞟了過來。謀士李儒頓時渾身一節一節地酥軟。

「我想和太師單獨面談。」

謀士李儒竭力避開貂蟬使人意動神搖的目光，拱手說道。他的聲音倒是充滿正氣，不大卻能讓人體會到一種陽剛之美。

董卓轉眼看了一眼貂蟬，又把目光轉向李儒，說道：「這裡沒有外人，先生但說無妨。」

李儒已經感覺到貂蟬目光壓在他肩上的沉重。他使勁要擺脫那種被人窺破了內心的負重感，但無濟於事。

「此事涉及國家機密，夫人迴避可好。」謀士李儒鼓足了勇氣說。

「愛妾你先到後花園看花去……」董卓的手無比愛憐地落在貂蟬的肩膀上。貂蟬十分柔順地點頭告辭。她穿著孔雀綠的綢衣，輕舒廣袖。董卓便看見一隻開屏的孔雀迎著陽光展翅飛去。

謀士李儒長舒一口氣。美女貂蟬的離去撤去了他心中一道美麗的屏障。董卓看見謀士李儒的雙腿屈落著地，他本來不高的身體，立刻矮去大半截，兩滴非常奇怪的眼淚從李儒眼中滾落，他的號叫如喪考妣：「太師請爲將來著想……」

黃昏，天邊燃起了一陣大火，一個雪白耀目的球剎那間失去了光亮，跌入了這片大火中，變得血紅晶瑩，大火像紅球的兩隻血紅的翅膀，「嗖」地一下，無比遼闊地向兩邊伸展。於是，整個西方的天空都被大火燒得似鐵板一般鮮紅，但不燙手。

美女貂蟬坐在窗前眺望黃昏，她的長髮瀑布般瀉下，舒暢地在光滑圓潤的肩上流淌。她纖細的腰身被窗外的大紅鑲上了一圈金邊，綽約動人，這是一千年只有一個的剪影。幾度夕陽紅。

董卓癡迷地仰望著這一精美絕倫的倩影，心像初戀的少男一般跳蕩。他恨不能將那令人顫慄的美永遠凝固在時間裡，不被歲月之手洗去，不被光陰之河捲走。

謀士李儒的話並不合時宜地在此時響起，像一隻討厭的蒼蠅，繞著他肥胖的頭顱翻飛翔轉：「……春秋時，楚莊王一次夜宴群臣。燭滅了，一人乘機牽扯王后衣服，王后把他的帽纓揪下來，請求追查。但是豁達大度的楚莊王卻故意不追究此人。後來，在一次關係楚國生死存亡的戰爭中，此人勇猛異常，扭轉了楚國戰局。現在貂蟬不過是個平凡女子，而呂布卻是太師的心腹猛將。太師如果就此機會把貂蟬賜給呂布，呂布一定會感謝太師的無量恩德，用死來報效太師……」

董卓使勁地搖晃腦袋，試圖將那死去了一千年的楚莊王從腦中甩去。貂蟬夾雜著麝香的體香此時隨著晚風拂拂而來，撩得他意動神搖，風不動心不止。然而，李儒從歷史的垃圾堆裡撿來的故事，卻像螞蟥一樣追逐著他，令他心煩意亂。萬般無奈，他的大口徐徐地送出了一個音：「咳——」

這個蒼老的聲音將貂蟬從絕美的意境之中驚醒。她回過頭，驚訝地發現英雄董卓的臉上史無前例地爬滿了憂愁的皺紋，幾縷銀絲在泛紅的晚風裡飄起，讓人感到一種莫名的憂愁與哀傷。

誰都有老去的時節。

董卓老矣。

貂蟬凝望著他，站起，窗外的那輪夕陽便罩住了美女和英雄。他們不約而同地朝著鮮紅的夕陽中心奔去，在紅紅的夕陽中心緊緊相擁相抱。一行雁群很合時宜地列隊掠過夕陽，造就了這千古一瞬的風景。遠山的古寺此時有鐘聲響起，悠揚地在天空中飄蕩：「太師爲何嘆息？」

貂蟬無比溫存地偎在董卓懷中。「有你在身旁，孤有什麼放心不下？」

董卓垂手握住貂蟬小手。貂蟬手涼若寒冰，他重又嘆息道：「若有朝一日，你離開了我，咳，恐怕我再難找到……」

董卓的話音尚未停止，貂蟬之手便提前到達董卓的嘴邊，將聲音堵住：「太師何出此語？貂蟬侍奉大人生死不渝，難道大人厭倦了賤妾不成？」

貂蟬說著，頓時淚光閃閃，喘息微微，像一隻小獸在董卓的懷裡微微地抖動。她的哭泣使夕陽整個地顫慄起來，墜入深不可測的火海之中。

董卓的心面對貂蟬滴落的淚水一下子粉碎，分崩離析。他艱難地牛喘著：「我怎麼會有厭倦之意，疼愛尚且不及呢！」

貂蟬傷心的淚在夕陽裡泛著桔紅色的光芒。董卓覺得自己被那桔紅色的淚淹沒，窒息，他在意識裡奮力揮舞雙臂，試圖浮出海面。

然而，李儒之手掌在冥冥中伸了過來，攥住了他的心使他狠下心腸。他像黑色旋風一樣旋轉過身，貂蟬便被置於黑色的旋風之外。她的啜泣漸去漸遠，她的身影也遙遠如夕陽。

那一個一個從他口中飄浮而出的字，都不是來自他的內心，而是從牙根裡擠出來的：「有一件事，我早想告訴你，只是實在不忍心開口，如今已是非說不可了……」

短暫的停頓，費力的延續：「貂蟬，你在我身邊的日子不多了。等呂布一回京，孤就要將你倆主婚成親……」

這是怎樣一句地動山搖的話，貂蟬一下子覺得天昏地暗，跌到了黑夜的中心，她孤獨無援地四處張望，然而黑暗的世界空洞無物。她飄忽的色影在黑暗中哭喊呼號，然而，卻再也找不到可供她的心靈依賴的物體……

董卓的寬闊手掌伸過來。

貂蟬突然覺得那個手掌其實也像紙一般脆弱，只要她願意，她就能將那紙撕成兩半再撕一次然後揉成團扔進牆角。

前所未有的絕望使她心灰意冷，她再一次眺望董卓，發現他儘管身形高大，其實也是個俗不可耐的小人。她這時才體會到自己是愛過他，不是愛他龐大的身軀，也不是愛他寶貴的前程，愛的是他一身的霸氣，愛的是他在人世間隨心所欲的英雄氣概，她還以爲他是一個敢愛敢恨的人呢！

他其實是個俗物。

俗物，董卓。

如此說來，她在人世間是得不到愛了，得不到愛那就走吧，走吧。

世間或許本來就無愛，正如無恨一般。

牆上那柄在夕陽裡泛著紅光的寶劍在誘惑著她。她眼前一個拔劍自刎的伍孚飄浮而出。他的神態是如此的安詳。他對那柄血的長劍是如此的愛戀，他甚至捨不得用那柄長劍去殺人，而是將它懸於脖頸之間，像拉二胡一樣輕輕一拉，生命便裂開一個口子，靈魂也在洶湧沸騰的血光裡走向了徹底的安寧。

她爲什麼不學伍孚呢？劍，才是人世間最霸氣最英雄氣概的男人。

她像涅槃的鳳凰一般飛向長劍。

董卓聽見一個冷咧的聲音在頭上飄浮：

「董卓，我貂蟬本以爲你是叱吒風雲，頂天立地的英雄。不意竟是一個連妻妾都不能保護的懦夫！我眞是不幸啊！難道我貂蟬只是一個玩物並實話告訴大人，自從進了太師府，賤妾就沒有活下去的念頭了……」

夕陽在那一瞬間粉碎，像火紅的炭一般飄飄灑灑墜向它下邊的那片大火。小巷深處傳來母親召喚孩童歸家的聲音，孤獨而遼遠。

長劍被那柔荑一般的玉手把捏住時無比歡欣鼓舞，它很爽快地從劍鞘裡飛出在夕陽裡紅光閃爍。然而另一隻長滿絨毛的手掌改變了它的運行軌道。那隻大手將它從美人之手裡抽出，又狠命一甩。它迫不得已地在空中飛行，劃過一道鮮紅的弧線之後，悄然落地。貂蟬心領神會地聽見長劍發出一聲深深的嘆息。她無比依戀地再次撲向長劍時，那隻大手將她細腰環住，緊緊箍住了她，也箍住了一不小心就要煙消雲散的美豔生命。

「我只是開玩笑，你怎麼就當眞了？」董卓的話換留住了那個美豔無比的生命。那個生命縮進了他的懷中，嚶嚶的哭泣聲使黑夜匆匆降臨。

「海可枯，石可爛，孤對愛卿之情永不變，也不容他人對愛卿生一絲妄想……」董卓指天道地的發誓被貂蟬冷漠的一笑忽略而過，她的淚珠掛在腮邊猶如桃花帶雨。海枯石爛的神話是數千年來矇騙了多少情男愛女的一句弱不禁風的謊言。貂蟬此時意冷心灰得猶如在頭頂徐徐落下帷幕的黑夜。

董卓此時的表演猶如跳梁小丑。他又用天一放晴就帶她前往眉塢散心遊玩的拙劣把戲哄騙貂蟬。可是任憑董卓說得天花亂墜，貂蟬不露笑臉。他一急，又發誓道：若是有三心二意，就馬上掉進荷花池變癩蛤蟆。

這種刻意作踐自己的笑話使最後一代英雄的光芒從他身上脫落。貂蟬冷眼看著這齣乏味的醜劇，在心裡發出陣陣冷笑。地上的長劍此時在變暗的地上發出凜凜的寒光。它對董卓全無男人氣概的言論不屑一顧。

董卓又鼓嘴瞪眼，裝作一隻大蛤蟆。這俗人的把戲只能吸引那些和他一樣俗的女子。貂蟬煩不勝煩，扭頭眺望寶藍色的天空星光閃爍。

秋天的憤怒

大將軍呂布頭戴峨冠，身著虎紋紗縠單衣，外罩一件玄色風雨披，端坐在赤兔馬上。他的方天畫戟橫在赤兔馬油光滑亮的鬢毛上，閃閃發光。

日復一日的淫雨使人不勝心煩，遠山遠水被那濛濛雨霧掩飾成一片朦朧的翠綠色。幾隻燕子用尾翼剪破雨幕，低低地在半空裡穿行。綠茸茸的草兒在他的腳下哧哧地生長。遠處的田野，幾隻飄飄忽忽的牛的影子，在農人長鞭的吆喝聲中緩緩前移。農人的吆喝之聲在蒼白的天空中隨風飄揚。

遠遠那座在淒迷的風雨中飄搖的城池正是武關。這是呂布此次犒軍的最後一站。一個月前發生的風儀亭事件使他內心激蕩著對義父董卓的憤怒。幸好是謀士李儒從中斡旋，他奉太師鈞令前往潼天犒軍，心中的憤怒才沒有被宣洩出來成爲莽撞之舉。

呂布卻帶著反賊張伯慎的頭和皇上的詔書來到襄陽峴山。不久前號稱「江東小霸王」的孫堅在此萬箭穿身而死。他帶來的牛酒錢帛使三軍將士歡聲雷動。沿途他還經過了不少地方，可是他的心依然牢牢繫在遠在千里之外的美女貂蟬身上。

武關城池大開。呂布威風凜凜地牽馬入城。武關的守將們很早以前就在盼望著他的到來。當他的身影出現在武關黑洞洞的城門時，歡呼之聲呼嘯而來。

入關後呂布馬上吩咐隨行人員卸下最後幾車酒肉錢帛，並將那浸泡在生石灰粉中早已眼睛鼻子耳朵一片模糊的首級掛在關前旗杆上。首級的腐臭味隨風飄揚。一群蒼蠅立刻雲集而來在它的周圍「嗡嗡」飛舞。守城的士兵們捂著鼻子十分艱難地呼吸。

一個月的日曬雨淋，使他本來白皙的皮膚變得黝黑。呂布望著那顆高高地懸掛在風中的人頭如釋重負。讓人煩惱的公事辦完以後他就沐浴更衣，守城將帥的盛情挽留被他擺手拒絕。他匆匆提戟飛身上馬，將那些爲他送行的人遠遠地站在了白茫茫的雨幕中。

赤兔馬日行八百里，呂布在兩天之後的清晨重返長安。長安東門熙熙攘攘的早市，使他產生一種在夢中穿行的飄忽之感。而貂蟬那熟悉媚人的氣息，在清晨的風裡拂拂而來。

太師府終於呈現在他眼前。身穿青衣的董乙坐在門前的竹椅上哈欠連天。他靠邊伏著的狗看見了呂布小聲吠叫著搖頭擺尾跑過來。

他像往常一樣提戟牽馬昂首直入。董乙看見他便從嘎吱嘎吱響的竹椅上站起。他站起時身子怎麼也站不直，腰彎得像一張弓。

他居然像要擁抱誰一樣將手張開。

「這是什麼意思？」呂布驚疑地問，「這是我父親的家，自然也是我的家。我難道連家門都不讓進嗎？」

「呂將軍，不是我有意阻攔。」董乙雙眼朝天。這個奴才竟然不把呂布放在眼裡。他拿腔拿調的聲音讓呂布作嘔。他恨不得一戟將他扎個透心涼。他的聲音繼續向呂布飄了過來：「太師清晨就要起程前往眉塢，此刻尚未起床。呂將軍跟隨大人多時，他老人家的脾氣，想來你比我更熟悉，此刻斷無進見之理……」

「放屁！」呂布憤怒無比地喝道，牽馬提戟就要入內。

董乙見他動了怒，立刻變了一副模樣，他的手依然保持著要擁抱誰的姿態，皮笑肉不笑地說：「……看在你與太師父子關係的情分上，我去通報一下。不過醜話說在前頭，見與不見那是太師的一句話。到時候，可不要再纏我。」

看著他那狗仗人勢的樣子，呂布怒火中燒，血直往臉上湧，握著方天畫戟的手也在微微地抖動。

呂布何時受過這樣的氣？可是還是先忍一下就好。這狗娘養的董乙畢竟是董家的人，小不忍則亂大謀，呂布想犯不著跟他生氣。於是呂布一跺方天畫戟；指著他那形瘦如柴，弓一樣彎著的身體喝道：「你給我快去快回。」

董乙一弓一弓地在拐彎處消失了。

呂布將方天畫戟靠在門邊，坐在門檻上。赤兔馬靠著他，發出微微的喘息。

那輪不怎麼耀眼的圓球突然「騰」地一下，便躍到了街的上方變成不可對視的火球。街上的行人一下子全有了影子，像負了重一般拖著影子在亮晃晃的地上行走。

呂布像索債的人一般坐在門邊。董卓見不見對他來說並不是至關重要。他要把貂蟬從董卓手裡要回。臨走那天，謀士李儒便告訴他只要他一回京都，太師就會把貂蟬還給他，為他舉行迎娶儀式。

呂布是索債的人。他什麼都不要，只想要回貂蟬——他的心肝。

火球還在一點一點地往上爬。行人的影子也在一點一點地往他們的腳下縮。

董乙為何還不出來？我呂某等不及了！赤兔馬，咱們走。

呂布提起方天畫戟，牽著馬直闖而入，這是他的家，呂布進自己的家還要人通報。眞是豈有此理！太陽熱烘烘地曬在他的背上。

這時，一張弓一彎一彎地穿過陽光走向他，是董乙。

「董乙，你捂著臉幹什麼？」呂布問。

「瞧你做的好事，我說他此刻不會客，你偏不信，非要我去通報。你倒好，我卻吃了一記耳光……」董乙將手放下，呂布這才發現他一側臉紅腫得像個茄子。

「太師到底見不見？」呂布不耐煩地將董乙的衣襟一把揪住，將他像一隻鴨子一樣提起來，問道。

「見你個大頭鬼啊！」董乙倒很神氣，不怎麼怕他。他將身子一扭，從呂布手上滑了出去，像一條光溜溜的魚。然後，他一跳三尺高大聲說道：「他老人家正在五太太房裡呢，怎肯見你？」

「五太太，五太太是誰？」呂布不解地問。

「虧你是太師的貼身親信，怎麼連五太太是誰都不知道？」董乙鄙夷萬分地瞪了他一下，「五太太就是太師新娶的小妾貂蟬。」

什麼？五太太，貂蟬！

剎那間，呂布感覺到一個霹靂像榔頭一樣從晴空中猛擊下來，將他打得搖搖晃晃好似喝醉了酒一般。他只覺得周身火一般在燃燒。他「呀——」地大喝一聲，手提方天畫戟，怒火沖天地奔向太師臥室。

刁鑽古怪的董乙被呂布嚇傻了。但他很快反應過來，伸出雙手，從後邊包抄過來，將呂布的腰身緊緊地抱住。

董乙像一根腰帶一般被呂布左甩右甩。

憤怒之火在他使勁甩動的過程中平息下來。上午的陽光刺辣辣地落在呂布頭上、肩上，打在馬背上。他開始正視眼前的一切。董乙鬆開了他，氣喘吁吁地貼著他身後一株桃樹，喘個不停。

呂布沒有再往前移，而是回轉過身，牽著赤兔馬，向大門邁去。

街上的人比來時多了，賣燒餅的、玩雜耍的、走江湖賣藥的……應有盡有。他牽著赤兔馬在人群中穿行，心的荒野有孤寂的風在低低地怒號。他不知在陌生的人群裡穿行了多久。忽然有打鑼敲鼓的聲音遠近傳來。接著，在十字街頭，呂布看見許多朝廷官員騎著馬從四面而來，他們像流水一樣湧向十字街頭，又像流水一般流向鼓樂喧天的太師府。

謀士李儒被董卓將要帶貂蟬前往眉塢的消息嚇出了一身冷汗。在董卓動身的前兩天，李儒再次光臨了太師府。

董卓見到李儒時正陷在一張竹製的太師椅裡。兩個美豔的丫環用粉紅色的扇子爲他製造習習涼風。李儒在陽光裡出現顯得無足輕重，董卓只是用眼睛的餘光瞟了他一眼。李儒渾身一抖，打了個寒顫。

「找孤什麼事？」

董卓的聲音使李儒如墜冰谷。他用有氣無力的聲音問：「呂布將於這兩日回來。太師爲呂布安排的迎娶儀式進行得怎麼樣了？」

董卓怏怏不快的聲音粉碎了李儒的妄想：「呂布和我有父子之分，不便賜與。我只是不追究他的罪過。你替我傳達我的意思，用好話安慰他……」

李儒一聽這話，恐懼使他的雙膝再次跪落於地：「太師不要被婦人所迷惑！」

這話像火一般燙著了董卓。他騰地一下從太師椅上跳起，指著李儒破口大罵：「你的老婆你肯送給呂布嗎？貂蟬的事不許再多說了，小心你的腦袋……」

百官的蜂擁而至使呂布滿面羞慚。他牽著赤兔馬躲到了人叢裡，然後沿著擁擠的長街緩緩地走向太師府。

太師府前停著紅橙黃綠青藍紫七種顏色的轎子。它們像彩色的龍一般沿著長街排開。董卓的母親和奶媽被丫環們分別送進了黃轎和青轎之中。接下來便是他的妻與妾。

呂布的心急促地跳著等待著她的出現。當她終於在太師府門前出現時，彷彿有一隻無形的手堵住了他的鼻孔和嘴巴。他連氣都喘不過來。

他和她相隔甚遠。可是她那飄忽的影子卻像火一樣灼燒著他的心。他高舉著畫戟牽馬擠過人群。董卓這麼肥胖如牛的身體此時也暴露在陽光裡。她由他攙扶著被送進了那寶藍色的轎中。他焦急地用目光眺望她。她呈現給他的卻只是一個讓人怦然心動的背影。

呂布實在無法防備那驀然的回首一瞥。

那一瞥使整個世間由喧囂化作寧靜，熙熙攘攘的人群成爲一個個飄忽的影子。呂布在這些影子裡張開手高聲呼喚了一下。可是他的身體卻被那些影子擠得東倒西歪。

他看見他的呼喚像一個彩球一般投向了她。她那驚異的回眸一瞥充滿了哀怨與憂傷。然後那個肥胖的身體把她送上了轎子。然後那個肥胖的身體與前來送行的百官一一作別。然後車轎的彩色長龍緩緩前行，流過長街。然後……

呂布傷感地牽馬提戟走上了高坡。赤兔馬在他的身邊喘息。他翻身馬上眺望遠方。滾滾的車塵使他心潮起伏。他無比憤怒地揮動了方天畫戟。一株挺拔的楊樹在他的怒吼聲中攔腰折斷，轟然倒地……

這時，一個遙遠的聲音向呂布飄來：「呂將軍別來無恙？」

呂布在北掖門騎馬眺望扼腕嘆息時，王允像一個幽靈，在高坡綠草如茵的草地上搖搖晃晃地出現了。他今日穿著朝服，打扮得線條整齊，走向呂布。

「呂將軍別來無恙？」

司徒王允的出現使呂布的兩眼充滿了悲憤又遇著了知己一般閃爍發光。他雙腿一夾赤兔馬便將他年少英武的雄姿送到了司徒王允面前。

呂布拱手還禮。

司徒王允接著說：「呂將軍爲何不隨從太師去眉塢，而獨自一人在此遙望嘆息？」

這話不說還好，一說便激起了呂布胸中的滿腔怒火。司徒王允像欣賞一幅畫津津有味地望著呂布化作一團烈火在熊熊燃燒。

司徒看著呂布的燃燒仍覺火侯不夠又火上添柴說道：「老夫近來因身體染上小病好久閉門未出，又聽說將軍因公事外出久未與將軍會面。今天太師駕歸眉塢，我只好扶病出送，卻喜得在此與將軍相遇。請問呂將軍爲何在此長嘆？」

呂布的沖天之火果然燃得更旺，他跺著畫戟說道：「正是爲你女兒的事啊！」

司徒王允對這句話心領神會。但他卻故意擺出一副驚訝萬分的模樣問道：「此話怎講？」

呂布將臉別過去，良久，他才激憤無比地說：「老東西不是人，將貂蟬霸占爲妻……」

王允聞言，頓時仰面跌倒在地上，過了半天才徐徐地吐出一口氣：「我那苦命的女兒啊……」

王允把呂布帶進了他家的密室。

密室四處不透風，黑漆漆的一片。王允命人點上蠟燭又擺上酒宴，密室外邊但有腳步聲響，密室之中便能聽得一清二楚。

「眞想不到太師竟有如此的禽獸之舉。」王允長嘆道。

呂布越想越氣，一使力，手中的酒杯竟被捏碎，酒流得滿手，濕漉漉地一片。

王允見火候已到，便乘機說道：「太師淫我女兒，奪將軍的妻子，誠爲天下恥笑——不是笑太師，而是笑我和將軍。笑我倒還罷了，我年老無能。可將軍蓋世威名，卻被……」

呂布被王允的話一激，頓時怒火中燒，拍案大叫。

王允見他發作，心中暗暗高興，便急忙止住他說：「老夫失語，將軍息怒。」

呂布便道：「我發誓殺此老賊，以雪我奇恥大辱。」

王允急忙掩住呂布的口，說道：「將軍不要再說了，恐怕連累老夫。」

呂布道：「大丈夫生於天地間，豈能鬱鬱久居人下！」

王允又激道：「以將軍的才能，恐怕不是董太師所能限制的。」

呂布感嘆道：「我有心殺這老賊，只是我和他還有父子之情，恐怕後人議論。」

王允微笑著提醒道：「將軍姓呂，太師姓董。太師擲戟時，考慮過父子之情沒有？」這一句話如電光石火，將呂布心中一盞明燈點亮。他感激地說道：「要不是司徒提醒，我幾乎要自誤了。」

王允見他的意思變得堅定，便將自己的用意說出：「將軍若是匡扶漢室，就是忠臣，青史留名，流芳百世；將軍若助董卓，就是反臣，載入史冊，遺臭萬年。」

呂布恍然大悟，離開酒席，屈身下拜，說道：「呂布發誓與董卓老賊一刀兩斷，司徒不要生疑。」

王允又說：「恐怕此事不成，反招大禍。」

呂布當即拔出刀來，在左臂上刻了一道血痕，發誓道：「漢朝的社稷還能維持下去，都是大人的功勞。千萬不可洩密！臨期有計，自當相報。」

呂布慷慨地應承下來。

王允的手和呂布的手緊緊地握在了一起。王允於黑暗之中看到了一點亮光，未來的某些片斷從亮光中浮起。王允在心中暗暗得意：呂布小子，你終於落入我的掌中了。

初平三年春，三月朔日。與長安香室街毗鄰的靈台，經過半個月的趕修，又恢復了昔日的雄偉身姿。高達十五仞的靈台，在濛濛細雨籠罩下，格外高峻，給人高聳入雲的感覺。

頭紮赤幘，身穿朱衣的王允、楊瓚、士孫瑞和身穿戰袍的呂布，在一隊朱衣巫師的簇擁下，一級一級升上了靈台的頂端。憑台遠望，霧氣充塞天地，長安城匍匐在靈台之下，隱隱約約，若隱若現。

靈臺上的日月、星辰、山川神靈的神座和祭祀物品，在煙霧中泛著青色的光澤。所有的神座都面向台內，神座左邊陳列瓢樽，酒樽右邊設罍洗和篚。

王允今日是主祭，站在罍洗的左邊。呂布充當執事者，位於王允之後。楊瓚和士孫瑞充當讚禮，位於兩側。

一聲長長的讚喝由士孫瑞發出，呼嘯著從人們頭頂掠過。王允接過巫師遞過來的祝文，對著南方的諸神位，高聲朗讀道：「維大漢初平三年，歲次三月朔日，司徒王允、溫侯呂布、尚書楊瓚、僕射士孫瑞，昭告於諸神：霖雨淹久，害於百穀，惟靈降福，應時開霽，謹以請酌嘉薦，明告於靈台……伏惟尚饗。」

祝文讀完後，王允接過巫師遞來的朱紅色的祭鼓，用紅色的鼓槌敲擊著，準備就緒的巫師隨著鼓聲跳起了熱烈的饗神巫舞。

借著鼓點的掩護，王允、呂布四人湊在了一塊，商議起討逆的計策來。

王允小聲地說：「除逆時機已到，老賊的一幫幹將都已被派遣出京城分守各縣。京城之中，都是我們的人了。」

「太好了，是不是該馬上動手了？」楊瓚性急地問道。

王允搖搖頭，說道：「現在就差最後一招誘棋了。須有一人將他引誘回京，如此如此。」

呂布急切地問：「派誰去最好？」

王允不慌不忙地說：「李肅。」

呂布驚問道：「李肅是董卓的謀臣，司徒難道不怕他洩密嗎？」

王允說道：「李肅跟隨董卓已久，卻始終得不到重用，未能升官，心中早已懷恨在心。若派這人去，必馬到成功。李肅是奉先將軍的老鄉，最好奉先將軍去勸說他。」

呂布痛快地答道：「當初勸我殺了丁原，投奔董卓的就是他。我去勸他他若不去，我就先斬了他。」

當晚，呂布派人將李肅秘密請來，呂布對他說道：「當初公台勸說呂布殺了丁建陽投奔董卓；如今董卓上欺天子，下虐百姓，罪惡貫盈，人神共憤。公台勸我誤投於虎狼之下，該當何罪？」

李肅以爲呂布把他叫來是拿他興師問罪的，心裡叫著倒楣，一聲不吭。

呂布又說：「公台願將功贖罪嗎？」

李肅連忙磕頭，說道：「請將軍爲我指一條明路。」

呂布說道：「公台可傳天子詔前往眉塢，將董卓老賊誘入京都，引君入甕。然後我們伏兵誅滅他，力扶漢室，共作忠臣，不知公台意下如何？」

李肅憤憤地說：「我也早想除掉此賊，只恨一直沒有同心的人。現在將軍想這樣，眞是天助我也。李肅怎敢有二心！」

呂布大喜，說道：「痛快！」

呂布說完，從箭匣中取出兩隻箭，將箭「喀嚓」一下折斷，說道：「我倆誰若懷二心，下場就跟這箭一樣。」

當晚，呂布又帶著李肅見了王允。王允對李肅說：「公台若能幹成這事，必官運亨通。」

李肅得了王允的許諾，感激不盡而去。第二天大清早他便帶著十幾個人馬，前往眉塢，實施起王允計劃的第一步。

這都是這天晚上發生的事情。再說這天清晨，王允祭禮完畢，王允撫著呂布三人的手，語重心長地說：「俗話說，三人同心，黃土成金。我三人同心相應，共謀除逆，必獲神佑，鏟除逆賊，光復漢室的大計必將成功！」

四人又回到各自的位置。王允興奮地猛敲手中的紅鼓，猛烈的鼓點如急雨一般而來，沉浸在癡狂中的巫師們被煽動得更加熱烈。他們幾乎完全忘卻了自我，全心全意地投入到與諸神的交流之中。

王允望著那些瘋狂的人們，恍惚間，他們火紅的舞衣在旋轉中化作了熊熊燃燒的烈焰，彷彿要把充塞天空的陰霾和瀰漫大地的霧氣全部燒個一乾二淨。

第六章　萬歲塢　一戟驚艷

我看見：群山崩塌；
不久前原封未動的土地
展現出遠景。

——聶魯達・《銅的頌歌》

眉塢驚夢

脊背一般起伏的萬歲塢隱約可見了。

董卓立馬於渭水江邊。江上的風拂掠而來，撩起他滿頭的縷縷銀絲。遠方的太白山雲繚霧繞，若隱若現。綿延數百里的眉塢在群山間起起伏伏，宛若降自天庭的一條蒼龍。

「壯哉，董卓！」

董卓眼中激動的淚水如渭水蕩漾的水波，盈盈抖動起來，銀光閃閃。

「駕，駕——」董卓像年少時一般，「唰」地一聲，使那銀蛇一般的馬鞭在頭頂一晃，揮舞起來。馬兒在鞭兒的召喚下，一聲長嘶，騰空而起，穿雲過霧，在太白山下茫茫的原野歡樂地奔跑了起來，將牠身後董卓家眷和隨從遠遠地甩在了後邊。

「太師，太師……」

管家董承有些害怕了，在董卓身後追著喊叫。董卓是在他的看護下從一個小牛犢長成了一個彪形大漢，又由一西羌少年變成身居要職的堂堂太師。如今，他是個上了七老八十年紀的人，董卓也在走向他生命的黃昏，哪能像年少那樣，在馬上顛簸折騰呢？

可是，管家董承的聲音被從耳邊呼呼擦過去的風聲吞沒了。董卓的馬好似踏著雲彩棉絮一般，無比輕靈。迎面有柳絮槐花如煙而來，董卓縱馬宛若置身夢境。

馬兒是在一片翠綠中奔跑的。

馬兒終在一片翠綠中迷失了方向。

一會兒，太白山、眉塢、隨行的馬隊，在一片茫茫的白霧侵吞下，全部消失了。

董卓和他的馬兒，被一片白霧緊緊地包裹住了。

篤、篤、篤……有木魚敲響之聲飄浮而來。

木魚之聲將那茫茫白霧洞開了一條長長的隧道。一個身披青色袈裟的女尼蹬著一雙青鞋，飄然而來宛若一盞青燈。

「南無阿彌陀佛……」

女尼的呢喃之聲清脆悅耳。董卓被那迷霧中的亮麗之聲迷惑，神態飄忽起來。

女尼不知何時已立於董卓馬前：「施主從何處來?將往何處去?」

女尼此語一出，眼中的神情便洩露出她對董卓的過去未來洞若觀火。董卓對女尼的話置若罔聞，他的目光被女尼桃花一般燦爛的臉所吸引。她的一舉一動，一笑一顰，姿色絕不在貂蟬之下。

「施主……」女尼在呆若木雞的董卓面前再次施禮。

董卓如夢初醒，連忙還禮，有壞笑從他臉上游移而出。他似問非問道：「請問女師父，通往眉塢的路怎麼走?」

女尼也答非所問：「世上路萬條，只要走了便是路。」

董卓聞言心像誰猛抽了一下，不敢小看這個青春女尼，也用一句禪語答道：「倘若南轅北轍，該怎麼辦？」

女尼微微一笑，道：「世人但要舉步向前，必南轅北轍。」

董卓一聽放聲大笑：「這又是佛門子弟的癡語。我董卓一生嚮往富貴榮華，位居人上。至今擁有天下第一美女相伴，擁有天下之首的眉塢安居，擁有高官厚爵，師父言下之意，是說孤這一生也南轅北轍了……」

女尼鎮定地笑道：「人降生於世間，既然無衣裳，也無財寶，更無官職，本來就無一物。人死之後金銀財寶、高官厚祿皆如塵土，同樣一無所有。你爬得越高，就離你的本性越遠，就越危險，越南轅北轍。我勸你還是早點從這滾滾紅塵中抽身而出，可保平安……」

董卓頓時狂笑起來，臉上浮出淫邪之色：「小女子年紀輕輕就看破紅塵，進入破廟與古佛孤燈相伴，不覺得冷清嗎？孤不日將登極稱皇，建立萬世之功業。孤念你青春年少，不如蓄髮還俗，同老夫一起同享富貴榮華，我保舉你當皇妃……」

女尼對董卓的輕薄之語置若罔聞，她仰天長嘆道：「董卓啊董卓，你若還迷途不知返，報應的時刻便不遠了。」

董卓不聽女尼的話，他從馬上躍下，伸出粗壯的手，就要去摟抱那女尼。

女尼將身形一轉，大笑而去。董卓雙手什麼也沒摟著。

女尼彷彿從未存在過一般，消失了。

董卓想躍馬繼續找到迷霧的出口，卻感覺到腳像灌了鉛一樣沉重，舉步維艱。他只好牽馬怏怏而行。

忽然，頭頂一聲炸雷，頓時雷鳴電閃，迷霧剎那間消失，暴雨傾盆而下。董卓舉手擋住那鐵豆子一般砸過來的雨點，只見天空中有兩個青面獠牙的天將，揮舞著巨錘，向他砸了下來。他倉皇而逃，邊逃邊喊：「救命，救命啊——」

「太師，太師……」

「桃兒，桃兒，我的桃兒啊……」

「三郎……」

各種各樣的聲音，像飄滿天空的柳眉，撲朔迷離，紛至沓來。這些聲音將董卓從一片迷幻中喚回。

男人的臉、女人的臉、年青的臉、蒼老的臉……晃動、重現、飄忽。

董卓還在一片雲霧裡掙扎，出口，哪兒是出口啊？

貂蟬之臉在雲霧中出現。董卓抬頭仰望，一輪豔麗無比的月兒浮現了，紫色的霧從光潔的月面一掠而過，天空頓時裂開一條縫，陽光照了進來……

一切煙消雲散。

陽光燦爛，眉塢八百里綿延。管家董承可笑地捶胸頓足；母親喚著他的小名「桃兒」奇怪地呼天搶地；妻妾們莫名其妙地掩面垂淚；隨從的家眷們木頭一般手足無措。

貂蟬，站在茫茫的綠野上，彷彿一株臨風而立的楊柳。陽光爲她從天而落，在她窈窕的身體周圍激起一圈光瀑。她裊裊地走向董卓，熏人的溫暖便裊裊地走向董卓。世界刹那間五彩紛呈。

「太師久居京城，到了荒郊野外便覺海闊天空，在此小憩了一會兒，沒什麼大事，大家不必大驚小怪，繼續趕路吧。」

貂蟬的聲音清脆悅耳，宛若珠落玉盤。這彷彿來自天際瑤池之聲，使那因爲董卓停滯下來的車水馬龍，又復甦起來，活動起來。

紅、橙、黃、綠、青、藍、紫的油壁車，又像一條彩色的河流，向前流動，流向那八百里綿延的眉塢——「萬歲塢」。

眉塢矗立在太白山下，高大的塢牆比長安城的門牆要寬厚數倍，橫向的塢牆足有數里之長。寬闊的渭水、斜川親暱獻媚地繞眉塢流過，使眉塢徹底成爲一個固若金湯的城堡。且不說眉塢城門結構巧妙無比，單是城中那迷宮一般的結構，令古往今來的軍事家、建築家認爲才盡於此。

董卓用自得的目光撫摸他一生的傑作，這將是他的龍興之地。一旦登基，長安作爲一代古都將成爲歷史而消失。

而眉塢，在擴建之後，將遠勝東都西京成爲天下人夢想中的嶄新皇城。他的部下稱之爲「萬歲塢」雖是投其所好，倒也名副其實。

山一般沉重厚實的吊橋懾於太師神威，徐徐而落，一片陰影撲天蓋地而來。城樓上歡呼「太師」的聲音使陽光紊亂而迷離。

一隊人馬迎面而來，見著董太師慌慌張張地跌馬而下，匍伏於董卓馬前。

董太師將那些迎接他的將士們的繁文縟節輕一揮手便全部滅除，在他成群妻妾的簇擁下，昂然步入城中。

「爹爹，爹爹……」

「爸爸，爸爸……」

體型大小不一的小孩在雪白的陽光下雪球一般滾過來。這些小孩都是董卓在多年前播下種子結成的果實，他們新鮮脆嫩猶如飽含甜汁的蜜桃。他們胸前的金章紫綬在陽光下閃爍發光。這些人事不知的孩子，都已經官封都尉、中郎將、刺史、左將軍、右將軍、前軍校尉、中軍校尉、後軍校尉……他們見到董卓，有的甚至將那些代表他們官職的金章紫綬玩具一般高高舉起，在陽光下顯得五彩繽紛，讓人眼花繚亂……

董卓此時成了一棵老樹，那些小孩們攀著他的雙臂猶如攀著樹枝，有的掛在他的脖子上，有的貼在他的脖子上，有的坐在他的臂彎裡……其餘的嗷嗷待哺一般向他哇哇亂叫。

董卓滿面春風地望了一眼他那一口一個「桃兒」呼喚著的母親。他在想他光耀了他的一家。

比起殺機四伏的長安城，眉塢城堡更像一個世外桃源。

董卓在此靜靜地度過了他一生中僅有的幾個平靜如水的日子。成群的妻妾如彩雲般陪伴著他的衰老之軀。眉塢的白天和黑夜一樣幽靜，除了風聲，除了偶爾幾聲鳥啼，再無其他聲響，連尋常的鄉村野陌的犬吠狂鳴之聲，也無從聽聞。寂靜和死水一樣，使他感到一種由衷的窒息。有時深居竹林之中，他還暗暗懷念長安血腥的權力之爭，懷念將大臣、將士兵們生呑活剝的場景、懷念遙遠的橫屍遍野的戰場……寧靜不屬於董卓。

離開了動蕩就沒有董卓。

董卓如饑似渴地渴望回到腥風血雨的長安城，同他的敵手們進行你死我活的較量。

「蟬兒，過些日子孤就回長安……」在一個月光如水的暗夜裡，董卓對躺在他身邊的貂蟬說道。

「別……」貂蟬柔軟的臂緊緊環住了董卓，她溫玉一般的臉伏在董卓寬闊的胸膛上，董卓感覺到有兩注冰涼的液體沿著他壯實的肌膚在爬動，接著是低低的抽泣之聲。

「你哭什麼？」董卓的雙手細細地撫摸貂蟬冰肌玉膚的背部。

「大人還是不要去長安。賤妾連日做惡夢，夢見太師被惡龍纏繞……」

董卓聞言將貂蟬推開，翻身坐起，月光灑進來，他那張寬闊的臉上，雙眼夜明珠一般閃閃發光：「什麼，你夢見了龍？這不正好預示孤要做眞龍天子了嗎？」然後董卓撫掌大笑。

董卓那張被貪欲扭曲的臉穿過月光，深深地烙進了貂蟬的記憶，多年難以抹去。她在心裡暗暗叫苦：完了，董卓，三郎，桃兒。

董卓不喜歡李肅。

李肅是跟隨董卓十幾年的謀臣。當李肅像陽光一樣年輕的時候，他幹事神速俐落，很受董卓信任。可是這兩年，尤其收了呂布作義子之後，李肅說話總是閃爍其詞，談話中總有弦外之音，臉上不時飄浮出怏怏之色。

李肅是個酸人。

董卓不討厭惡人，只討厭酸人。

李肅站在堂前就好像放在堂前的一罐醋罈子，董卓呼吸困難。

「長安又發生了什麼事？你不辭勞苦跑那麼遠到眉塢來找孤？」

李肅略略有些緊張：「臣此來奉聖上之旨……」

董卓皺眉：「皇上有何旨意降於老夫？」

「稟告太師，數日之內，皇上龍體已完全康復，百官聞訊，無不舉額加慶。皇上顧念太師威震天下，功過三皇五帝，想要會文武百官於未央殿，議將禪位讓給太師，所以降下這個詔書……」

董卓聞言仰天大笑，良久，才問：「司徒王允的意思怎麼樣？」

李肅用略帶顫抖的聲音回答道：「王司徒已派人修築『封禪台』，只等主公的到來……」

董卓大喜過望，說道：「老夫的愛妾近日常常夢見有一龍纏身，今日果然得到這樣的喜信，真是機不可失……」

這時，董卓身後的布幔水波一樣蕩漾起來，布幔翻動，美女貂蟬光彩照人地出來。

「依賤妾之見，還是到眉塢來封禪爲好。」

貂蟬這些日子一直陷在矛盾之中，愛和恨在她的心中殺得天昏地暗。董卓是她的仇人，是一隻豺狼……她從內心裡恨他。這就使她無論如何也不能把王允的計謀洩露給他。可是，她又不得不承認，她愛上了他，不由自主地使她不忍心失去他。她不能把他推向火坑又救不了他，於是，她只能聽從冥冥的上蒼的安排。

「這……」李肅略微遲疑。

董卓顯然被眼前突如其來的好運沖昏了頭腦：「愛妾不必多言，老夫自有主張。」

貂蟬還要阻攔：「太師，你還是不去的好，賤妾近日心驚肉跳，恐怕不是好兆頭……」

「愛妾說到哪去了，不要疑神疑鬼，想我董卓，十四歲就威震西羌，誰人敢動孤一根毫毛……」董卓拍著胸脯大聲說。

李肅連忙插話：「夫人不必擔心。董太師武功蓋世，有萬夫不擋之勇。再說還有我們幾個盡心護衛……」

李肅的話還沒說完，貂蟬一個凌厲的眼神射過來，李肅立刻像寒蟬一樣不敢吱聲妄語。董卓看不慣李肅的一身蔫樣，一揮手大聲說：「你快回去回覆皇上，後天是良辰吉日，老夫馬上動身……」

李肅領命而出，渾身直冒冷汗。他騎馬回長安的途中，貂蟬飄飄忽忽的影子在他眼前若隱若現，使他顫慄不安。他此行是在實踐王允連環計的最後一個步驟：請君入甕，將董卓騙到長安，在他孤獨無援的境遇中將董卓殺死。

貂蟬會使他們的計謀功虧一簣嗎？

小姐董白提前在眉塢爲董卓舉行了一場受封儀式。

小姐董白是董卓小妾生的女兒，八歲，被董卓喜歡得鮮活純眞。

八歲的董白爲董卓舉行了一場夢中的受禪儀式。這個遊戲過程像西元一九二年的春天一樣，一去不復返。貂蟬是目睹這場儀式舉行全過程的見證人。

董卓一聲令下，百名工匠由董白指揮，在一個上午之內便建起了一座廣二丈，高五六尺的封邑壇。封邑壇在大地上隆起，在陽光下閃爍著荒誕不經的光芒。下午的陽光燦爛而溫暖。三聲炮響，從東面馳來的青蓋金華車華麗絢爛，車上的董白小姐身著純縹蠶服，在陽光下桃花燦爛。

金華車前後，十數輛皀蓋車首尾相隨。車上坐的都是些可以做董白小姐叔叔或伯伯的都尉中郎將、刺史一類的官員。他們一律官服在身，面色恭敬，如喪考妣。每一個人的頭上，都不倫不類地插著一支筆，在陽光下畢恭畢敬地行走。有時筆不小心歪了，他們還得用手去扶正，狼狽不堪。

這是董白小姐的命令，誰敢不聽？

接下來自然是董卓登臺受封、百官朝拜、壇上壇下湧動春雷似的歡呼聲……此情此景連董卓之母董老太太都樂得前仰後翻。

貂蟬卻聞到一股死亡的氣息從董卓身上飄移而出。封邑典禮之後的第二項節目較射，董卓提弓走上靶場，貂蟬只覺得董卓四分五裂，身體像冰一樣在陽光下融化，一點一點地分崩離析了。

身穿窄袖緊身錦衣箭袍的董卓一點一點將弓拉開，百步之外柳樹間張掛的一枚銅錢在陽光下像一隻眼睛似地瞅著他。百步穿楊是董卓的拿手好戲。此時他將弓拉成滿月之勢，年輕時馳騁西羌的觀景彷彿重現。

「嗖。」

一聲箭響從人們頭上呼嘯而過。利箭拖著陽光的尾奔向那閃爍的眼睛，眾人一聲驚呼，那箭在離銅錢約一尺之處，毫無理由地悄然落地。人人面面相覷。

憂傷的桃子

李肅兩天之後再次重現於眉塢。

李肅這次來到是接董卓入京受禪。

「賤妾願隨太師赴京受禪。」貂蟬對董卓說。

董卓很豪爽地答道：「好，同去同去。我當了皇上，就封你做貴妃娘娘。」

貂蟬拜謝。她心中湧動的淚是不安與恐懼，冥冥中，她彷彿看見了王允爲董卓布置的那張網鋪天蓋地撒了過來。

另一個聲音飄了過來：「桃兒何往？」

是董卓之母，她核桃一般乾巴的臉有不安之色游移而出。「兒將往長安受漢禪，母親早晚就要做太后，也不枉了兒子的一片孝心。」

「桃兒，你還是不去的好。爲娘近日肉顫心驚，恐怕不是好的兆頭。」

董卓安慰道：「母親將要做國母了，怎能不預先有驚報？母親不必擔憂太多，且等桃兒回來。」

李肅看著董母、貂蟬左一個、右一個纏著董卓不放，害怕夜長夢多，便催道：「主公上路吧！」

董卓放縱一笑，拍子拍李肅的肩膀：「我當皇帝，封你做丞相如何？」

李肅一聽這話，誠惶誠恐，跪倒在地，說道：「臣李肅謝皇上恩典……」

董卓在他的三千飛熊軍的護衛下上路了。

紅塵滾滾。

貂蟬依靠在董卓懷裡，傾聽董卓的心跳，不知爲什麼，她覺得那心跳是最後的心跳。

車馬在長安道上越行越遠。八百里綿延的眉塢，像雲煙一般在地平線上消失了。太陽不知何時躲於雲後，天上頓時風起雲湧。

車輪「吱呀吱呀」的叫聲像挑水時扁擔一顫一顫的聲響。貂蟬在這有節奏的聲響中漸入夢鄉。突然，那「吱呀吱呀」的聲音戛然而止。接著，貂蟬和董卓同時看見地平線猛地傾斜了一下。

是車子的一個車輪脫落，車板猛地傾斜了一下，幸好董卓反應較快，猛地踏出一隻腳，從車板上伸出去，支在了地上，貂蟬由於慣性倒在了董卓懷中，兩人幸未摔倒。

車是坐不了了，只好換馬。董卓摟著貂蟬跨於馬上，只覺得自己又回到了三十年前年輕時候的光景。

英雄美人，這是人生何等風光的景致。

馬或許是嫉妒了，向前行走了不到十里，突然咆哮嘶叫起來。董卓一手摟緊貂蟬，一手緊急勒馬。那馬兒竟將轡頭掣斷，撒野在官道上狂奔不止，又一高一低地蹦。董卓抱著貂蟬，如同坐在狂風巨浪裡行駛的船中，顛簸、震蕩、搖晃、狂蹦……

早有飛熊軍統帥張濟、樊稠等四人飛馬上前，將那馬兒團團圍住。馬兒在四人的包圍下，左衝右突，終於平復下來，在平道上得嗒得嗒地行走。

李肅看著馬兒發瘋，心也高高懸起，董卓要是從馬上摔下摔死，便是天滅，大快人心；若是摔傷，司徒王允的妙計恐怕又多幾分周折，董卓半途回去養傷，那布置在長安城中的大口袋便是白為他張開了。

董卓小心翼翼地把貂蟬扶下馬，驚魂未定。天空依然像在馬上似的，水一般震蕩搖晃。貂蟬雖很鎮定，但也面如土色，好像一片在風雨裡受了太多挫折的芭蕉葉，楚楚可憐。董卓不勝愛憐，將貂蟬攏在懷中，無限柔情地問：「愛妾沒事吧？」

貂蟬輕輕搖頭。李肅此時的心又懸起，董卓這廝是個愛妻狂，萬一他因為不勝嬌弱的貂蟬半路折回眉塢，司徒妙計便又是一番泡影了。

貂蟬的話使李肅之心由壘中落於平地又由平地高高彈起：「賤妾沒事。賤妾更擔心的是太師，車折輪，馬斷轡，這會是一個什麼兆頭？」

董卓沉吟。

李肅連忙插話：「車折輪，馬斷轡，這正應了太師要繼承漢位的吉兆，汰舊換新，太師將要乘玉輦坐金鞍了，可喜可賀！」

董卓被這話說得心花怒放，豪爽地大呼一聲道：「繼續前行。」

那一聲從人們頭上呼嘯而過，車輪之聲清脆悅耳，董卓永遠不會想到那悠遠筆直的長安道，是他英雄一生的不歸途。

剎那間狂風驟起，昏霧蔽天。

沙子和石子，像灰塵和紙片一般，被疾風吹起，向董卓和他長長的車隊打來，人人掩袖遮面。

董卓在一片飛沙走石之中，再次重返多日前碰到的光景。年青美貌的尼姑在沙石中出現，容光似青燈一般耀眼，她的冥冥之音使風沙的巨響悄然而去，天地間只有她一人的聲音在迴盪：「董卓，你南轅北轍太遠了，我念你一世英雄，特來超脫你，休要執迷不悟。」

青燈在半空中悠悠轉去，消失在一片昏暗的霧中。

頓時雲開霧散，長安城如夢中的城池，被一片血染的紅霞襯托，金碧輝煌。夕陽在城池之上徐徐而下，放射著火一樣的光芒。

董卓站在明與暗之間，疑惑不解，他把李肅叫到車前，將風沙中所見全部告訴李肅，驚問：「這是什麼預兆？」

董卓的話使靜空女尼的微笑重現於貂蟬腦中，她蹙眉勸道：「這必是凶兆，太師還是不要入城可好。」

貂蟬靈敏的預感像刀一樣剜李肅之心。他勃然變色，幸好董卓沒有注意。他漲成絳紫色的臉在人們的一眨眼間恢復常態，十分圓滑地說：「主公難道沒看見長安城上的紅光紫霧嗎？這是主公要登龍位，上天呈祥，以壯天威。那幾個妖魔鬼怪前來作祟，主公難道還怕它們不成？」

董卓心中頓時電光石火，徹底醒悟。回想那女尼所說，全不像個正經神仙，必是邪魔妖道，於是放下心來，命令全隊人馬繼續前行入城。

長安城中，禮炮三聲，震天動地。吊橋徐徐落下，百官身著朝服，從城門洞昏暗的影子裡浮現而出。他們渾身沾了黃昏金色的光，夾道於城邊身影飄飄忽忽。

董卓爽聲大笑。

貂蟬卻從董卓放縱的笑聲裡，聞到一股拂拂而來的死亡氣息。

夕陽隱隱落到城牆下，紅色的餘輝依然苟延殘喘，天空在某一瞬間變得蒼白。董卓驚訝地發現，頭頂窟窿一般的天空，在黑夜來臨之際，不是灰色的，而是失血一樣的蒼白。半圓的月亮將慘白的臉從東面樹梢裡探出，斑駁的陰影從城牆上方落下，青苔雜草在晚風中淒淒顫慄。貂蟬被油車載著，行走在或明或暗、灰濛濛的城中，如行鬼蜮，心中似有重雲堆著，說不出的壓抑。遠近的燈火一前一後亮了，鬼火一般，飄浮不定。

貂蟬將身體倒在董卓懷中，也許，這將是最後的溫存。

太師府上，燈火通明。

董乙弓一樣彎曲的身子，在燈光裡飄浮而出。他細得女人一般的聲音使董卓格外膩味，他說：「李儒求見。」

李儒的名字在董卓心中激起一陣反感，他手一揮，並出一句話：「去去去，告訴他我旅途勞累，有事明天再說。」

「李儒說有急事，必須今晚面告太師。」

董卓聞言，煩不勝煩，圓眼一瞪，怒斥董乙：「還不快走。」

董乙弓著身子怏怏欲走，一個圓潤甜美的聲音飄浮而來：「董管家……」

貂蟬的聲音，接下來的聲音是說給董卓聽的：「太師多日不在京城，對京中情況不甚了解。李儒深夜求見，必有要事相告，太師還是見一下可好……」

貂蟬的一句話果然頂董乙的萬句。董卓之心頓時軟了，董乙聽見董卓濁重的聲音命令他道：「把老夫子叫進來。」董乙一顛一顛消失在門外。

不一會兒，李儒病樹一般的身姿從搖曳的燈光裡飄出。他一見董卓，也不顧貂蟬在場，跪下說道：「明公，京中局勢很不穩定！」

董卓驚問：「怎見得不穩定？」

「近來謠言蜂起，京城中民心浮動。」

董卓一聽大笑道：「漢家大樑將傾，我董卓取而代之。改朝換代，難免有些流言蜚語，不足為懼。」

李儒並不罷休，又說：「依敝職觀察，司徒府中近來常有些神色詭秘的人進進出出，敝職疑心……」

貂蟬臉色略變。

董卓卻氣得一拍桌子，喝道：「前次你挑撥離間孤和呂布的父子關係，孤沒拿你問罪，念的是你幾十年與孤形影相隨，沒功勞也有苦勞。這次又來挑撥孤和老丈人的關係，該當何罪。司徒輸忠效誠，爲孤分憂解愁，拖累得身形憔悴。孤的老岳父孤心中自有明鑒。你快給我滾出去，否則小心你的腦袋。」

李儒見勸說無效，眼中飽含著淚水，他朝董卓拜了三拜，只說了一聲「明公保重」，長嘆一聲而去。

貂蟬望著李儒的消失，心中也湧起一陣辛酸。她望著執迷不悟的董卓，彷彿看見他的身體開始在燈光下崩潰。她眼中一片濕潤，將董卓之手搶過，有些激動地說：「太師……」她要把一切告訴他，告訴他……

管家董乙的再次出現使貂蟬美妙無比的聲音戛然而止。

董乙的聲音使董卓略略遲疑：「呂布求見。」

呂布的名字使貂蟬之心猛地一顫。鳳儀亭往事宛如昨日，海誓山盟從那個春光騷亂人心的午後，彩蝶一般飛來。貂蟬不禁目光迷亂。

董卓在遲疑片刻之後一錘定音：「讓他進來吧！」

管家董乙顛顛離去。

呂布的英姿使董卓和貂蟬的心同時爲之一震。呂布握拳跪地說道：「義父在上，恕孩兒不能出郭遠迎之罪。」

呂布的一聲「義父」使董卓心中的顧慮煙消雲散。鳳儀亭一幕畢竟不是光彩之事，他董卓饒恕了呂布。呂布是否對他還心懷怨恨，他沒有把握。呂布的一聲「義父」，好似從燈光裡翻滾而來的一團火球，溫暖了他顧慮重重的心。呂布果然和自己一樣，也是一個識大體、明大理、義薄雲天的英雄。他董卓總算沒有看錯人。

董卓忙起身扶起呂布，說道：「奉先在老夫面前不必多禮……」然後，他把呂布按坐在一個座位上，命上酒菜，繼續問道：「奉先兒忙於何事？不能迎接老夫？」

呂布回答時目光已瞟向了垂眼坐於董卓身旁的貂蟬：「回義父，孩兒正在布置明日封禪事宜，故而來遲。」

董卓聞言大喜：「我明日登上九五之座，就封你當總督，統領天下兵馬……」

董卓的喋喋之聲在呂布飄飛的思緒中變得漸去漸遠。貂蟬月光一般明亮、照人的臉龐，已滿滿占領了呂布的眼睛、腦子、心靈……他甚至聽見皮膚下的血液，也在流淌著貂蟬的名字，貂蟬的聲音……

貂蟬此時也心潮翻滾，僅僅在一刻鐘前，她心中只有董卓，儘管他老了，頭髮白了，身體不那麼靈便了……可她心裡裝著的只有他，她甚至爲了他忘記了自己的仇恨，自己嫁給他的目的，忘了，她全忘了……

呂布的出現，將鳳儀亭燦爛騷動的春光喚回。她此時的心潮，像那日的一池春水一般，蕩漾、蕩漾、蕩漾……

這一晚的月光無比淒涼。

竹影晃動，月光被那池冰涼的水搗碎，化作碎銀在水面散開晃動。風貼著水面拂掠而過，歌聲也貼著水面拂掠而過；穿過光影搖曳的竹林，直入太師的臥室之中……

董卓大汗淋漓地從惡夢中驚醒。來自郊外的歌聲，十分清晰地吹拂入耳。貂蟬恐懼地用玉手緊緊抱住董卓。

那是一群孩子在孤獨地歌唱：

「千里草，何青青，
十日卜，不得生。」

董卓靜靜地聽著，他敏感的腦袋，竟然沒有聽出這些孩童吟唱的歌詞深意：千里草，何青青，拼成一個字便是「董」；十日卜，合在一起，就是「卓」，歌曲的意思是「董卓不得生了，完了。」

那預示未來的歌聲繼續隨著晚風吹拂而來，吹得人們心中無比淒涼：

承樂世董逃

遊四郭董逃
蒙天恩董逃
帶金紫董逃
行謝恩董逃
整車騎董逃
垂欲發董逃
與中辭董逃
出西門董逃
瞻宮殿董逃
望京城董逃
日夜絕董逃
心傷摧董逃

董卓迷迷糊糊、斷斷續續聽到一些歌詞。歌詞中左一個「董逃」右一個「董逃」正好和他的小名「董桃」諧音。這弄得他心煩意亂。他想這必是漢家的那些遺老遺少們杜撰出來的誹謗他的兒歌，教給無知頑童，風信子似的四處流傳。明日繼承王位後，要把這幫老骨頭好好地治一治。

他想著想著，摟著貂蟬又沉沉睡去。

貂蟬卻借著月色凝視著像孩子一般睡去的董卓。在董卓存在於人間的最後一個夜晚，貂蟬的目光充滿了憂傷。

西元一九二年四月丁巳日清晨。夏天已徘徊到門檻邊了。天氣燥熱異常，蟬早早地將聒噪之聲混雜在花香裡，光景不同尋常。

董卓睜開眼時，天已大亮，蟬的聒噪之聲在他周身飛翔，南山就像洗過了一般，在黎明的陽光裡藍得發亮。

董卓在房中大喊一聲：「董乙，快喚人進來更衣。」聲音穿透了牆壁。董乙就對簾外侍候的穿衣僕役喝道：「快進屋去，服侍老爺更衣。」

一隻細嫩如玉之手將簾子掀開，袍、冠、靴、綬帶、佩劍在纖纖之手的把持下魚貫而入。幾個雲一般飄柔的女子服侍董卓穿上內衣之後，按照穿衣順序，就該是穿軟甲了。捧甲的女子像魚一樣優美地游過來。

董卓額上爬著一圈細細的汗，他一擺手，表示天氣太熱，可以不穿，捧軟甲的女子正要優美地游走。「太師——」

輕柔甜潤的聲音飄過來，董卓一愣，是貂蟬。她的眼中淚光盈盈，略微顫抖地說：「太師，你還是把軟甲穿上吧。」

董卓笑笑說：「愛妾多慮了。」

貂蟬像一株柳樹一般移過來：「賤妾替太師穿上。」

董卓無奈地搖搖頭，雙臂上舉，像樹枝叉起朝天生長。貂蟬像侍候一個孩子一般，將軟甲套在董卓身上。

「再去爲太師取兩套軟甲來。」

貂蟬回頭對捧甲的女子說。捧甲的女子便像魚一般，非常優美地游出去。當她回來時，手中又捧了兩套銀光閃閃的軟甲。

董卓哈哈一笑：「愛妾，你想憋死我啊！」

貂蟬只是不理：「太師，你就聽蟬兒這一次吧！」

熊旗、豹旗、虎旗、華旗……

刀、槍、劍、戟、鈎、鉞、斧、叉……

長安市民們好久沒有見到如此宏大場面的儀式了。

伴隨著那五彩繽紛的儀仗隊而來的，是清脆悅耳亮麗的鼓樂之聲迴盪在九街上空。

董卓頭戴九旒冕，身著朝服，在他的儀仗隊簇擁下，風光無限地出現在陽光裡。儘管他被層甲和朝服包裹著，在家中等候喜訊的貂蟬依然聞到了死亡之氣拂拂而出。

董卓感受著九旒冕的重量。過不了幾個時辰，這個標誌一人之下萬人之上的九旒冕將成爲歷史，一頂更爲沉重更爲氣派的皇冠將壓在他的頭上。

這是萬世的榮耀。

這是千秋的功業。

董卓想入非非。

突然，一個身穿青色道袍，頭繫白巾的道人出現在馬路中央，手執一根細細長長的竹竿，一條一丈左右長的白布在風中旗幟一般飄揚。他背對著董卓，一動不動，彷彿是從地上長出來的。

董卓細看那在風中飄飄翻飛的白布，白布兩端各寫了一個大小不一的「口」字。

董卓此時被唾手可取的成果沖得暈暈乎乎，他一點沒有體會到道人的深意。道人白布上的兩個「口」字組合在一起成爲「呂」，那塊白布指的是「布」。道人之意是「呂布」將會在未來的某個時刻置董卓於死地。

董卓卻絲毫沒有悟出道人的啞謎。他問身邊隨行的李肅：「這個道人什麼意思？」

李肅被那差點壞他好事的道士氣得直冒火，他對董卓說：「那不過是個瘋子。」

然後，回頭又招呼將士：「去把那個擋道的牛鼻子老道趕走。」

他的話音未落，道人倒自己往人叢裡一扎，頭也不回，被夾道圍觀的人海淹沒了。

就在道人離去的那一瞬，一個熟悉的人影從董卓眼前拂掠而過。那個道人很像他認識的某人，可他想不起來了。道人將那繁華的喧鬧都拋開了，拐進一條冷僻的小巷。

他仰起頭，頭頂的天空很狹窄。道人將那竹竿和白布往空中一扔，竹竿砰然落地，白布仍在風裡飄飄悠悠。道人將身子轉過，有人看見那張臉與董卓的謀臣李儒酷似。

像李儒的道人長嘆一聲，穿過悠長的小巷，逕直向江邊走去，登上了一葉小舟，消失在洶波浩渺的大河之上。

從此再也沒有人見過像李儒的道人，也沒有見過李儒。

北掖門前，董卓的飛熊軍、隨行的侍衛被人擋在外邊。這是董卓入宮後才發現的事實。宮中兩邊群臣畢恭畢敬地立於兩側，神情肅然，如喪考妣。這使前兩天董白小姐一手安排的遊戲場面再次浮現在董卓面前，一絲不易覺察的嘲笑，從董卓橫肉突起的臉上掠過。

李肅下車，手執寶劍，扶著董卓乘坐的皀蓋車向前行走。

董卓幾天來第一次感到了恐懼，他只覺得腦後涼風嗖嗖，空空蕩蕩。

王允等公卿大臣手執寶劍的形象像雕塑一般在陽光下浮出。

董卓大驚，猛回過頭，驚恐地發現，他的身後，沒有一輛隨行的車，也沒有一個隨行的人。上午的陽光在宮殿的白玉石地板上發出叮咚作響的聲音跳蕩個不停。

冷笑像水波一樣從王允等人的臉上拂掠而過。

董卓驚問李肅：「他們提劍幹什麼？」

李肅一改往日神情，一聲不吭，突然推著車向前飛跑起來。

董卓英雄一生，第一次體驗到了什麼是恐懼。世界在這一瞬間無聲無息，寂靜得宛若凝固在半空中的水滴。他只覺得自己在一片寂靜中穿行，寂靜使人的意識一片黑暗。黑暗之中一把無形的劍向胸口逼來，要把人剜心剖肚卻遲遲不肯下手。

王允一聲大喝終於使寂靜的水滴砰然落地，水花四濺：「反賊在此，武士何在？」

這話如石擊水，一時間，柱子後、石頭下、大鼎旁、側門裡……有武士如韭菜一般叢生。他們從每一個可能出現的地方冒了出來，舉著雪亮的刀，呼喊著，號叫著，揮舞著……向董卓衝來。

面對如洪水一般湧來的武士，董卓感到某種眩暈。三十年前在西羌舉刀弄棒，指揮十萬兒郎殺敵的場面再次重現。他不再恐懼了，相反有些激動，他甚至想揮鞭對他們說一聲：「衝——啊——」

像當年一樣，雖然這些人是衝他而來的。

刀、槍、劍、戟……十八般兵器對英雄董卓充滿了崇拜，他們貪婪地撲向董卓，在他的身上啃、刺、戳、切、咬……

董卓被那些兵器像一塊肥肉一般從車上被挑了下來，他用手胡亂招架著。他身上的軟甲足爲堅硬，居然沒有一種兵器可以將那護身的東西咬穿……

董卓滿地打滾。李肅在他身上橫劈猛砍的寶劍傷著了他的胳膊。腥熱的血從朝服上泅了出來，董卓聲嘶力竭地大呼道：「吾兒奉先何在？」

喊聲未停，一個冷酷的聲音在他頭上響起，正是呂布。他手一晃，一手黃色的詔書垂落，上面的字龍飛鳳舞，呂布大喝道：「有詔討賊！」

於是董卓聽見了生命正在他體內撕裂的聲音，他反而鎮定下來，在地上躺著不動了，任那刀劍戟槊亂扎，圓睜怒目，說道：「王允、呂布，你們這些庸狗，我居然沒有把你們看透……」

呂布卻不搭話，將那方天畫戟明晃晃地往空中一揮，方天畫戟優美地旋轉一圈，高高飛起，準確地落下，在空中劃了一道弧線之後，像鶴嘴一般，正好啄中了董卓一起一落的咽喉。鮮血似綻放的梅花一般迸射出來。

董卓只覺得一團熱霧衝進自己的頭顱。他睜開眼睛與耀目的陽光對視，驚訝地發現，太陽的勢力正在迅速散失，冰冷如月，一個飄忽的色影，灰濛濛地從日頭表面擦過……在他意識殘存的一瞬間，他看見了八百里眉塢綿延而來，看見他一生中寵幸過的美女浮雲一般在天空中飄浮，看見他一生中害過的人此時都化作惡鬼，掐他的咽喉、咬他的胸口、挖他的心，向他索債來了……

貂蟬的影子在這一片亂紛紛中出現，她粲然一下，便徐徐轉身，飄忽而去……

他伸手想去挽留住她，卻怎麼也抵抗不住生命之燈的熄滅，抵抗不住黑暗的降臨……

他甚至感覺到了一把冰涼的刀用刀刃舔了一下他的脖子，聽到「喀嚓」一聲，那把刀使他的頭顱剎那間脫離身體，熱血奔騰而出……

李肅用刀把董卓的頭顱割下來了。

呂布一戟刺中董卓咽喉時，貂蟬感到了一種鑽心的疼痛。

烏鴉們呼啦啦從董宅上空掠過，遮天蔽日。貂蟬從內心裡似乎感應到了長安宮中的那一幕：李肅將董卓的頭高高舉起。呂布展讀詔書，英氣逼人，他的聲音充滿了威懾力：「奉詔討賊臣董卓，其餘不問！」

董卓的飛熊軍和隨從見大勢已去，不可挽回，紛紛倒地磕頭。那些深受董卓之害的朝臣都覺人心大快，揚眉吐氣，高呼著：「萬歲，萬萬歲——」

容光煥發的少年天子，在群臣的簇擁下，瀟灑而出。他少年老成的目光橫掃四野，只覺得一切重新在陽光裡獲得了生機，生氣勃勃，光彩照人。他的臣民在他的目光撫慰下，感動得熱淚盈眶。

董卓的屍首，也被憤怒的將士們抬起拋到十字街頭。人們怒火沖天地踩他、唾他、踢他、用石頭打他……

九泉之下的董卓不再感到疼痛，靜靜地躺著。這天晚上，有人在他的肚臍處挖了個洞，把他高高地掛在橋上，點起了天燈。董卓肥胖的身體內脂肪充足，那天燈點了整整一夜不息，許多人擺酒設宴於橋邊，觀賞這一暗夜裡的奇特景觀……

司徒王允又接連發出幾道政令，其中一條是委派呂布前往太師府抄家，另一條是派皇甫嵩前往眉塢捕捉董卓餘黨。

美女貂蟬對此一無所知。當一個家僮慌慌張張地進來報知說街上傳言董太師被他的義子呂布一戟刺死的消息時，貂蟬大叫一聲，只覺得眼一黑，暈眩過去。

她是被一片哄鬧聲吵醒的。哄鬧聲像蝙蝠一般從屋外飛來，整個董宅亂成了一鍋粥。貂蟬看見董卓的妻妾們收拾細軟物件四處奔逃。

貂蟬突然覺得內心一下子空空蕩蕩，她愛的人和愛她的人去了，是她一手將自己所愛的人推向了死亡，推向了黑暗。

她突然覺得世界灰黑一片。

三尺白綃在美人之手的揮動下，直飛向房樑，又軟軟地落下。美人之手輕巧地擺弄著，本來是光潔的白綃，出現了一個繩結，在美人之手的撫弄之下，繩結緩緩地向上爬行，直抵頂樑時，才止住不動。

貂蟬心如死灰。她站上了紅漆凳子，望著那空空蕩蕩的繩套，悲從衷來。

「太師，三郎，桃兒……」

貂蟬用心呼喚著，雙腳一蹬，那紅漆香木的雕花凳子傾倒，著地，發出響聲，滾動、滾動、滾動，靜止於牆角。

然而，一雙手，從後頭環住了美人之膝。

貂蟬在昏昏暗暗中，被人從樑上解下，又在昏昏暗暗中，被人平放於地……

當她睜開眼時，一張白皙、照人、英氣橫飛的臉浮現出來，那人的聲音還是那樣的悅耳，讓人怦然心動：「貂蟬，蟬兒，呂布救你來了。」

星星般的淚花，在那一對俊秀的眼中閃爍，生活的氣息像潮水一般席捲而來。

貂蟬伸出雙手環住呂布，緊緊地，好似墜入黑暗的大海中，緊緊環住了一根離她最近的礁石。

第七章　東阿月　煮酒論英雄

美的人消滅的人
概被光明，或被黑暗
所垂直打中

——駱一禾・《黑暗》

烽火長安

王允一紙討賊書，將李傕、范堯、韓莽逼上了死路。

王允在討賊書中說：大赦天下，獨不赦李傕、范堯、韓莽三人。

李傕、范堯、韓莽是董卓的死黨。董卓之死使他們徹底喪失了後臺，未來無比陰沉、無比黯淡地在他們眼前顯露。

「王允這麼欺人太甚，既然不給老子活路，咱哥幾個不如反了……」李傕在初夏的陽光裡像一隻絕望的猛獸一般狂嚎亂叫。

「反了反了，爲董太師報仇。」范堯將刀高高舉起，尖刀的鋒芒在陽光的照耀下閃閃發光。

「此時不反，更待何時？」韓莽眼中貯滿了激憤的淚水。三隻手緊緊握在了一起，刀和劍在空中金光閃爍，彷彿一個路標，一座鐵塔。

季節的河水漲滿了，黎明和日暮仍像老人的步履一樣更替。匆匆的一場大雨，使太白山下的原野總有清泉在涓涓流淌，草色碧綠生氣逼人，褐色鳥群從原野上空飛過。正如人們所說：「血是受傷的符號」一樣，鳥群是季節的符號。

絕望的李傕、范堯、韓莽同官兵進行了一場死戰。這場大戰以八百里眉塢爲背景，天空藍得如同洗過，白雲也是新鮮的。困獸猶鬥。李傕、范堯、韓莽以生命的一擊，將官兵殺得一敗塗地，屍橫遍野。

李傕、范堯、韓莽殺紅了眼，帶著一支不多但卻精銳的部隊，像一支銀劍一般，直射向還沉浸在除掉董卓的狂歡之中的長安。

褐色的鳥群撲扇著羽翅，掠過長安鋼藍色的天空，在看不到邊際的棕紅沙灘上布下如歌的哨音。褐色鳥群天天飛過呂布的溫侯府，但牠們從不停留。

董卓死後，呂布殺賊有功，由王允提議，被皇上封作溫侯。

溫侯呂布從此極少有人看見他跨著赤兔馬在長安街頭穿行。

呂布威風凜凜的身影在長安街頭消失了只有極少數的人知道，呂布是沉緬在與貂蟬的歡樂之中。

貂蟬的目光常常注視著窗外。呂布握著她的手如同握著一塊寒冰，他們常常這樣對坐著——貂蟬注視窗外，呂布注視著貂蟬，他們共同走進了回憶之中。

他們有時也相擁相抱，相互喋喋不休地傾訴著相思相慕之苦。貂蟬像一塊藍水晶，呂布看不厭，也撫摸不盡；呂布是一塊白玉石，貂蟬望不夠，也感嘆不盡。

他們對視、飲酒、聽歌、看舞……就這樣一天一天地將日子度過。

褐色鳥群在他們的頭頂布下如歌的哨音，在他們愛情的住所飛翔而過。但從不停留。

李傕、范堯、韓莽大軍捲著滾滾的煙塵而來，長安城便被浸泡在一片驚惶與恐怖之中。「你們這些叛賊，本帥正愁無處去尋找你們，你們卻自己打上門來，來得正好，快快下馬受縛送死……」

王允披掛上陣，指著李傕等人說道。他沒想到李傕竟然如此多人馬，黑鴉鴉一片，像山一樣將長安城包圍，況且戰將如雲，步騎甚強。他的心裡，一陣發虛。

「王允老賊，大赦天下，爲何單單不放過我兄弟三人。董卓雖死，與我等何干？」李傕持刀挺立馬上質問道。

「本帥與你們這幫賊人無甚好講的，誰替老夫出戰，殺此三賊？」

王允大喊一聲，身後的鼓手便將金鼓「咚咚咚」擂得震天作響。

「咚咚咚！」「咚咚咚！」「咚咚咚！」戰鼓足足敲了三遍，並無一人出來應戰。王允自己心中於是也打起了鼓。

而那邊李傕、范堯、韓莽的叛軍，見長安守軍不敢出戰，一個個便趾高氣揚，狂呼亂吠起來，王允隱隱聽見有人在喊他：「王允熊蛋，王允草包……」

王允立時火冒三丈，「嗖」地拔出佩劍，厲聲喝道：「我等食漢祿，穿漢衣，當爲國盡忠。本帥奉皇上欽命破敵，但有臨陣脫逃、退怯者，立斬。衝啊！」

王允寶劍一揮，驅趕著手下殺向叛軍。長安守軍便十分凝滯地衝向叛軍。

一邊是尋釁挑戰，一邊是敷衍應戰，士氣迥然有別。不過幾個回合，長安守軍便敗下陣來。長安守軍一退，李傕叛軍又鼓噪進逼過來。漢軍陣腳大亂，紛紛向城中逃命。無數的輜重甲伏都丟在地上，在陽光下閃閃發光。

王允見軍勢大亂，急得大喊：「退不得！退不得！」

無奈兵敗如山倒。憑他王允一人之力，又如何能挽住敗軍狂瀾。到了後來，連他自己也被敗軍洪流裹挾進長安城中。

長安城的吊橋高高地昂起，李傕立馬護城河邊。護城河的河水在一夜暴雨之後已經漲滿，李傕眼中清晰地看見了長安城分崩離析的命運。

哭泣的琴聲

呂布重新拿起方天畫戟時，只覺得眼睛發花，身體發虛。他的身影飄飄忽忽地跨到了赤兔馬上。

貂蟬將沉於酒色的呂布送出府之後，心下一陣空空蕩蕩。這些日子，她一時一刻都未離開過呂布，她的一片心思，也寄託在了呂布身上。呂布驟然離去使她頓感孤獨寂寞。

上午的陽光刺得人雙眼發痛。呂布猶如猛虎一般，使李、范、韓三人頓感心寒。呂布的蓋世武功李、范、韓三人早有領教。他們深知不要說他們三人，三十個人也未必是呂布的對手。

「李軼、范堯、韓莽，快快前來受死！」

呂布將方天畫戟高高舉起，突覺手臂發酸。戰鼓已經震天響地叫起，鳥群一般，在鋼藍的天空中飛翔。

李軼、范堯、韓莽三人像狼一般結伴而出，圍住了呂布這隻猛虎。

呂布將方天畫戟望空一晃，他突覺體內空空，難以支持。

這一晃便唬住了李傕三人，他們恐懼地將馬往後一退。

「李哥，范哥，沒有退路了，殺啊！」韓莽大喊一聲，揮著大刀迎了上去。

李傕、範堯，目光交流一下，他們大概也意識到：沒有退路了，反正進是死，退也是死，不如拼死一搏了。三人張牙舞爪地向呂布撲來。呂布用戟同時擋住了劈頭砍來的槍、刀、劍。他只覺得虎口發麻，戟差點從他手上震了出去。

李傕、范堯、韓莽三人對視一下，他們感到驚訝的是，呂布今日怎麼跟紙人似的，不堪一擊了？李傕於是心存僥倖地托起大刀，朝著呂布的頭猛力砍來。

呂布只見一片銀光朝自己的頭顱劃了過來，於是持戟一擋，心先怯了，雙腿一夾，赤兔馬往後倒退幾尺。

韓莽也從未見過呂布如此不堪一擊，挺槍刺來。那火紅的紅纓像火一樣飄忽過來，呂布收方天畫戟一攪，將韓莽的槍擋開。赤兔馬兒又朝後倒退一大步。

范堯也看出呂布亂了分寸，揮劍砍來。呂布面色如紙，汗流滿面，收方天畫戟胡亂一架，也不戀戰，拍馬返回城中。

李傕三人深知呂布驍勇。呂布今日的不堪一擊使他們難以置信，他們害怕長安城中有詐，也不敢追，眼睜睜地看著呂布帶著長安守軍慌慌張張撤入城中。

當晚貂蟬擺出酒宴犒勞呂布。呂布拿起酒杯往地上一摔，也不理貂蟬，將背調轉過去，忿忿地說：「我呂布若再沉迷酒色，此命休矣。」

酒杯在地上「砰」然作響，頓時碎裂成了數瓣，美酒在地上扭扭曲曲流淌，天上那一輪月，也在酒間扭扭曲曲。

貂蟬看著呂布發怒，想是戰事不利，便端坐於呂布身旁，曲意逢迎：

「勝敗乃兵家常事，夫君莫要把這一切太掛心上，晚上好好休息，明日自然找那幫賊眾殺個片甲不留……」

呂布一下把今日軟綿綿的表現全怪罪到了貂蟬身上。貂蟬將溫暖的身子向他後背貼過來。他既驚又氣，回轉身，將貂蟬猛地一推：「都怪你，要不是你，今天怎會這樣？」

貂蟬飄然倒下，食案也同她一起傾倒，一桌的酒菜，「嘩啦啦」紛紛落地，杯盤碎裂的聲音和那溢出的菜和肉的香味一起瀰散，地上一下子像撒了顏料一般，五彩斑斕。

貂蟬倒在地上，給人的感覺是一襲輕飄飄的白衣落到了地上，貂蟬的額頭在柱子的撞擊下，一綹細細的血，從她額上沁了出來。

「啊，蟬兒……你受傷了……」呂布沒料到自己竟推得那麼的重，連忙伸手去扶。

貂蟬卻冷冷地將手一擺，身子掙扎起來，呂布的話使她既吃驚，又寒冷。她的心被傷害了。這一句話，將他們恩愛的情分全抹煞了，剩下的是什麼呢？……

而這樣的話，卻是從呂布，她至愛的丈夫、情人嘴裡說出的，這實在讓她難以忍受，董卓什麼時候對她說過這樣的話呢？別人什麼時候對她這麼說過話呢？

呂布叫人取來了敷藥。貂蟬在月光下撫額皺眉的樣子使他又悔又憐又愛，他伸手將貂蟬攬了過來，要替她包紮。

「我自己來！」貂蟬將敷藥奪過。那一綹細細的血還在流淌。她的腮上，早已掛滿了淚滴，在月光下閃閃爍爍。

琴聲在黯淡的天空中如怨如訴，恍惚讓人能看見曲子中飄零的黃葉和立於這無邊落葉下的伶仃之人。一個夏日的夜晚在這琴聲中驀地顯露出秋日的憂傷。

呂布持戟躍馬巡遊在長安的城牆上。一輪碩大的圓月如傘蓋一般罩於頭頂，呂布的身影顯得孤單飄零。

敵軍的火光在月光下鬼火一般飄飄忽忽。守城的軍士們昏昏欲睡，被呂布用畫戟的另一端捅醒，「突」地騰躍而起，呂布慘白的臉在月色裡浮現，使他們無不膽戰心驚。

赤兔馬走過東城、西城、南城，剩下的就是北城。赤兔馬每在風中行過一段，呂布心中就倍添一分懊喪與孤獨。就因爲他那不愼的一句話，貂蟬被深深地傷害了，背著臉不理他，不管他如何解勸，如何賠罪，她就是一言不發，冷若寒冰。

換了別人同他生氣，呂布早就發作了。偏偏這人是貂蟬，讓他有氣沒處發，眞眞可恨。

呂布越想越氣，將方天畫戟一揮，那畫戟在月光下劃了一道銀弧，正好撞著了一棵木樁，那木樁的一頭，頓時便輕飄飄地飛出，發出「砰」的一聲響。

這一聲響便使城牆上的一個黑影蠕動起來。那黑影離呂布有百來公尺，但月光卻將那輪廓勾勒得無比清晰。那影子身材窈窕，從走路姿勢看，像個女人。剛才她是蹲著的，現在朝著透出燈光的城樓上走去，一閃，便消失了。

「城樓上怎麼會有女人？」

呂布大爲怪異，催馬過去，聽見樓裡有幾個男人的說話聲和幾個女子的浪笑聲。

拍馬過去，在城樓前停下，提著戟上了樓梯，將那門一腳踹開。

燈光蜂擁而出，屋內兩男三女不堪入目的一幕闖入呂布眼中。呂布圓瞪雙眼，定睛一看，才發現那形瘦如柴的，是他的部將胡赤兒，另一個矮胖圓滾的，是部將牛輔。

「將軍饒命，將軍饒命。」胡赤兒和牛輔的聲音直顫抖。

呂布氣得大叫：「你們這幫鳥人，大兵壓境，你們卻在此幹如此傷風敗俗之事，我不懲罰你們，如何才能知道我呂布軍令如山，來人啊——」

那些守城的兵士，早被驚動了，向小小的城樓湧來，擠在門邊水洩不通。

呂布勃然大怒，挺起戟，「刷刷刷」就是三下，三個女子便被戳了個透心涼，赤條條地命歸黃泉。

呂布指著胡赤兒和牛輔，吼道：「拉出去給我一人痛打三百鞭。」

李傕叛軍依然將長安城圍了個水洩不通。主帥王允愁眉不展。少年天子面對壓境大兵也惶惶不安。李傕天天派人叫陣，長安守軍就是閉門不出。

呂布除了與王允討論破敵對策外，總是枯坐家中。貂蟬這兩日對他愛理不理使他無比心煩，他整日在家中摔杯子、罵僕人、飲酒，但卻不敢動貂蟬一根毫毛。貂蟬對呂布摔杯出氣之舉，也極瞧不上，那心中對呂布的一腔愛意，不想在這短短的幾日中，竟然沖淡。因此她對呂布的沖天怒火，也視而不見，聽而不聞。

日子一天一天滑過，褐色鳥群掠過天空。長安城中物資一天比一天匱乏。百姓一天比一天無望。

胡赤兒和牛輔很不光彩地挨了三百鞭子，皮開肉綻，在床上躺了整整三天。

當胡赤兒與牛輔再次相逢時，兩人便大談起呂布來。

胡赤兒道：「呂布一天到晚同貂蟬鬼混。我倆只不過嘗了點葷腥，便對我們下這樣的毒手。真可恨……」

牛輔也憂心忡忡地說：「李傕軍隊圍城好些日子了，長安城中的糧草日見缺乏。長安失守是遲早的事，我們的死期快到了。」

胡赤兒道：「呂布不仁不義，視我們如同草芥。我們不如宰了他早早逃命。」

牛輔道：「與其如此，不如我們暗中將城池獻給李傕將軍。到時李傕破了城池，做了天子，我們也算是有功之臣了。」

胡赤兒點頭同意：「此計大妙。」

李傕是在五更天裡發動攻擊的。那時天邊正呈現出魚肚的蒼白色，太陽像雞蛋黃一般，從地平線下冒了出來。

拂曉時分正是守城軍最疲乏，警覺性最差的時刻。李傕大軍無聲無息，借著濛濛的霧氣，潮水般湧來。長安城依然在沉睡之中。

李傕、范堯、韓莽三人暗喜，李傕悄悄拉開了弓，右手搭著一支捆綁呼哨火藥的槍箭，目不轉睛地瞄準著城樓的正面。

「嗖——」

一聲淒厲的呼哨，那箭便火球一般燃燒起來，直撲向城樓。李𩊠箭不虛發，那箭不偏不倚，正好射中城樓的大紅門桶，「騰」地一聲，城樓上立時燃起一片火光。風助火勢，那團火便膨脹起來，像水珠一般亂濺、四溢。

守城的漢軍還沒醒悟過來，埋伏著的叛軍便一呼而起，潮水般湧向長安城。第一架雲梯像一隻巨大的手臂，在開始耀眼的日光裡爬了起來，緊緊地抓住了城牆；第二架雲梯，也悠悠地靠在了城牆上……所有的雲梯都靠上了城牆，李𩊠的兵士們爭先恐後地踏著晃晃悠悠的雲梯拼命往上攀登……

李𩊠有令在先：攻破城池後所有兵士可以放蕩不羈地搶它三天、玩它三天、樂它三天……

剛剛從睡夢中醒來的兵士們慌慌張張行動起來，城頭上也刀光閃動，雷石如雨，傾瀉而下。

隨著一聲聲慘厲的驚呼劃過天空，那一架架雲梯有的被推倒，有的被砍斷，墜落的士兵非死即傷。

聚集在城下的士兵也挨了一陣滾木雷石之雨。片刻之間，攻城的叛軍就被砸倒了一大片。李𩊠殺得眼紅，將旗幟猛地一揮，弓弩營的士兵們紛紛齊射城頭，弦響人仰……雙方僵持不下。

一輪紅日，已將戰場染得鮮紅。整個長安城的城牆，被浸泡在一片紅色之中。

李傕的人馬，齊集在北門之外。

「轟。」一聲巨響，北門的吊橋徐徐從天而降，兩扇大門，也敞了開來，露出一個黑而深的洞，像張大的嘴巴。

「李將軍……范將軍……韓將軍……」牛輔和胡赤兒在城樓上大聲喊道。

李傕三人在城樓下見狀大喜。牛輔和胡赤兒兩日前派人送信來說願作內應，李傕以爲是王允之計，今日看來，眞是老天相助，長安城將被他踏在鐵蹄之下了。

李傕大軍似一條黃燦燦的河流，滾滾湧入長安城中。

紅日已經升起，一縷陰雲飄移過來，將那日遮掩。

長安城旗幟紛紛倒下。哄叫著的叛軍士兵在城樓上耀武揚威。

長安城中第一條火舌竄上了天，天便開始流血，赤紅赤紅，頃刻紅了半邊天。城市也開始流血。李傕叛軍在攻入長安城的那一瞬間，便變成了饑餓貪婪的野獸，他們在馬路上橫衝直撞，撞翻了賣燒餅的擔子、撞翻了……他們提著刀張牙舞爪地衝進了人家，燒、殺、搶、掠……長安城的女子在這個被血染紅的清晨統統難逃劫難，在野獸們爪子的蹂躪下，被掀倒在地，痛苦地掙扎……無數的房舍冒出了青煙，在一團「劈劈啪啪」，血紅的火中，頃刻化作一堆瓦礫……

長安城中鬼哭狼嚎……

烈焰像千萬條火龍從千萬家房舍的屋頂呼嘯而過。長安城頓時化作一片火海……

長安街頭，血流成河，橫屍遍地……

呂布就是在這個時刻被驚醒，他披衣衝出臥室一看，陽光燦爛的天空，不時有煙奔騰而起。屋外的腳步紛亂，街上的喊殺聲，號叫聲，紛至沓來。一個童子驚慌失措地從屋外奔跑進來，驚慌失措地說：

「不好……不好了，李傕叛軍……入城……入城了……」

陽光落下來，呂布兩眼發花，他的意識一陣恍惚。天哪，堂堂的國都，就那麼輕而易舉地叫幾個亂臣賊子給攻下了。既然大勢已去，三十六計走爲上，還是逃吧，「留得青山在，不怕沒柴燒」嘛。

呂布返回內室。貂蟬已經起身，屋外紛亂的聲音穿透牆壁而來，也使她茫然無措。

「蟬兒，快，收拾一下，再不走就來不及了……」

他一邊說，一邊披上甲冑。赤兔馬在堂屋發出一聲長嘶，驚天動地。

李傕叛軍像潮水一般沿各個方向朝長安城中心滲透的時候，呂布帶著一彪人馬，衝向叛軍正蜂擁而入的青鎖門。

貂蟬的身子緊緊地貼著呂布寬廣厚實的脊背，她的手緊緊地抱著呂布粗壯的腰肢，重重的甲冑將她同呂布裹在一起。呂布揮戟而行，赤兔馬像狂風巨浪裡的一艘船，一起一伏，貂蟬體驗到一種從未有過的溫暖。是的，她從沒有這樣靠近過一個男人。

呂布身上一股男人的氣息撲鼻而來，貂蟬清晰地意識到，這個男人，他不僅在保護他自己，也在保護她。為了活命，他完全可以捨她不顧，單槍匹馬，毫無負擔地殺出城去。可是他卻將她的命運同自己捆綁在了一起，同生死，共存亡。

她怎麼有時會覺得他不愛她呢？

也許是她太在乎他的原因吧？

如果他們還有再活一次的機會，她一定要好好地去愛他，用自己的身心，自己的生命去愛……

那個清晨的貂蟬的記憶中是血紅與輝煌的。

赤兔馬一起一伏，貂蟬的心也一起一伏。

叛軍像潮水般揮著刀砍殺而來。刀劍在陽光裡「呼呼」地喘息著顯示它們嗜血的欲望，而每一隻握刀的手，都彷彿在刀的操縱下，上揮下舞。

刀是窮凶極惡的野獸。

他和她是被刀追逐的獵物。

他背著她迎著刀山而上。

他的方天畫戟在空中揮舞得如同神話。方天畫戟銀白色的刃，紅色的杆，在明亮的陽光下游走起來，宛若游龍。

方天畫戟輕輕一揮，那些猖狂的刀劍紛紛垂落，無數個人頭翩然落地，在他們身後痛苦地呻吟。

方天畫戟揮出一條血道。赤兔馬載著英雄美人，迎著血紅的朝陽，飛奔而去。

城樓上一聲大喝在頭頂炸響：「休要放走了呂布！」

貂蟬將臉緊緊地貼在呂布身上，她不再感到懼怕。她相信呂布一定能在這刀山火海中，跨著赤兔馬，闖出一條生路。

青鎖門的城門洞黑咕隆咚。叛軍亂哄哄地擁擠過來。那個城門洞似乎無比漫長，貂蟬的一顆芳心，在這漫長的生命甬道裡悠然穿過。

吊橋動起來了。

腳下是嘩嘩的流水。

呂布一夾馬肚，赤兔馬騰空而起，朝陽長了血紅的翅膀一般撲來，赤兔馬已經安然落在了十公尺外的對岸。

護城河水在身後無可奈何地號叫。

只聽城上又有人大喝一聲：「放箭。」

千萬隻箭矢呼嘯而來。

呂布一回馬，方天畫戟風車一般旋轉，「呼呼」響著，那蝗蟲一般的箭矢，碰著了那旋轉的風車，便輕飄飄地飛揚，落到了別處。

淪陷的城池被遠遠地甩在了後邊。

赤兔馬雲一般，在原野之上穿行。貂蟬緊緊地抱住呂布。陽光傾瀉而下，生活的希望在地平線上無限地敞開。貂蟬美麗的眼眶貯滿了淚水，她忘情地吻著呂布的後背，脖子。

赤兔馬一路風馳電掣，將死亡和恐懼拋得無影無蹤。他們在萬草叢中躺下，天空蔚藍地覆蓋下來。

「……夫君，我以後再也不任性了，我一定好好待你。」貂蟬內心湧動，熱淚滾滾。呂布很自然地將貂蟬擁入懷中，撫著她如瀑的長髮，讓人迷亂的面孔。

貂蟬把臉緊緊貼在呂布的胸脯上，一任眼淚嘩嘩地流，她能聽見他「怦怦」的心跳。她的心中便被溫暖所充盈。

呂布的手臂使上了力，它們鉗得她骨頭都疼了，他反反覆覆地吟著：「蟬兒，蟬兒，你是我的，是我的。」他們就這樣在天和地之間，相擁相吻，他們在這一刻忘記了一切，包括：生命、時間、過去、未來……他們渴望著地久天長、海枯石爛。

李傕、范堯、韓莽叛軍洪水一般包圍了皇宮。

元老大臣們在洪水的威逼下，紛紛退進了皇宮。皇宮成為一塊唯一沒有被淹沒的陸地。漢獻帝在群臣的包圍下，六神無主，仰天垂地。他彷彿看見死亡正從皇宮昏暗的陰影之中向他蹣跚而來。

死亡的氣息從王允身上飄浮而出。王允渾然不覺，他朝皇上跪拜一下說道：「當下之計，只有皇上親自出面，才能退去叛軍。」

皇帝御用的金黃色華蓋，彷彿洪水之中的漂移物，在宣平門城樓上飄移而出。

陽光在華蓋的渲染下，也變得金黃。宣平門城樓下的叛軍，面對飄浮而出的華蓋，一個個都誠惶誠恐，山呼「萬歲」的聲音，震天動地。

漢獻帝雖然年輕但卻威嚴的聲音飄浮在那波濤一般起伏的「萬歲」聲音上面：「卿等不等候奏請，直接進入長安，想要幹些什麼？」寂靜，鳥在陽光裡飛翔。

李傕三人仰面奏道：「董太師是陛下的社稷之臣，無緣無故被王允謀殺，臣等特來報仇。只要見到了王允，就可以退兵。」

王允此時正站在漢獻帝的身後。一根柱子落下的陰影將他的臉覆蓋，他挺身欲出，被漢獻帝轉身止住。

王允奏道：「臣本來就是爲了國家的緣故，才這樣做。事已至今，冤有頭，債有主，皇上不必惜臣，以誤了國家。」

王允說著，憤然而出。漢獻帝潸然淚下。他聽見王允一聲大呼：「王允在此。」

李傕等人看見王允的身影從陽光裡飄浮出來，氣得牙齒咯咯響，拔劍怒叱道：「董太師何罪被殺？」

王允正色道：「董賊之罪，彌天蓋地，不可勝數。你們難道不知道董卓伏誅時長安士民都奔相走告，舉家慶賀嗎？」

李傕、范堯、韓莽又問：「太師有罪，我們幾個有什麼罪？不肯赦放我們。」

王允仰天一笑：「和你們這些亂臣賊子有什麼可講的，我王允今天把命還給你們就是了。」

王允說著縱身從宣平門城樓上跳下，他的青色朝服被風鼓脹而起，宛若旗幟。漢獻帝望著他在天空中飛翔了一陣子，便十分坦然地將頭顱往宣平門樓下青石板的地上插去。在發出很大的一聲巨響之後，鮮紅的血，便湮了出來。

中午的陽光，一下被湮得血紅。

高山流水

城樓翹起的飛簷崢嶸怪誕，彷彿一群凌空欲飛的蝙蝠在那裡歇息。黃昏金黃色的陽光從城樓上切割下來，赤兔馬再向前邁一步，就落入城樓的陰影中。河裡的水氣冰涼地襲來，河對岸的城堡顯得遙遠而虛假。

東阿城已完完全全顯露在呂布和貂蟬面前了。

貂蟬的眼中含著滾滾的淚。三天三夜的風餐露宿，這個城堡或者是個歸宿。她看見呂布的目光投射到城池之上。

「溫侯呂布求見曹操將軍！」

呂布的聲音使城上的幾個士卒忙碌了起來。其中一個往下張望，互相嘀咕了些什麼；另外一個人頭便在城牆垛間消失了。

護城河的河道上漂浮著一些樹枝和落葉，它們散發出的微微香味甜絲絲的。貂蟬偎依在呂布懷中，呂布持戟挺立馬上，夕陽金色的光輝的一大塊一大塊跌落下來，河水在腳下嘩嘩流淌。

「嘎吱——」一聲巨響，巨大的吊橋緩緩而下，城頭上奏起了歡迎賓客的嗩樂聲。禮炮之聲震天作響，在五彩的天空中炸開，五光十色。

貂蟬偷看了一眼呂布，呂布仰天大笑：「曹孟德果然好客，我總算找對人了。」曹操矮而健壯的身軀在河對岸出現時，貂蟬的心爲之一震……

呂布看見穿戴得齊齊整整、棱角分明的曹操，心中爲之一喜，曹操渾身透出的一種魄力，一股英雄之氣使他喜悅。英雄見英雄，心有靈犀一點通，呂布高聲喊著：「痛快，痛快！」

便催動赤兔馬，進入東阿城中。曹操皀色的朝服被晚風吹得鼓脹起來，在金色的夕陽裡飄飄忽忽。綬帶，盛放銀印的革囊，也泛著青色的光。

曹操看見單槍匹馬，懷摟美女的呂布走近，哈哈一笑，揖手道：「奉先光臨敝城，有失遠迎，恕罪恕罪。」

呂布連忙下馬，抱下貂蟬，還禮道：「只因李鞅三賊叛亂，落難到此，投奔將軍，多有打擾，還望將軍收留……」

曹操道：「奉先這是說哪裡話，我和奉先本是多年的老朋友，不必客氣了……」曹操說話時，目光早走了神，直瞟向了貂蟬。

多日的風餐露宿，使貂蟬臉上多少蒙上了風塵之色。但她那一舉一動，婀娜之態依然動人心魄，使人心旌神搖。她行走在黃昏裡，如一棵細柳飄移而來，薄如輕紗的衣袂在晚風裡飄飄而起，夕陽在她周身鑲上一道燦爛的金邊。曹操看得如墜夢中，意動神搖。

「這是賤妻貂蟬……」

呂布的聲音彷彿來自天外，飄渺而遙遠。貂蟬朝著曹操道了個萬福，說道：「賤妾向將軍請安……」那聲音彷彿錦瑟之音，拂拂而來，將曹操罩住。曹操頓時如同被一陣五彩繽紛的雨罩住了，飄飄欲仙。

「曹將軍別來無恙？」

呂布的聲音將曹操從遙不可及的地方拉了回來，曹操連忙搭話。

在儀仗隊的簇擁下，呂布一手扶著貂蟬，一手牽著赤兔馬，進入東阿城。

夕陽裡，早有一輛青蓋金華車在城邊默默地、專心地等候。車廂四周插著的十來面繪著奇禽異獸的彩旗，在風裡獵獵作響。車上的支架，被打磨得光滑如鏡，塗著金漆的車把手燦爛輝煌，美輪美奐。

「呂將軍請登車。」

曹操的周到和殷勤使呂布深受感動，但他還是客氣地拒絕：「呂布平生與馬爲伴，從不乘車輦，請將軍見諒。」

曹操聞言又說：「夫人一路辛勞，那就請夫人登車吧。」

貂蟬的到來，在東阿城引起了一場騷動。

人們紛紛湧上街頭，爭相目睹金輦美人的千古奇觀。貂蟬的出現，在東阿城掀起了一場美的風暴。

多少年以後，人們依然記得，一輪碩大鮮紅的夕陽下，一輛華麗精美的金輦以滿天彩霞爲背景，緩緩而來。車輦之中，坐著一位美若天仙的女子，她的一顰一笑，正好應了那句古話：「一笑傾人城，二笑傾人國」。她的衣袂在風中飄飄而起，如夢似幻，她顧盼流離的明眸掃視過每一個人，每個人就發自內內心地被感動了。

鶴形香爐尖尖的鶴嘴裡冒出的一縷輕煙裊裊而上，給人一種異乎尋常的奇幻之感。一輪圓月掛在夜空裡。

曹操的府邸裡，歌舞昇平。

曹操、呂布對坐高臺，爐中正在煮酒，發出槖槖的聲響，霧氣蒸騰而上。那輪銀色的圓月正好罩住了他們。弦樂拂拂而來，彷彿天音。高臺下的人抬頭仰望，莫不以爲是兩位仙人在月宮裡談經論道。

食案上，一盤青梅在月光裡泛著讓人垂涎的光澤。曹操用兩指捏起一枚青梅，幽幽的話音，將呂布導入某個回憶之中。「去年有一次我帶兵在外，出征張繡。一路上缺水，士兵焦渴得嘴唇裂開了口子，隊伍越走越慢。我心生一計，用鞭子往林子中一指，說道：『前面有一處梅林。』士兵們聽了我的話，口內生津，便不渴了。今天見到了這麼好的青梅，我可不能放過這個機會，非好好嘗嘗不可。」

呂布一聽，哈哈大笑：「曹公妙計安天下，果然不錯，佩服佩服。」於是也嘗了顆青梅。

時間在幽緩的絲竹聲中悠然滑過。呂布曹操對坐，一邊嘗青梅，一邊煮酒，不時發出會心的笑聲，開懷暢飲。

酒至半酣，曹操略顯醉態，問道「奉先將軍知道龍的變化嗎？」

呂布酒勁也上來了，露出狂態：「略知一二，願聞其詳。」

曹操哈哈大笑：「龍能大能小，能升能隱：大則噴雲吐霧，小則隱介藏形；升則飛騰於宇宙之間，隱則卻伏於波濤之內。龍乘時變化，好比人得意而縱橫四海。龍之爲物，可比當世的英雄。奉先將軍久歷四方，英武蓋世，對當世英雄必有所了解。請試一一指明。」

呂布笑道：「呂某不知天下有什麼英雄。還望曹公點撥。」

曹操便道：「淮南袁術，兵糧足備，可以算英雄吧？」

呂布哈哈一笑：「袁術老兒是墳墓的一具僵屍，我遲早要將他擒來下酒。」

曹操又說：「河北的袁紹，四世三公，廣交天下豪傑；現在虎踞冀州之地，部下能幹的，智膽超群的人極多，算不算英雄？」

呂布又狂笑道：「袁紹小兒，色厲膽薄，優柔寡斷；幹大事卻可惜自己的身體，見了小利連自己的命都忘了，算不上英雄。」

曹操說：「有一人名稱八郡，威鎮九州……」

呂布斜著眼問：「誰？」

曹操道：「劉表。」

呂布擺擺手：「劉表徒有虛名，算不上英雄。」

曹操繼續說：「有一人血氣方剛，號稱江東領袖……」

呂布問：「你是說孫策？」曹操點頭。

呂布依然搖頭：「孫策不過是借了他父親的名聲，不是英雄。」

曹操道：「益州劉璋如何？」

呂布冷笑：「劉璋雖是漢家宗室，卻是一條看家狗。」

曹操又問：「張繡、張魯、韓遂怎樣？」

呂布捧腹：「無名小輩，何足掛齒。」

曹操驚問：「奉先以爲何人才算英雄。」

呂布道：「所謂的英雄，必須胸懷大志，腹有良謀，有包藏宇宙之機，吞吐天地之志的人才算英雄。」

曹操問道：「誰可以擔當這個重任？」

呂布哈哈大笑，舉杯一飲而盡：「當今天下的英雄，除了曹公和我，還有誰呢？」

曹操聞言大笑，拿起爐上熱氣騰騰的酒壺，高聲說：「奉先將軍所說正是我的肺腑之言，難得今宵，接風酒當多飲幾盅。」

呂布也連聲說：「痛快，痛快。」

將酒杯伸過去，酒壺傾斜，一口黃黃的酒從壺嘴流出，直注入酒杯裡，酒汁升騰而出，氣泡上泛，白花花的一片。

曹操端自己的杯子，笑道：「奉先將軍，難得今夜煮酒論英雄，乾了！」一飲而盡。

「將來我倆得了天下，你坐北我坐南，痛快一生。」

呂布也舉杯一飲而盡。那酒便像火龍一般，竄入他喉中，麻辣辣的感覺在呂布的舌上滲透，他只覺得喉嚨火燒火燎。圓月無比溫柔地貼了過來，他兩眼發花，雙手望空一抓，身體傾斜，便整個地撲在食案上。酒杯彈跳而起，酒汁在食案上四溢開來，銀光跳躍……

曹操用手推了一下呂布，輕聲喊道：「奉先將軍，奉先將軍……」呂布人事不知。

曹操撫鬚仰天大笑：「呂布小兒，我今晚要讓你做一次狗熊，哈哈。」

曹操說著一轉身，朝台下喊道：「陳宮，陳宮……」

貂蟬獨居深院之中。

一輪明月在竹林間穿行。小蟲的「唧唧」之聲帶著東阿小城潮濕的水氣。貂蟬獨自撫琴一陣，呂布卻遲遲不回。

貂蟬心生憂慮：呂布單槍匹馬來投曹操。曹操表面熱情親切，還盛情挽留他飲酒共度良宵，其間會不會有什麼變故呢？

看呂布那麼信任曹操。曹操正在用人之際，若呂布成爲他手下一將，曹操眞可謂如虎添翼，按照常理，不會出什麼事。

貂蟬正想到這，傍晚曹操越過呂布的肩膀向她投射來的目光，此時又在她眼前浮現。曹操不懷好意，會不會……

貂蟬不敢再往深處裡想，女人天生的敏感使她心頭掠過一絲陰雲……

滴漏之聲依然清晰地在耳邊迴響。

貂蟬左等右等，呂布終是不回。她只覺得胸中鬱悶，便又重取出琴，邊撫邊唱：

疏影橫斜水清淺，
暗香浮動月黃昏。
淺寒籬落清霜後，
色影池塘淡月中。
壯客同春俱稅駕，
南枝與我兩飄蓬。
……

貂蟬撫琴至此，悲從衷來，往事紛紛在月色裡湧現。木耳村的烽火，逃難途中與父母的失散，恩重如山的馬夫人的慘死，御花園中飲露維生往事……一件一件，從眼前掠過。往事如煙，不可捉摸；未來又明明暗暗，不知將發生何事。而自己一個紅塵女子，在亂世中孤獨飄零，無依無靠，如花似玉的容顏，也不知何時要在這亂紛紛塵世花一般凋零。

貂蟬臉上的淚珠成串，一明一暗，撫琴至傷心處，只聽那聲音淒厲地從耳邊掠過，嗚咽了一聲，便消逝在如洗的夜空中……

琴弦已斷。

靜夜無聲。

美人抱琴而泣，知音少，弦斷有誰聽？

這時，窗外人影晃動，一人大呼：「好琴，爲何不往下彈呢？是詞窮了嗎？我替夫人將此曲續完如何？」

那個身影在窗格上移動，竟放聲高歌起來：

從來遇酒千盅可，
此外評花四海空。
唯恨廣平風味減，
坐看子牙擅江東。

那聲音果然豪邁異常，似是借酒使氣，以氣論花；花亦氣象萬千，橫空出世了。

貂蟬沉浸在那豪放的歌聲之中。猛一回頭，門被推開，月光潑灑進來。一個氣宇軒昂的影子，站在了門邊，衣袂隨風而起，身影飄飄忽忽。

第八章 銅雀台 月光下的艷歌

我曾到處漂泊
只為追逐那呼喚我
卻又不知把我引向何方的聲音

——泰戈爾・《渡口》

銅雀春深

「夫人琴曲敏捷，音聲殊妙，果然通神。」門外之人拍掌大笑道。

貂蟬驚心頭，那人身穿皀衣，雖然身形稍矮，但神采飛揚，氣勢逼人，眉宇之間，透出一股帝王之氣。

來人竟是曹操。

貂蟬連忙起身行禮，心中疑惑萬分的是呂布怎麼沒有回來？

曹操似乎看穿了貂蟬的心思，不等貂蟬發問便說：「奉先將軍醉酒了，在我處安歇。我特地來告知夫人。」

貂蟬聞言心知不妙，呂布醉酒就醉酒了，何必曹操親自來告知呢？

但她面不露聲色：「初來寶地便多有打擾，賤妾心中著實不安，還望將軍多多包涵，我明日就將賤夫接回……夜色已深，曹將軍也回去早早安歇吧。」

曹操卻站著不動，輕薄之色，從他臉上掠過。他輕聲說道：「今夜良宵，花好月圓，我想同夫人談論琴道，望夫人莫要推辭。」

貂蟬心中一陣緊縮，她暗暗後悔同呂布來投曹操。這眞是才出狼口，又入虎窩。曹操好色是舉世聞名的，他的妻妾，多達十五，只要他愛上的美色，都要想方設法將其攫取到手，爲此他還鬧過亂子。一年前他南征張繡。張繡抵擋不住，投降後，曹操看中了張繡的妻子，將她強娶爲妻。因此，戴上了綠帽子的張繡氣憤不過，又反了曹操。曹操的兒子曹昂和侄子安民都被殺死，另外折了一員猛將典韋，自己右臂還受了傷。

怎麼辦呢？將他趕出去，可這裡都是他的地方，包括貂蟬住的房子，睡的床，她連保護自己的一兵一卒都沒有，呂布此時也不知身在何方？

貂蟬左思右想沒有對策，只好敷衍道：「旅途勞累，改日再談好嗎？」

曹操卻不放過，指著天上那一輪大如傘蓋的月，語氣中略帶惋惜：「夫人就捨得讓良辰美景白白度過？」

貂蟬站在月光裡，那一身白衣也在月光下閃閃發光，與其說她身著白衣，不如說她身著月光。曹操心中那股愛慕之情又燃燒起來，他像一條大船，划著月光，游近了貂蟬。貂蟬再拜道：「今夜的確沒有心情，請將軍原諒。」

曹操的目光卻迷離了，他張開雙手，像逮隻痲雀一般，環向貂蟬，口中喃喃地呼喚著：「貂蟬，貂蟬……」

貂蟬敏捷地將身形往後一閃，纖手在桌上摸索。曹操只覺得眼前有什麼一晃，瞪眼一看，是一把剪刀。那把剪刀在貂蟬玉手的操縱下，直指向她雪白的脖頸。貂蟬說道：「曹將軍若再相逼，我情願一死……」

曹操見狀略覺掃興，但很快又哈哈一笑：「那豈不更糟蹋了這個良宵，我曹孟德從不強人所難，夫人請將剪刀收起……」

貂蟬逼問道：「呂布現在何處？」

曹操很抱歉地說：「已被送進牢中，這也是無可奈何的事。何時放出，就看夫人態度了。」

空氣中瀰漫著一股腐爛了的乾草氣息，光線昏暗，鐵欄杆外的腳步聲有節奏地從一頭走向另一頭，又從另一頭走回去。

呂布使勁睜開雙眼，渾身酸痛。他背靠著牆壁，逐漸清晰起來的意識使他明白了自己置身於鐵牢之中。

「狗娘養的曹阿瞞……」呂布破口大罵曹操。他苦苦地回憶著昨晚的一切，昨晚藍如水晶的夜色，又探進了他的記憶，使他感到溫暖；而昨日的口吐狂言，使他現在仍然激動。他終於在腦中重現出了曹操爲他篩酒的那一幕，這個奸詐的傢伙肯定是在那一下做了手腳，使他昏昏欲睡。這狗娘養的，實在卑鄙至極。

他的腦中又浮起了貂蟬勾人的臉龐，這讓他不寒而慄。曹操爲什麼要陷害他呢？他不過是個落難之人，對曹操絲毫構不成威脅，難道是因爲貂蟬而昨晚他一夜未歸，貂蟬不會出什麼事吧？即使她昨晚不出什麼事，現在他身陷囹圄，將會有什麼樣的橫禍降臨貂蟬也未可知。

呂布坐在乾草之上，乾草腐爛的氣息將他淹沒，他心口又悔又急又氣又疑。

令貂蟬大感意外的是，這些天來，曹操並沒有再來騷擾她，對她非禮，相反還爲她配了三個侍女，像貴賓一樣招待她。

然而呂布依然生死未卜。

夏日的天空陽光燦爛，貂蟬望著那交織的陽光及園中盛開的滿池荷花，心情越來越焦躁不安。

曹操葫蘆裡裝的什麼藥？

黃昏，夕陽努力塗抹著天際。

倦歸的鳥兒呀呀叫著掠過天空，涼風習習而來，亭台樓閣，被罩在一片漸來漸弱的金光之中。

貂蟬站在荷花池邊，臨風而立，夕陽剪下她楚楚動人的身影，又投入湖中，在蕩漾的湖水中抖動。不斷從那玉手中飄飛下來的花瓣，搗碎了那美麗的影子，招來了大大小小貪嘴的魚兒。

「夫人——」貂蟬聽見一個聲音從假山後邊繞了過來。她回過頭，一個人影從假山後邊冒出，那人身穿一身青衣，臉上同時洋溢著喜氣與自負。

來人正是曹操。「夫人，今夜與我同上銅雀台飲酒聽樂，吟詩作賦，共度良宵，何如？」

貂蟬淒涼一笑：「我的丈夫還在你牢中，生死不知，哪來的心情？」

曹操將袖子一揮，說道：「不瞞夫人，我的一些文人墨客聽說夫人能詩善賦，精通音律，想與夫人一試高低。若夫人能勝過我的朋友，我立刻將奉先將軍放出，擺酒設宴為你們送行。」

呂布在牢中倒也沒遭到多少虧待，整天好酒好肉，只是沒有半點自由，對外邊的消息也一無所知。有時他急了，煩了，就抓著鐵欄杆大聲質問獄卒：「為什麼把我抓到這裡來？為什麼？」

獄卒聽而不聞，繼續做他自己的事。到最後，呂布才發現，那個大鬍子獄卒不僅是個聾子，還是個啞巴。

呂布無可奈何，總是無端地發火。為了保存體力，吃的時候狼吞虎嚥，風捲殘雲。吃完後便摔碗摔碟，奇怪的是獄卒也不生氣，只是將那滿地碗碟的碎片默默地掃去。

曹操這樣到底想幹什麼？

貂蟬，難道為了貂蟬？

他日漸一日地思念貂蟬。對於他自己的安危，他是置之度外了，可是貂蟬，卻讓他牽腸掛肚。每當夜晚來臨，牢中什麼都看不見時，對貂蟬的思念就會像月光一般灑入，照得他的心中無比溫暖與甜馨。

腳步聲沉重而敏捷。

呂布敏感地意識到，這絕非獄卒的腳步聲，有人來了他將要被釋放了？獲得自由了？

一張黝黑的臉在鐵欄杆上浮現而出，那聲音低聲呼喚著：「奉先將軍，奉先將軍……」

呂布直起身，大步上前：「我就是呂布，你是誰？」

黝黑的臉龐上兩顆靈活的眼珠左右滴溜一轉，一根食指便抵在了臉龐薄薄的嘴唇上了。那嘴唇噘起來，透出一聲長長的：「噓——」

呂布便將聲音壓低，問道：「找我什麼事？」

那聲音輕若游絲：「我是曹操的謀士陳宮，久仰奉先將軍的英名，前來搭救將軍出獄……」

彷彿是在夢中。

夜色清涼，樹影扶疏，池水清碧。

一輪銀色的月亮從地面徐徐飄起，滿天星星彷彿像灑遍了寶藍色天空的金鈕扣。

東阿城西北角的銅雀台，被五彩繽紛、透明清澈的音樂所繚繞。銅雀台下的流水像綠色的裙帶一般，繞了幾繞，便向城外飄去。銅雀台北面的冰井臺，透明的冰塊在十五丈以下的深井裡，泛著淡藍色的光。遠處的金虎台、金鳳台在月光裡無聲無息，影影綽綽。

雀台之上，貂蟬與曹操對坐，她後邊那個彎月，正徐徐飄浮而上。曹操一拍手，成群結隊的人影，一排一排，如海浪般登上了銅雀台，他們的神情在月光下儒雅謙虛。

貂蟬起身行禮，她身後的燦爛星光，將她襯得更加迷離動人，由於她的存在，連在風中也飄著淡淡的蘭麝之香。登上鹿台的人們無不爲貂蟬動人心魄的身姿所傾倒。多少年後，當曹操之子曹植在回憶那個詩一般的夜晚時，貂蟬的衣袂長袖，仍然在他的記憶之中飄動，於是他的靈感被點燃，寫下了千古傳頌的《洛神賦》。

曹操的聲音將人們從貂蟬驚人的美豔之中驚醒：「今日良宵，請各位文學大家同登銅雀台，一賽詩樂，各位莫要謙讓……」

王粲矮小的身形在月光下出現猶如一根稻草。貂蟬知道此人出身於名門世族家庭，其曾祖父龔、祖父暢都曾位至三公，父謙爲大將軍何進長史。十四歲時，遭遇董卓之亂，由洛陽徙居長安。當時著名學者蔡邕在朝中任職，雖然時局極端混亂，但門前仍然經常車馬壅塞，家中經常賓客滿座。一次王粲前去拜訪蔡邕，蔡邕聽說王粲求見，匆忙起身，倒趿著鞋子出迎。王粲來到客廳，滿座賓客見他年齡不大，身材矮小，卻受到蔡邕如此禮遇，無不感到十分驚奇，蔡邕卻把王粲推到大家面前，說道：「這是王公的孫子，才能在我輩之上。我家的書籍文章，都應歸他。」

可見此人文才十分了得。曹操讓他第一個出場，七步成詩，他也不謙讓，背著手，在銅雀台前拈鬚踱了五步，一首傳世好詩便脫口而出：

高會君子堂，並坐蔭華榱。
嘉肴充圓方，旨酒盈金罍。

管弦發徽音，曲度清且悲。
合坐同所樂，但怨杯行遲。
常聞詩人語，不醉且無歸。
今日不極歡，含情欲待誰？

王粲話音剛落，便引來全台掌聲。王粲把眼瞟向貂蟬，見貂蟬臉上掠過一絲愁雲。他想是自己最後兩句詩打動了她，不禁洋洋得意，回到席中。陳琳清爽俊逸的氣質，猶如月宮桂樹，引來一陣喝采之聲。

陳琳字孔璋，廣陵人，初爲何進主薄，何進被殺後投奔曹操。蔡邕曾稱他是「童子奇才，朗朗無雙」。一次曹操犯頭風病躺在床上，正好陳琳草成一道文書送來，曹操看了，翻身而起說：「這個文書治好了我的病。」還有一次，曹操讓陳琳寫信給韓遂，剛好曹操外出，陳琳隨從。陳琳就在馬上草擬書信，寫好後交給曹操。曹操想提筆修改，竟不能夠增減一字。

陳琳的詩也脫口而出，與王粲詩不相上下。他朗朗念道：

永日行遊戲，歡樂猶未央。
遺思在玄夜，相與復翺翔。
輦車飛素蓋，從者盈路旁。

月出照園中，珍木鬱蒼蒼。
清川過石渠，流波為魚防。
芙蓉散其華，菡萏溢金堂。
靈鳥宿水裔，仁獸游飛梁。
華館寄流波，豁達來風涼。
生平未始聞，歌之安能詳？
投翰長嘆息，綺麗不可忘。

陳琳將詩吟完，也望了一眼貂蟬。他的最後四句詩，也是爲貂蟬而作。貂蟬依然愁眉不解，若有所思。

文才在當年稱道一時的「建安七子」，除王粲、陳琳外，還有劉楨、徐幹、阮瑀、應瑒、孔融等，他們絕妙的佳詩引起全台賓客舉座皆驚。當曹操手下文人一一亮相後，人們便把目光移向了凝眉緊鎖的貂蟬。貂蟬站起身，臉色緋紅，她行走在銅雀臺上，使人們頭腦中幻化出一副景致：好似看見楊柳在銅雀臺上飄飄而行。她的聲音婉轉，似珠落玉盤，在座賓客都爲其詩中洋溢的那股悲憤之情所感染，眼淚滾滾而來，欲墜未墜。她吟道：

乘輦夜行遊，淒淒步西園。

雙渠相溉灌，對烏飛通川。
卑枝拂羽蓋，修條摩蒼天。
驚風扶輪轂，孤星垂我前。
丹霞夾明月，華星出雲間。
……

詩吟到此，賓客中有人大叫道：「『丹霞夾明月，華星出雲間』，好詩好詩。」「建安七子」獻過詩的賓客們，紛紛滿臉通紅。單單這兩句，金釵就勝了鬚眉，將他們全部比了下去，一向自負的文人們，能不面紅耳赤嗎？

貂蟬繼續吟道：

秋蘭被長阪，
朱華冒綠池。
……

又是一陣掌聲。那一個「被」字，一個「冒」字，將在座賓客驚得瞠目結舌。有了這兩個驚世駭俗的字，他們的詩還叫詩嗎？這兩個字在多年以後，像珍珠一般被玩弄在詩人手中，引起陸機、潘岳、潘尼、顏延之、謝靈運、江淹、李白等光照千古的詩壇星宿的競相仿效。

貂蟬最後兩句詩使在座的每一位賓客潸然淚下：

「我本比翼鳥，
為何棲孤枝？」

這兩句詩，直指曹操。在座詩人心領神會，全部離席，跪拜於曹操席前：「貂蟬詩才在我輩之上，我等都自愧不如。」

貂蟬掩面回到席中，月光襯著她，像一塊寒冰般閃爍發光。

曹操臉一陣紅，一陣白，但他很快又鎮定下來，說道：「我和貂蟬夫人相約，還要比賽音律，各位請歸席。」

這場震驚千古的音律之賽，在美人貂蟬與才女蔡文姬之間進行。

蔡文姬又字昭姬，陳留圉人，蔡邕的女兒，年少時就嫁給了河東衛仲道。在一次戰亂中，被胡兵擄掠，身陷南匈奴三年。曹操與蔡邕是舊交，念其無後，便派使者用稀世珍寶金璧贖回蔡文姬，重嫁給同郡的董祀。董祀在曹操手下擔任了屯田都尉，因爲人過於正直不阿，一次出言不愼激怒了曹操。曹操在盛怒之下命士兵將他推到市曹去斬首。蔡文姬被這突如其來的不幸擊得頭暈目眩。但她很快鎮定下來，披頭散髮，光著雙腳，到曹操帳下叩頭請罪。她酸楚的言詞使當時與曹操在座的人都深受感動，曹操便說：「我也很同情你的遭遇，但斬首的文書已經派人送去，無可挽救了。」

蔡文姬答道：「明公馬廄中有馬萬匹，虎士成林。何必可惜了一匹快馬卻枉送一條人命呢？」

曹操被蔡文姬執著的精神所感動，立刻派人追回文書，赦免了董祀。當時大雪封路，天寒地凍，曹操便特賜給蔡文姬頭巾鞋襪。曹操又想起蔡邕家原來有不少藏書，便問道：「聽說你家原有不少藏書，你還能把書中的內容回憶起來嗎？」

文姬答道：「先父曾有藏書八千卷，經輾轉流離，一卷也沒能留下，現在能記誦的，只有四百多篇了。」

曹操當即派給文姬十名文書，協助她記下這四百篇文章。文姬竟然以男女有別的理由拒絕。回去後，文姬將默寫好的文章送來，竟毫無遺漏差錯。曹操大驚，便重用她，封她爲軍謀祭酒，使定樂器聲調。

蔡文姬穿著一身淡藍色的衣服；出現在淡藍色的月光裡。她雖然年過三十，但風韻猶存，走在月光裡，如一朵君子蘭端莊素雅，令人聯想到一首優美的小詩，一曲動人的江南小調。

她在琴旁落座，轉軸撥弦三兩聲，曲調未成，便有一種情致產生，在座各位聽後心中汩汩地流起了清泉。

貂蟬和蔡文姬，就好比一朵牡丹和一朵白蓮。貂蟬豔得讓人癡迷，讓人睜不開眼；而蔡文姬只是一縷風，一朵雲，一幅坐在飛速向前的馬車裡向外眺望所見的飄移而過的風景。

貂蟬坐在高臺上，沐著星光，遠在數里之外的人們看見銅雀台這邊有五彩紛呈的光在交織閃爍。

貂蟬美麗了東阿小城，美麗了整個三國時代。

清麗的聲音，自琴弦上飄浮而起。蔡文姬輕撫琴弦，便將滿台的人，帶入江南的春光之中：晴空萬里，白雲如積雪一般在天空中飄浮，綠水在春風的撫弄下，輕輕地晃盪。細柳嫩綠，如煙如絲。成群結隊的白鵝，紛紛躍入水中，如長安麗人一般浮游於暖水之上。一望無際的水田裡，牛在哞哞地叫，燕子銜著春泥和枯枝在褪去積雪的樹梢上築巢。一行白鷺由水墨畫一般的青山而來……

琴聲戛然而止，白雲綠水、嫩柳白鵝、白鷺春燕……一下子全消失了，人們從幻景裡走出，滿天的月光灑落下來。蔡文姬在琴弦上跳蕩的玉指離開了琴弦，靜靜地期待著。

曹操問道：「貂蟬夫人，這首曲子的曲名是什麼？」

貂蟬施禮。她鶯啼婉轉的聲音，使人人眼中都浮現出一幅陽春白雪的畫面，貂蟬道：「此曲曲名是《江南》。」

曹操點頭。

奇幻的音樂在蔡文姬的安排下，涓涓流淌而出。

一條清澈見底的小溪，從無邊鋪展的月光下奔騰而來，兩岸的桑樹，如煙如織。採桑的姑娘，穿紅披紫，採摘桑葉。陽光透明而燦爛，帶著草香、花香、果香……

賓客們如癡如醉。

樂聲戛然而止，小溪和香味一起，虛無飄渺，極不眞實。

貂蟬又道：

「這首曲子的曲名是《陌上桑》。」

夏日的村莊，東方微露晨曦，便有公雞將清晨啼破。農夫們扛著鋤頭牽牛走向田間，農婦們張羅著做飯，炊煙裊裊而起。村娃們蜂蝶一般在草坪上追逐，戲耍……樂聲戛然而止，幻境消失。

貂蟬的聲音飄浮而出：

「曲名叫《雞鳴》。」

窈窕淑女，在水邊徘徊，等待著情人的到來。夕陽金色的光輝將河水染成一半金色，一半緋紅，跳蕩不已。情人久等不至，少女無限哀怨地折下一束楊柳，悵惋著行走進了楊柳林深處……

貂蟬的博學使在座賓客折服：

「這是《折楊柳行》。」

音樂之聲飄浮而出。

幻景。

樂聲戛然而止。

貂蟬珠落玉盤似的聲音：

「這是《東光》。」

蔡文姬悵然而起，滿面羞慚，嘆道：「我本以為我是天下最通音律的人，今晚算知道了自己的淺陋。從今以後，我發誓再不彈琴了。」蔡文姬也不向在座賓客告辭，一舒廣袖，離台而去，藍色的身影被藍色的月光吞沒。

貂蟬端坐琴旁，輕輕唱出了一支樂曲。三國時一首曲子包括三部分，即艷、曲、趨（或亂）。艷指的是序曲或引子。曲指曲的主體部分。趨或亂指樂曲的結尾部分。

貂蟬邊撫琴，邊唱出了樂曲的序歌：

「秋蘭，為嘉美人也。嘉而不獲，時人傷之……」

貂蟬的小指勾出了樂曲的最後一個音，在座的賓客無不淚光閃閃，月光下，起伏的是嗚咽之聲。

良久……

人們清醒過來，紛紛跪拜於曹操面前：「貂蟬乃天上仙子下凡，望大王順從天意，放了她夫妻二人……」

曹操仰天長嘆：

「我本想以我的文才、詩才、音律之才折服貂蟬，使她一片芳心向我，卻不料她的一片心思全在呂布身上。看來上天保佑的不是我。我曹操無福得此佳人啊！」

曹操雙手撫琴，說道：

「此曲爲貂蟬夫人送行。」幾十位身穿彩衣的歌舞藝人紛紛穿過銅雀台一角的靈幔，落座下來。

一時間，笙、笛、竽、箏、琴、瑟、琵琶齊鳴。曹操古直悲涼，幽婉老將一般氣韻雄渾的聲音飄浮而出：「雲行雨步，超越九江之皋。臨觀異同，心意懷猶豫，不知當復何從。經過至我碣石，心惆悵我東海……」

貂蟬怦然心動，曹操那股男子漢的氣勢像天穹一般朝她心裡垂下。晚風吹拂，曹操的鬚髮在風中舞動，莽莽之氣，鋪天蓋地。這種氣勢，是董卓、呂布都不能相比的。那沉渾的聲音繼續唱道：

……

日月之行，若出其中。
星漢燦爛，若出其裡。
……

無邊的大海，銀光閃爍，一個披風在海風中鼓脹如旗幟，按劍立於山石之上的英雄挺立在天地之間：

……
老驥伏櫪，志在千里。
烈士暮年，壯心不已，
……

銅雀臺上，人們沉浸在美麗的音樂氛圍裡，像輕紗一般，在透明的旋律中飛翔。

突然，銅雀台下人聲噪雜，一彪人馬彷彿從大地上冒出，吆喝著衝殺而來。為首的將軍頭戴褐冠，揮舞方天畫戟，金甲在月光下閃爍迷離，披風飄飄而起，赤兔馬嘶鳴嘯叫，宛若天神。

這人正是呂布。

呂布身後一員儒將，面色黝黑，長鬚飄飄，手中兩把大刀，揮得龍飛鳳舞。這人是曹操謀士陳宮。

陳宮後邊的人馬，都是陳宮的隨從。陳宮三年以前就投奔了曹操，但始終未得到曹操重用，抑鬱不得志，積了滿腹的牢騷。

呂布蓋世武功震懾了他。於是他下定決心，鋌而走險，將呂布救出，索性反了曹操。

呂布得了陳宮相助，殺向銅雀台，為的是救出貂蟬。

呂布揮動方天畫戟，如入無人之境。士兵們不敢阻攔，像潮水一般朝兩邊閃開。

銅雀台在月光的照射下，銀光閃爍，仙樂飄渺。

赤兔馬一往無前地衝上了銅雀台，方天畫戟所向披靡。幾個能詩善樂的文人螳螂擋道似地衝上來，然後又極可笑地避開。

「貂——蟬——」喊聲震天動地，將樂曲之聲震得支離破碎。幾個持刀甲士用身體護住了曹操。整個銅雀臺上的人都亂成了熱鍋上的螞蟻。

貂蟬面對混亂鎮定自若，彷彿一朵蘭花，在滿天星光之下散發幽香。

「貂——蟬——」赤兔馬騰空而起，落在貂蟬面前。呂布一俯身，將那月光下的幽蘭採摘下來，抱在胸前。貂蟬頓時如墜夢中，一切來得如此之快。這一切都是眞的嗎？

甲士們持刀如潮水一般，蜂擁而上。呂布也不戀戰，用戟擋開氣勢磅礴而來的兵器，縱馬向銅雀台下衝去。

陳宮及其隨從正在銅雀台中央與曹操衛士廝殺，見呂布抱著貂蟬下來了，也不戀戰，殺開一條血路，衝下銅雀台，直奔東阿城的南門而去。

呂布的人馬像煙一般消失在月光裡。

曹操憑著銅雀台的欄杆眺望，長嘆一聲，回頭對向他請示的將士說：「傳我令，放呂布、貂蟬一條生路，不許圍追堵截他們，放禮炮三聲爲呂布、貂蟬送行。」

呂布、陳宮率著一彪人馬，沒有費多大力氣便殺出了東阿城。那時黎明正在稀釋黑夜，星星逐一從天際隱去，東方顯出魚肚白的光亮。

當威脅徹底被擺脫後，茫茫的天幕下，這一彪人馬感到了孤獨。他們每人身上都帶了一把刀，懷著建功立業的野心。可是，他們找不到歸宿。因此，無所謂從哪兒來，也無所謂到哪裡去。

他們走進了方圓幾百里的大山，峰巒爲嶂，溝壑縱橫，很難見到開闊地和村落。荒草叢中，隨時會飛起一對山雞，跳出一隻野兔、狐狸，或者其他小野獸。山中常有鷂鷹盤旋。

寂靜的群山沒有一點陰影，太陽正熱。

他們沒有歸宿。

他們走進了孤獨。

暴躁了一整天的太陽開始平靜下來，光線變得深沉。遠遠近近的蟬鳴也舒緩了許多。大山的陰影在溝谷裡鋪開來，地勢也漸漸地平緩，開闊。

在背陰的山腳下，一個小泉眼出現了。細細的泉水從石縫裡往外冒，淌下來，積成臉盆大的小窪，周圍的野草長得茂盛，水流出來幾十公尺便被乾渴的土地吸乾。

「前面有人家。」陳宮興奮地說。

「弟兄們往前趕啊！」呂布也被眼前的情景激動了。

貂蟬被呂布摟在懷裡，嬌喘微微。一路的辛勞，使她略顯憔悴，更是另一種媚態。

隨行的士兵們個個眼睛發亮，許多人撥開野草，在水窪邊蹲下，將臉埋進泉水中洗了個痛快。

村莊終於出現了。

士兵們歡呼雀躍。

然而，當他們靠近時，不禁大失所望。

村莊倒是村莊，但已被洗劫，房屋被燒了大半，斷垣殘壁在夕陽的塗抹之下，顯得格外地淒慘。

他們在村子裡轉了一圈。

終於，他們找到了一座還算完整的小廟，在這裡暫且住下。石頭砌的院牆已殘缺不全，幾間小殿堂也歪斜欲傾，百孔千瘡。唯一一間像樣點的，還供奉著神靈。三尊泥塑像早脫盡了塵世的彩飾，以一身黃土本色返樸歸眞，認不出是佛是道。院裡院外、房頂牆頭長滿了荒藤野草，蓊蓊鬱鬱倒有生氣。

「夫君，我們先在這住下吧。」貂蟬溫柔地說。

呂布回頭把自己的意思告訴給陳宮。陳宮也點頭同意，讓他的隨從們在此間安歇。陳宮的隨從們將廚火重新修整了一下，便開始生火做飯。炊煙裊裊而起。

如鈎的月亮冒出來。

對面的山壁黑森森的，夜裡比白日顯得更高大更近了，使你有呼吸困難的感覺。

古廟之中，陳宮和他的士兵們擠在一起，一天的勞累使他們很快進入了夢鄉，呼呼大睡起來。

蟲子在廟外唧唧而鳴。

呂布和貂蟬睡在另一個禪房中。

月色很好。

貂蟬撲在呂布懷中，傾聽他的心跳。多日的思念，終於化成現實，她甚至覺得他們離別了有一年以上。

呂布將貂蟬的頭捧起，吻著那濕熱的紅唇。他突然覺得自己是一個不愛江山愛美人的男人，他的生死搏殺，都是爲了她。

他將她緊緊地箍住，箍得她的骨頭隱隱地發酥發疼。

「蟬兒，蟬兒……」呂布喃喃地呼喚著。

他的一雙白晳但孔武有力的手，在貂蟬身上摸索。

她的裙帶飄飄而下。……

夜半時分，突然人聲嘈雜，腳步聲紛亂，呂布在夢中被驚醒，「騰」地一下翻身而起，很快穿上衣服。

貂蟬也警覺而起，披衣茫然地望著呂布。呂布說道：「別怕，蟬兒，我有方天畫戟，赤兔馬，誰也傷不了我們。」呂布說著，提著方天畫戟，推門而出。

陳宮等人也提著刀面面相覷。

屋外，一個聲音呼喚道：「要活命的把財物都放下。」

呂布聞言大怒，衝出廟門。陳宮來不及阻攔他，也只好率眾人衝出。打劫的人看上去不少，有二十個左右的人影在晃動。這些人見廟中人衝出，便也包圍上來。

呂布大叫：「何方毛賊，敢在你爺爺頭上動土。」一個不知天高地厚的賊盜揮舞著刀砍過來，呂布掄起方天畫戟一擋，那個人虎口發麻，大叫一聲，倒退了幾步。

賊盜們見來人厲害，便呈包圍圈圍了上來。

陳宮等人見勢不妙，也揮著武器同賊盜們廝殺起來。

刀映著月的寒光，呼呼作響。

呂布將方天畫戟又掄了一圈。一圈的賊盜紛紛後退。

如鉤的月亮從雲中鑽出，劃破了雲絮，將一脈光射下來。呂布的臉一下子被照亮。

突然，賊盜中一人大呼道：「呀，這不是主公嗎，別打了別打了，大水沖了龍王廟，自家不識自家人，別打了。」兩邊的人聽見那人喊，便都停了手。

呂布瞪圓眼睛相認，那人哭著跪倒在呂布面前：「主公，我是高順啊，你讓我們找得好苦啊！」

呂布大驚，忙叫陳宮點火。借著火花，呂布看見在光影裡晃動的是他的部將，患難弟兄張揚、魏緩、張遼等人。

呂布驚喜異常，叫出貂蟬來與眾弟兄相認，並把眾將一一介紹給陳宮。

大家正熱鬧之際，張遼突然一拍腦袋，說道：「唉呀，我差點忘了。」

他於是飛身上馬，溶入茫茫夜色之中。不一會兒，馬蹄聲回，張遼的聲音向眾人飄來：「主公，你看是誰來了？」

呂布定睛一看，張遼的馬上，還坐了一位端莊的少女。她的長髮在朦朧的月光下飄飄而起。她見著了呂布，張開雙臂，放聲喊道：「爸——爸——」

呂布也驚喜地喊道：

「鳳——霞——」

馬兒止住，張遼先下，少女也迫不及待地從馬上躍下。

「爸爸！」

「鳳霞！」

父女兩人緊緊地擁抱在了一起。呂布激動萬分，鳳霞趴在呂布懷中，嗚嗚地哭了起來。眾人見狀，無不暗自抹淚。

篝火被點燃，熊熊燃燒起來。呂布、貂蟬、陳宮等人圍火而坐。大家熱烈地聊起了離情別緒，呂布這才知道他殺出長安之後，高順等人也殺出了長安。他們群龍無首，在路上浪蕩了許多日子，實在找不到呂布，便打算先去武關投奔袁術再說。卻又苦於沒有進見之禮，便趁夜打劫客商，沒想到卻撞上了呂布他們。真是無巧不成書。

黎明從地平線上升起。

呂布向陳宮問計道：「下一步該怎麼辦？」

陳宮道：「現在我們城池沒有城池，士卒沒有士卒，只剩下一條路可行，就是投奔袁術。」

第九章 武關曲 天涯明月樓

除了通過黑夜的道路
人們不能到達黎明

——紀伯倫．《沙與沫》

天涯刀影

呂布、陳宮等人在堂上出現時，首先使袁術眼睛一亮的只是站在人群中，像明珠一樣閃閃發光的貂蟬。貂蟬顧盼流離的眼睛，使袁術聯想到了流水，他彷彿聽見了嘩嘩的水的聲音，看見了流水的閃光。當貂蟬的目光從他的臉上掠過時，他覺得不是貂蟬在看他，而是他把臉埋進了清澈冰涼的水中。那種感覺，眞是賞心悅目。

呂布充滿男子漢氣概的雄渾聲音在空空蕩蕩的乾坤宮裡飄蕩：「……我等因李傕、范堯作亂離開京城，仰仗將軍威名，特來投奔將軍，願做將軍帳下一士卒，伏望將軍恩納。」

袁術聞言哈哈大笑，兩個眼睛，卻依然死死地捉住貂蟬的臉不放：「奉先將軍言重了。日後我若登基爲皇，奉先將軍當爲鎮國大將軍，陳宮先生當爲丞相。有你等相助，天下遲早爲我所擁有。哈哈哈……」

袁術狂妄的笑聲像狂風一樣從人們頭頂呼嘯而過，在不同人的心中，激起不同的波瀾。

呂布拱手而立，心中憤憤不平地想：「來日爲皇的應當是我。你袁術算什麼東西，手無縛雞之力，目光短淺。老子遲早要收拾你……」

陳宮暗暗懊悔：「怎麼又投了一個奸賊？」

高順心想：「只要能有個安身之處，一切都好辦。」

袁術像爪子一樣伸過來的目光，使貂蟬渾身不適。她心中隱隱產生了不祥預感：「這也不是久留之地啊！」

袁術又叫來他的大將紀靈，吩咐道：「奉先將軍一路勞累，你帶他們先到旅館中歇息吧！」

紀靈拱手應允。突然，一陣狂笑由宮內傳來。眾人抬頭，只見一個身著黃色錦袍，身上掛金戴銀的少年，披頭散髮，連蹦帶跳，光著腳丫奔跑出來，他一邊跑一邊喊著：「劉阿媽，我要吃奶，我要吃奶……」

呂布等人面面相覷。鳳霞害怕地撲進了貂蟬的懷中，神情像一隻受驚的羊羔。這樣體面、這樣金碧輝煌的皇宮中，怎麼還會有少年瘋子？

紀靈對這突然出現的情況一開始也手足無措，但他很快反應過來，伸出雙手去攔他。少年瘋子早已衝下宮殿的丹陛，扎進呂布等人中了。

呂布、陳宮不知這瘋子是何許人，也不敢去擋，將身子閃開。那少年瘋子已跳到鳳霞面前，口水從嘴角邊流出，對著鳳霞，動手動腳起來，目光呆滯卻頗有神采。他拉著鳳霞的手，語無倫次地說著：「好漂亮的姐姐……漂亮死了……爹爹……你藏著這麼漂亮的姐姐怎麼不告訴我？爹爹，把她嫁給我……」

鳳霞驚恐地將手收回，像小鹿一樣躲到呂布身後。瘋子依然死纏著不放。兩個宮人氣喘吁吁地在門前出現，他們看見瘋子在乾坤宮裡大鬧，嚇得面如土色。瘋子闖入宮中，顯然是他們一時疏忽失責。

紀靈衝過來用手從背後抱住了瘋子。瘋子像一隻螃蟹手舞足蹈。

袁術坐在皇座上，臉面顯然已經掛不住了，氣得臉色發白，手哆哆嗦嗦。他指著瘋子喊叫道：「規兒，回來……」

他側臉看見那兩個宮人依然傻愣在那兒，就朝他們吼道：「你們倆還不快上。」

那兩個宮人這才緩過神來，和紀靈一起，像逮鴨子似地，將少年瘋子生拉硬扯地拖進宮內。那個少年瘋子手張著，大聲叫著：「那個姐姐好漂亮……我要，我要……」

整整一天，貂蟬的影子在袁術的眼前飄忽不定。

他不時產生幻覺。有時他凝視天邊的雲彩，雲彩會在恍惚中凝縮、變得光滑，化作貂蟬使人心顫的臉龐；有時他看花園中的一朵花兒，花兒會在一瞬間化作貂蟬深紅、溫潤的嘴唇；有時他盯著一個花瓶看，會覺得那是貂蟬光潔、滑潤的玉手；有時他注目鏡中的自己，鏡中就會浮現另一張臉龐，一張朝她嫣然一笑的臉龐……

那張讓他心動的臉龐將他圍住、籠罩住，況且追擊著他。他已經無法擺脫貂蟬的影子了。他無時無刻不在想念著她。

而一想到此時呂布和她在一起，用手撫摸著她的臉龐、手臂、後背……他就會渾身發顫。天哪，這樣傾國傾城的美人，不屬於他這個未來的一國之君，擁有百萬雄兵的統帥，卻屬於一個有勇無謀，沒有一兵一卒的小介武夫，這讓他忌妒得發狂，心中的藍火苗，一撥兒一撥兒地升騰、燃燒……

他宮中養的那些美女們，胳膊像海帶般一抖一抖，身體像水蛇似的一扭一扭，朝他圍攏上來。他被濃郁的脂粉氣息吞沒，那些白得晃眼的肉體，將他包圍起來，他只要伸出手去，便抓著滿把滿把的溫暖。

然而，他居然沒有了興致。眼前那些扭捏作態的女人們讓他心煩。她們嗲聲嗲氣的聲音，使他渾身起雞皮疙瘩。

而她們卻把潔白的肌膚貼了上來，將玉一般的手臂環了過來，把血一樣紅的嘴唇黏了上來。

可是他心煩，依然心煩。

他向她們吼道：「出去，統統給我滾出去！」

那些女人們的嬌嗔被他的吼叫震得支離破碎，煙消雲散。於是，便一個個戰戰兢兢，抱起自己的衣服，魚貫而出。

寢宮空空蕩蕩，只剩下他一人。月兒的光輝透過桂樹的樹冠灑進來，滿地是斑駁的，像小魚兒的形狀的影子，它們在地上非常活潑地跳躍。他在這樣的夜色裡沉沉地墜入了夢鄉。他發現自己沉浸在一種類似海底一樣藍色的氛圍中……

藍色的、水晶一般的天幕，無窮無盡地覆蓋下來，他極目望去，眼望穿了，卻看不到天的極限。於是，他感到了眩暈，昏昏欲睡。

突然，有奇妙的聲響從天邊傳來，他看見白色的土地盡頭，出現了一朵火花一般的光亮，那個光亮正以一種夢幻的速度，朝著他飄移而來。

光亮變得越來越大，在光亮的中心，站著一個令他眼花繚亂的影子。那個身影燦爛輝煌，他幾乎沒法睜開眼去正視她。

她的雙眼仰望著天空，渾身被光圈所籠罩，皮膚散發著淡藍色、晶瑩的光澤。看上去，像一個可望不可及的女神。

他試圖站起來，去靠近她，撫摸她。可是他發覺自己不知爲什麼，精疲力盡，憑他怎麼去努力，都無法獲得那個發亮的、透明的、芬芳的玉體。他想喊叫，可他的嗓子被堵住了，一個音都發不出來……

那個美麗的女神依然一動不動，他終於絕望了，凝神去望她那張臉龐，驚訝地發現，那張臉龐和貂蟬一模一樣。他的心中頓時有了衝動，然而，他還是站不起來。於是，他絕望地把臉仰向了天空，突然，一張巨大的、凶神惡煞的臉孔出現了。那張臉孔長相極像呂布，他一張開口，天空便電閃雷鳴。那臉向他逼過來，一支方天畫戟，從天上猛刺下來，直指他的後心……

他嚇得「哇」地一聲大叫。叫聲將夢境震得支離破碎。他睜開眼，看見月光藍瑩瑩地灑進來，而自己渾身大汗淋漓。

他氣喘吁吁地坐起身子，心有餘悸。夢的碎片，在淡藍的月光裡飄浮而出。

他這才發現，自己是如此的喜愛貂蟬，強烈地渴望去占有她。

可是，在他們之間有一個巨大的障礙擋住了他，這個巨大的障礙，就是呂布。

要得到貂蟬，必須除去呂布。

一隻受驚的麋鹿，慌慌張張地在灌木叢中穿行，獵犬汪汪地叫著緊迫不捨，長長的箭羽，「嗖嗖嗖」從牠的頭上，身邊擦過，竟沒有一箭射中牠。

牠驚恐地穿行在樹叢裡，身子和樹葉磨擦，發出沙沙地響聲，風在林梢上呼呼而過。牠的身後，是一群騎在馬上披甲戴盔的人。他們彎弓搭箭，追擊著牠。

牠還聽見他們中的一個喊道：「高順、張遼將軍，你們往東邊走，我們和奉先將軍從西邊追。」於是，牠身後騎馬的人分成了兩股，從兩個方向朝牠包抄過來。

牠只知道拼命地跑啊，跑啊。

前面是一條小溪，小溪的表面，泛著魚鱗一般的銀光，透明得可以看見小溪底部的石子。牠很熟悉這條小溪，牠常常在這條小溪裡喝水。

牠越過了冰涼的小溪，後邊騎馬的人又追上來了。

「嗖。」牠聽見腦門後一陣風響，接下來是劇痛，牠感覺到有一隻箭已從牠的腦殼鑽了進去，鮮血和腦漿迸了出來，於是牠不由自主地跪下前腿雙膝，往前傾倒……然後牠永遠地失去了知覺。

牠永遠不會聽見，那些騎馬的人興高采烈地爆發出一聲呼喊：「奉先將軍好箭法！」

呂布在馬上彎弓搭箭，只一下，便射中了那隻麋鹿的後腦勺。隨行的袁術部將馬能、干將等人嘖嘖連聲地稱讚他的箭法，使他洋洋得意起來。

他翻身下馬，對馬能等人說：「在這裡歇一會兒，等一等高順、陳宮。」

他說著摘下身上的弓和佩劍，坐在已經死去、體溫尚存的麋鹿旁，甩動衣襟朝身上扇風。汗水已將他的內衣濡濕。馬能、干將等六人也唯唯下馬。他們在呂布坐著仰望飄滿樹葉的天空時，相互間詭秘地對視了一下。

馬能以極快的速度溜到呂布身邊，無聲無息地把劍和弓箭從他身旁移去。

呂布正用手撫摸他的獵物，突然，聽見金屬磨擦的「嗖嗖」響聲。回頭一看，只見馬能、干將六人將劍從刀鞘裡拔出，「嘿嘿」冷笑著呈半包圍狀向他逼了過來。

他伸手去摸弓和佩劍，惶恐地發現，身旁空無一物。

他不由自主地往後一退。

劍在太陽光的照射下，閃閃發亮。

呂布將身子靠在一棵樹幹上，吃驚地問道：「我不明白諸位是什麼意思？」

馬能嘿嘿一笑，說道：「奉袁將軍之命，取你的人頭。」

呂布又問：「我有什麼地方得罪了將軍與各位？」

干將回答道：「這些事情我等一概不知。我等與將軍本無冤仇，只是奉命行事，望將軍九泉之下不要怪罪我們。」

呂布將身子靠在一根有碗口粗的松柏樹幹上，把雙手背到後邊，緊緊抱住，敷衍著說道：「請各位放呂某一條生路，來日定當相報。」

呂布一邊說，一邊將身子稍稍俯下，暗暗使力。

六把寒光閃閃的寶劍，已圍上來。

「嘎吱——」

一聲巨響，馬能、干將驚恐地看到，呂布身後的那棵碗口大的松樹，在呂布一俯身子時，竟被折成了兩段。樹幹朝他們傾倒下來。

六人急忙閃開。

松樹傾倒，濺起許多塵土。呂布抓住樹幹斷了的那頭，用勁朝著樹幹攔腰一踩，只聽「喀嚓」一聲，那松樹又斷作兩截。呂布手中的那截樹，便被當作木棍，揮舞起來。

這需要多少的手勁和體力啊？馬能、干將六人頓時面如土色。

突然，震天的巨響從呂布身後的草叢中發出。呂布回頭一看，只見一個黑色的、龐大的、毛絨絨的東西從草堆裡拱了出來。那東西的兩隻眼睛惡狠狠地射出了朦朧、凶殘的光。

「黑熊。」馬能驚恐地叫道。

那黑熊剛才一定在沉睡，呂布折斷樹幹的聲音將牠驚醒。於是牠惱怒地從草叢中拱了出來。

馬能、干將出自本能向後倒退一步，他們的坐騎發出長長的嘶叫聲。熊惡狠狠地撲向呂布。

「放箭，快放箭。」呂布握著樹幹，大聲喊道。

馬能連忙彎弓搭箭，卻被干將用手止住。他說：「這是天絕呂布。他到了陰司地府，也就不會怪我們了。」

馬能只好把弓放下，手緊緊地攥住了劍。

他感覺到手心滿是汗水，劍柄已經濕透了。

呂布見眾人不肯相救，萬般無奈，拖著碗口粗的木棍，連忙將身子閃開。

黑熊前爪撲在地上，抓起的卻是被露水打濕的草根和泥塊，惱羞成怒，重新站起，緊追起呂布來。

呂布拖著木棍在樹與樹之間靈活地繞來繞去。

赤兔馬在一旁，看見主人受難，發出一聲長長的嘶鳴。

黑熊肥胖的身子在樹與樹之間撞來撞去，累得氣喘吁吁。

呂布突然轉身，掄起木棍，猛擊黑熊的腦袋。

黑熊搖搖晃晃，揮舞巨大的熊掌，去抓那掄向他的木棍，卻怎麼也抓不著。

呂布又將木棍當槍使，挺著尖的一端，朝黑熊肚皮刺去。

黑熊嗷叫了一下，木頭畢竟太鈍，沒有將牠充滿脂肪的肚皮刺穿。牠用兩隻巨大的巴掌，抱住了樹幹，朝著身子一側猛地一拖。呂布支持不住，樹幹被牠拖去，身子也倒在了地上。

黑熊得意萬分地將身子朝呂布壓過來。

呂布將身一滾，黑熊又撲了個空。

呂布翻身挺站起，扭身就走。

黑熊緊追不捨。

馬能屏住了呼吸，劍在手上微微顫抖，令他大爲驚訝的是呂布突然不再奔跑，將身子朝著黑熊迎了上去，他心想：「呂布不要命啦?!」

黑熊先是一愣，隨後高舉起兩隻巴掌，朝著呂布雙肩拍了下去。

呂布舉起手，竟抓住了熊的兩隻手腕。

六員大將無不大驚，面如土色。

黑熊使出全身的力量試圖將呂布壓倒。呂布高舉著熊的胳膊，汗水從他額上滲出，順著白皙的臉淌下。

呂布和熊在陽光中對恃著。

這需要超人的膽識和勇力。

馬能終於堅持不住，高舉起劍，繞到黑熊背後，蓄足了力量，挺劍就刺。

黑熊的皮像鐵甲一般厚，竟穿不透，黑熊受了驚，放掉呂布，翻過身來猛撲向馬能。

馬能將身一跳，黑熊撲了個空。

干將這時也改變了初衷。把劍拋向呂布，喊了一聲：「接劍。」

呂布忙伸出手，正好接著了劍。

黑熊笨重地直立起來，還要去撲馬能。說時遲，那時快，呂布竟一下鑽進黑熊的懷抱，不等黑熊親熱地擁抱住他，他的劍，已深深地插進了黑熊肚子最柔軟的部分，血還沒有從熊肚子裡迸出，呂布已經閃身離開黑熊的懷抱，撲到馬能身邊，將他一把拉開，大喊一聲道：「放箭！」

黑熊轟然倒下，牠的身上，像刺蝟一般，滿是箭矢，褐色的血汩汩而出，湮紅了牠身子底下的草地和泥土。麋鹿在另一側躺著。

呂布抱著一根樹幹，已經精疲力盡。馬能、干將此刻若要殺他，眞是易如反掌。然而，出乎意料的場面出現了。馬能、干將齊刷刷地跪下，把劍插在自己面前，拱手說道：「將軍眞乃神人也。我等願鞍前馬後，跟隨將軍。」

太陽的光芒從樹葉的縫隙裡投射進來，地上樹影晃動。遠處馬蹄聲和青草的香味一起傳來，高順他們終於找過來了。

這天清晨，袁術早早起床，等待著馬能、干將前來獻呂布的人頭。忽聽寢宮外邊人聲喧嘩，不知發生何事，便急急往外走，迎面撞見了他手下的大將紀靈。

紀靈一看見袁術，氣喘吁吁地說道：「大將軍，快……快……」

袁術走出寢宮，只見寢宮外的平地上，跪倒了一百多人。他們的脊背，在清晨的陽光下閃閃發光。

袁術看見這場面大吃一驚，那些跪倒的人，都是他手下重要的謀臣和將士。

他問道：「你們有什麼事情？爲什麼要跪倒在這裡？」

那些跪倒的人異口同聲地說到：「我們都是來請求大將軍給呂布一條生路的，伏望大將軍恩准。」

袁術聞言大怒，刺殺呂布的事情，只有馬能、干將六人知道，現在怎麼就傳開了？

他當然不會知道，這是陳宮的計策。馬能、干將六人是袁術的心腹大將，他們被呂布的神力所震懾，對他心服口服。於是，陳宮讓他們六人去說服其他的官員，憑著這六人的三寸不爛之舌，果然將他們說通，於是有了這一幕。

袁術發作道：「馬能、干將……」

袁術的話音未落，紀靈便用眼神止住了袁術。他走到袁術身邊，對他耳語幾句。袁術嘴角邊一塊突起的肉一起一伏。

袁術沉吟片刻，才消了怒氣，很平靜地說：「誰說我要殺呂布？我將他奉作上賓，當菩薩來侍候還來不及呢，你們都給我退下，以後不許再提及此事。」百官見狀，便如潮水般退了下去。

百官退去之後，袁術氣得渾身直發顫，大罵馬能、干將成事不足，敗事有餘。

紀靈卻勸道：「此事責任不全在馬能、干將，錯就錯在把呂布留在身邊。」

袁術問道：「你的意思是讓我趕緊趕走他們。」

紀靈道：「呂布是一隻落入平陽的猛虎。將軍若沒有收留他倒還罷了，現在若把他放走，就是放虎歸山了。他日後若東山再起，便是將軍你的眼中釘，肉中刺啊！」

袁術便道：「那我就再派人去殺了他。」

紀靈還是搖頭，說道：「呂布才來幾天，就到處籠絡人心。現在將軍帳下不少將士都暗中有投他之心。殺了他，只恐怕軍心不服。殺呂布易，防兵變難啊！」

袁術不耐煩地問：「那你說我該怎麼辦？」

他們正說著話，突然一陣狂笑從他們的頭頂呼嘯而過。袁術抬頭一看，又是他的瘋兒子袁規，光著腳丫，蹦蹦跳跳地跑向他，一邊奔跑一邊喊：「劉阿媽，我要吃奶……」

袁術大聲將他訓斥走了。這個瘋兒子，眞拿他沒辦法。他實在不能從心裡割捨去這個親生骨肉。可他的瘋顚，卻又讓他傷透了腦筋，唉！

紀靈的眼珠一轉，說：「我倒有一計。」

呂布這天清晨收到了袁術送來的彩禮。面對在陽光下發著紅藍綠色光芒的彩禮，呂布陷入了兩難境地之中。

袁術派紀靈向呂布求婚道：「主公仰慕將軍，欲求令嫒爲兒婦，永結『秦晉之好』。」

紀靈離去後，呂布把這事告訴貂蟬。貂蟬馬上反駁道：「不行，就他那個傻兒子，把鳳霞嫁給他，豈不糟蹋了我們的鳳霞。」

正好陳宮來見呂布，呂布將此事告訴陳宮。陳宮拍手叫道：「此計好毒！」

呂布問道：「怎麼個毒法？」

陳宮道：「將軍『寄人屋簷下，不得不低頭』。若不答應袁術的求婚，袁術就找到了一個藉口，我們手下沒有一兵一卒，遲早要招來殺身之禍。」

呂布又問：「若答應了他的求婚呢？」

陳宮回答道：「將軍果眞答應了他，且不說他的兒子又癡又傻，單說袁術自己就有稱帝的意思，這是造反。他若眞的造反，那將軍就成了反賊家屬。何況將軍非久居人下之人……」

呂布點頭道：「你的意思我明白，接下去我們該怎麼辦才好？」

陳宮道：「姑且先答應了他。現在能幫助我們的，只有馬能、干將六人了。」

袁術兒子袁規的婚禮在安樂宮舉行。

安樂宮的四壁被藍色的布幔圍住，捧著托盤的宮人們在布幔圍成的藍色空間裡走來走去，喜氣四處飄揚。

除了藏在布幔後邊手持弓斧的武士們，沒有人知道，那團喜氣，被一團殺氣包圍著。這些身穿盔甲的武士，奉袁術之命，一旦呂布等人帶著鳳霞進入安樂宮中，披甲武士便一擁而出，將呂布剁成肉醬。

鳳霞坐在用深紅的油漆塗成的鳳輦車上，頭戴綴滿銀色珍珠的鳳冠，兩行淚掛在腮邊，猶如梨花帶雨。

殘酷的未來使她恐懼。她將成爲一個白癡的妻子，伴著一個白癡度過一生的時光。她曾苦苦哀求過父親。可是，英武蓋世的父親，也救不了她。她若不做白癡的妻子，她、她的爸爸、貂蟬還有陳宮他們，誰都不能活命。爲了拯救大家，她別無選擇。

呂布同貂蟬騎在赤兔馬上，身上的盔甲在陽光下閃閃發光。呂布永遠是枕戈待旦的呂布，盔甲不離身，美女不離身，寶馬不離身。他的臉上洋溢著喜氣，彷彿眞的很高興。

他的身後，跟隨的是陳宮、高順、張遼等他出生入死的兄弟。他們身穿新的衣服，腰間沒掛佩劍，是來作客的。

再後邊，是袁術的部將馬能、干將等人。他們作爲袁術一方的代表，護送呂布前往安樂宮。

婚娶的一切儀式，都按王子娶親的程式進行，穿紅掛綠的一干人馬，緩緩地走向安樂宮。

爆竹聲齊鳴，嗩樂聲在武關的大街小巷飄揚，空氣中瀰漫著硝煙的味道。

袁術在安樂宮門外親自迎接。

呂布等人紛紛下馬。

鳳霞在兩位老媽子的攙扶下，登上了安樂宮冰涼的臺階。

呂布、貂蟬、陳宮尾隨而入。

安樂宮中，卻不見袁術傻兒子袁規的影子。

陳宮以目示意呂布：情況有變，宜立刻動手。

這時，袁術走到桌邊，突然抓起一個酒杯，猛摔到地上。

「乒乓」只聽一聲炸響，酒杯碎裂，酒汁亂流。

藍色的布幔被掀開，無數持刀甲士，從布幔後現出。

呂布情知中計，從衣中抽出佩劍一個箭步衝上去，從後邊摟住袁術，將劍橫在袁術的脖子上。

隨行的陳宮、高順也將外衣脫去，露出盔甲和武器。

鳳霞對突然出現的變故嚇得不知所措。

「哈、哈、哈——」

安樂宮盡頭傳來狂笑聲。呂布抬頭，驚訝地發現，又一個袁術，在持刀和盾的武士簇擁下，出現了。他大笑道：「呂布你好沒眼力，看看哪一個是眞的？」

呂布低頭一看，挾在懷中的人與袁術一模一樣，難辨眞假。只見他臨危不懼，笑著對呂布說：「你把我殺了，我們主公連眼皮都不會眨一下。」

呂布怒火中燒，猛力將劍在那人脖子上一勒，一縷鮮血順著那人嘴角流下，那人雙腿一軟，從呂布懷中滑落，死了。

呂布丟下假袁術，邁開雙腿要去殺眞袁術。袁術大笑一聲，在眾甲士保護下退出安樂宮，臨走時吩咐道：「小心不要傷了貂蟬。」

呂布氣炸了肺，並被兵士們團團圍住。

陳宮揮劍喊道：「殺出宮去。」高順等人也拔出了劍。

這時，只聽馬能、干將喊道：「奉先將軍勿憂，有我們呢！」

他們說著跑到宮廷中央，喊道：「袁術蓄意謀反，妄圖稱帝，跟隨他只有死路一條。我等已棄暗投明，歸於呂布麾下，凡我帳下的兵士，都到我這邊來。」

那些從布幔裡鑽出的持刀的武士中，有一半的人對這突然出現的變故面面相覷。馬能、干將是袁術的心腹將領，統轄袁術三千人馬。這次暗殺活動中，有一半是馬能、干將帳下的人。他們聽了馬能的話，頓時如潮水般，同袁術的人分開，聚攏到了馬能、高順身邊。

馬能對呂布喊道：「奉先將軍，趕快殺出宮去。」

於是，呂布保護貂蟬，陳宮、高順保護鳳霞，在馬能、干將等人的幫助下，同袁術兵士展開一場肉搏戰，殺出了安樂宮，全部上馬，直奔武關西門而去。

袁術偷雞不著反蝕米，刺殺呂布的行動徹底失敗。反了他的六員大將馬能、干將等人，還帶著他的三千人馬，心甘情願地投了呂布，從武關西門殺出。

望著滾滾西去的煙塵，袁術捂著城樓上冰涼的箭垜，嘆道：「走了三千人馬不足惜，放走呂布也不足惜，可惜的是放走了美女貂蟬，這才是讓我吃不好、睡不著的心病啊！」

貂蟬隨著呂布，又開始了漫無邊際的飄泊。月光在荒原上鋪展，像蒙上了一層小雪，閃閃發亮。靜夜裡，只有細碎的馬蹄聲得得嗒嗒地響。將士們的大刀·在朦朧的月色裡閃爍著迷離的光。

下邳上空的鷹

劉備近些天來憂心忡忡，他接到了曹操假托天子的命令向他發來的詔書，要他出兵去討伐袁術。

曹操勢力正以驚人的速度增長。最近他把天子漢獻帝挾持到了許都，自封爲丞相，挾天子以令諸侯，曹操的話他哪敢不聽。

可是最傻的人也能看出，曹操使的是「驅虎呑狼」之計。越來越坐大的劉備使曹操日漸不安。他派劉備攻打袁術，是想讓袁術軍隊吃了劉備。

糜竺勸道：「這是曹操的奸計，將軍千萬不能用雞蛋去碰石頭，自取滅亡。」

劉備嘆道：「雖然是計，天子的命令卻不能夠違抗。」

於是，劉備清點人馬，準備第二天從他屯守的下邳城起程。

孫乾又說：「我們都走了，誰守下邳城？」

劉備道：「兩位兄弟中，誰人可守下邳？」

關羽拱手答道：「弟願守此城。」

劉備搖搖頭，說：「我打仗時早晚要同你議事，怎麼離得開你？」

張飛自告奮勇地說：「小弟願守此城。」

劉備道：「你守不得此城：首先你愛喝酒，酒後剛性，鞭撻士卒；其次，你做事情輕率，不肯聽從別人勸諫，我放心不下。」

張飛一聽更加不服，說道：「我從今以後，發誓不飲酒，不打軍士，凡事都聽人勸諫，可以嗎？」

糜竺搖頭道：「只怕口不從心。」

張飛一下被激怒了，大聲說道：「我跟哥哥多年，從未失信，你怎麼可以小看我？」

劉備連忙止住張飛的火氣，說：「三弟雖這樣說，我仍然不放心。還是請陳登來輔佐你，早晚勸你少喝酒，以免誤了軍情。」

劉備等陳登一一答應下來，便率領三萬馬兵、步兵，離開下邳城，朝著南陽進發，攻打袁術去了。

劉備率領人馬離開下邳城時，呂布正領著馬能的三千人馬，朝著下邳城而來。多日的行軍，一路糧草吃得快完了。他們急需要補給，急需要一座城池，讓他們在長途的跋涉後歇息一下。

於是，下邳城便成了他們的欲望之城。

下邳城張飛的府邸裡，酒氣熏天。

百官懾於張飛的殘暴和威風，不得不前來赴席。眾人入席後，張飛舉杯說道：「我哥哥臨行前吩咐我少喝酒，恐怕誤了事情。各位今天盡此一醉。從明天起開始戒酒，有敢喝酒的，斬！」張飛說著，舉杯一飲而盡。

百官面面相覷，不敢動杯。

張飛一見便來了氣，往自己的杯中又倒了一滿杯的酒，朝百官舉去，說道：「怎麼一個個都跟娘們兒似的。今天各位必須大碗喝酒，大塊吃肉。沒喝醉的不許回家。」

張飛說著頓了一下，又大聲吼道：「都聽見沒有？」這一聲猶如晴天霹靂，在眾人頭頂炸響，一個個嚇得不敢噤聲。

張飛便蹲下身抱起一個酒罈子，遞給最靠近自己的一個將官，把酒罈子塞到他懷裡，瞪圓了雙眼，說道：「喝，一個個給我傳過去，喝。」

那個將官無奈，端起酒罈子，呷了一口，要遞給下一個人，張飛又叫道：「不行，多喝一點。」說著托起酒罈子的底，像挑水哥見到了水缸一樣，將酒往那將官的嘴巴裡倒。

酒在將官的喉嚨裡汩汩作響，將官噎得氣都喘不過來。張飛哈哈大笑。搶過酒罈子，又塞給了下一個將官。在座的無人不心驚膽戰，一個個都裝作很努力地喝酒。張飛連聲叫著：「痛快，痛快！」

張飛自己也捧起酒罈子，仰起脖子猛灌，過不了多久，便酩酊大醉。酒罈子中的酒已被眾人飲了半罈。酒罈子傳到曹豹的手中，曹豹乘著張飛不注意，要傳給下一個人。偏偏這時張飛瞟見了曹豹，他狠狠地把自己的酒罈放在桌上，桌子的碗筷菜湯蹦了起來。他指著曹豹怒罵道：「你這麼想矇混過關嗎！」

曹豹戰戰兢兢，連忙賠罪道：「我生來就不飲酒，望將軍諒解。」

張飛勃然大怒：「廝殺漢如何不飲酒？我要你喝一盅。」

曹豹心懷恐懼，只好用酒罐子往酒杯裡倒了一滿杯，皺著鼻子而喝。不料，喝了半杯，肚中像火燒了似的，腸胃翻滾，傾倒在嘴中的酒，全噴了出來。百官看了，面如土色。

曹豹連忙跪下謝罪，說道：「我真的不能喝了，請將軍恕罪。」

張飛大怒，指著曹豹破口大罵：「你這廝詐死，狗娘養的，給我喝。」曹豹乾脆把頭埋下去，長跪不起。張飛最見不得男人做女人狀，舉起酒罈子，猛力往地上摔：「給我拉出去痛打一百皮鞭。」

陳登看他越鬧越不像話，便出來勸解張飛：「玄德公臨行前，吩咐了你什麼來著。」

張飛卻把陳登一把推開，說道：「你是文官，只許管文官的事，少來管我。」

曹豹見今晚難免皮肉之苦，便說：「張將軍看在我女婿的面上，饒了我吧。」

張飛斜著眼，身體搖搖晃晃，問道：「你的女婿是誰？」

曹豹連忙說：「呂布。我的女婿和玄德公是舊交。望將軍看在他面上，饒我一回。」

曹豹不說呂布倒好，一說呂布，張飛跟前頓時幻化出呂布白皙、剛毅、英俊的臉。張飛從來對呂布沒好感，曹豹的話無疑是火上澆油。他頓時怒火中燒，說道：「我本來不想打你，你卻用那個小白臉來嚇唬我，我偏要打你，加倍地打。我打你，就是打那個小白臉。」曹豹在兩名彪形大漢的挾持下被拖出了中堂。

鞭子抽在皮肉上的聲音和曹豹的呻吟此起彼伏，從中堂外傳來，百官無不膽寒。

月光從中堂外照進來，猙獰無比。

曹豹的養女嚴氏，是呂布的前妻，她在生下女兒鳳霞兩年後，便生病死去。呂布率眾人投下邳城而來，也是因爲曹豹與劉備關係甚好，希望曹豹能說通劉備，收留他們。

呂布的軍隊已屯兵在下邳城外，他派了一個心腹，進入下邳城，直奔曹豹府上。

呂布作夢都沒想到，他的老丈人在這個月光明亮的夜晚，被張飛痛打了二百皮鞭，皮開肉綻；也萬萬沒想到，他的心腹從他老丈人那裡，得了一封密信。這封密信終於使呂布輕而易舉地獲得了可以歇息的欲望之城。

密信是這樣寫的：劉備已經去淮南了，城內兵力空虛，今夜可乘張飛醉酒，乘機攻打下邳，不可錯失良機。

呂布看完信，仰天大笑道：「眞乃天助我也。」

月光飄灑，下邳城守軍昏昏欲睡。突然，叫門的聲音劃過月光，飄揚而來，值夜班的軍士被驚醒。從城樓上往下看，只見一個臉如冠玉，目似流星的人大聲喊道：「劉使君有密令派人來報，速開城門。」

軍士一聽，連忙去報知曹豹。曹豹拖著受了鞭傷的身子，吃力地登上城門，借著明亮澄清的月色一看，便急急忙忙吩咐軍士道：「快開城門，快開城門。」

城門豁然洞開。呂布一聲暗號，陳宮、馬能率領眾軍，蜂擁而入，喊聲大作。一時間，下邳城的大街小巷，到處是呂布軍隊的馬蹄聲、呼叫聲、喊殺聲……

張飛醉臥府中，在睡夢裡，手還捏成了杯子狀，往前一伸，喊道：「喝，是大丈夫的，喝個痛快！」外面的喊殺聲，洪水一般湧入室內，將他淹沒，他卻依然一無所知。

幾名兵士慌慌張張跑進，急忙搖晃睡得像豬的張飛。

張飛鼾聲如雷。

一個機靈的兵士，抓起桌上一個酒罈子，猛砸到地上。

「咣！」一聲炸響，張飛一個翻身坐起，見酒罐子碎了，怒睜圓眼，喝問道：「怎麼回事？」

那些兵士嘴巴像金魚吐泡似的一張一張，半天說不出句話。張飛性急地將一個兵士揪過來，那兵士過了半天才說道：「呂布打開城門，殺將進來了！」

張飛氣得哇哇直叫，喊道：「快取我的盔甲和丈八蛇矛來！」

呂布在張飛的府邸外邊碰見了張飛。兩個開戰，丈八蛇矛和方天畫戟攪在一起，大戰二十回合，只殺得天昏地暗。張飛突然感到酒往上湧，兩臂酸軟無力，知道自己酒猶未醒，因此不敢力戰，揮著丈八蛇矛，拍馬便走。

呂布知道張飛勇猛，也不相逼，任他殺出一條血路，衝出了東門。劉備的家眷此時還在府中，來不及救出。

曹豹此時正在東門城樓上，看見張飛帶著十幾個人衝出，對張飛的仇恨，此時又湧上心頭，便率領一百多名軍士去追趕張飛。

要在平時，曹豹就是吃了豹子膽也不敢去追擊張飛。此時他以爲張飛還爛醉如泥，不是他的對手，便帶人趕上。一條小河橫在張飛等人面前，月光灑下來，河水泛著碎銀一般的光輝。這時，一個聲音追擊而來：「張飛慢走，吃我一槍。」

張飛先是以爲呂布趕來，心想這下完了，要死在小白臉的手下。回頭一看，眞是不知天高地厚的曹豹，不禁大怒，回馬挺著丈八蛇矛迎了上來。曹豹挺槍刺去，直捉張飛的前胸。張飛用蛇矛一挑，曹豹頓時虎口發麻，心中一驚，情知不是張飛的對手。張飛挺著蛇矛刺向曹豹，曹豹驚出一身冷汁、疲於招架。

張飛把槍頭縮回，又刺一矛。曹豹用槍擋了一下，不料槍被震飛，「噹」地一聲，落在不遠處的地上，反射著銀色的月光。曹豹唬得面如死灰，拍馬敗走。那些跟隨曹豹出城的人，都舉槍來護曹豹。張飛將眼睛瞪圓，大吼一聲，那聲音像霹靂一般在人們頭頂炸響，圍上來的兵士無不嚇破了膽，閃開了一條路。

張飛拍馬便追。

曹豹逃跑不及，被張飛一矛刺穿後心，又從馬上挑了起來，使勁一甩，重重地掉進河裡，激起沖天水花，很快被嘩嘩響的流水吞沒·鮮紅的血泛了起來。追趕張飛的人無不膽寒。他們本來就是張飛的部下，便重新跟著張飛，投奔淮南去了。曹豹的白馬，孤獨地沿著河岸行走，在月光下，朝著空空曠曠的夜空發出聲聲哀鳴。

張飛引著從下邳城中逃出的人馬，在盱眙找到了劉備，將曹豹和呂布裡應外合，夜襲下邳城的事告訴劉備，說完大聲哭道：「哥哥，我對不起你啊！」

劉備嘆道：「得何足喜，失何足憂！」

關羽問道：「嫂嫂在哪裡？」

張飛惶恐地說：「都陷在城中了。」

劉備心如刀絞，卻不表現在臉上，一言不發。

關羽頓足埋怨道：「你當初要守城時說什麼來著？哥哥吩咐你什麼來著？今日城池失了，嫂嫂又陷了，這可如何是好！」

張飛無地自容，拔出劍來，就要自刎。關羽和劉備同時衝上前，將他抱住。劉備奪過張飛的劍，「噹」的一下扔到地上，說道：「古人說：『兄弟如手足，妻子如衣服。衣服破了，還可以縫回去；手足斷了，就再也續不回去了』。想我兄弟三人，桃園結義，不求同年同月同日生，但求同年同月同日死。如今雖然失了城池家小，怎能忍心叫自己兄弟中途而亡啊！況且城池本來就不是我所有，家眷被陷，呂布憑著過去與我的交情必不會加害，還可以設計營救。賢弟一時之誤，哪裡就到了要自殺的地步哪！」

劉備說完抱住張飛大哭起來。

關羽也暗自落淚。

張飛邊哭邊叫道：「呂布你這個小白臉，你若敢動我嫂嫂一根毫毛，我發誓要剝你的皮，吃你的肉！」

呂布占領了下邳城，便安撫居民，便派了軍士一百多人守住劉備的宅門，命令任何人不得入內打擾劉備夫人。

第二天，呂布接到了袁術的信。原來袁術得知呂布占領了劉備城池，便來信向呂布道歉，說婚禮上的不快只是一場誤會，請呂布諒解。另外，答應送呂布糧食五萬斛、馬五百匹、金銀一萬兩、彩緞一千匹，要呂布和他前後夾擊劉備。

呂布將此事和陳宮討論，陳宮以爲此時要滅劉備，是舉手之勞，袁術要滅呂布，也是舉手之勞。不如先和袁術處好關係，解內外憂，再壯大自己。

次日天空中飄著牛毛細雨，呂布命令高順領兵，前往盱眙襲擊劉備。

高順率兵趕到時，劉備已經聞訊將兵馬撤到了廣陵。高順撲了個空，遇著了袁術的心腹將領紀靈，便向他索要袁術許諾的財物。

紀靈道：「公等先回軍，且容我去見主公商議一下。」

高順見等待下去意義也不大，便告別了紀靈回軍返回下邳城，見了呂布，將紀靈的話一一轉述給呂布。

呂布正在遲疑，突然有兵來報，說袁術派人送信來了。呂布忙叫人把信函拿來，呂布展開信便讀，信中說：「高順雖然來了，然而劉備未除；且待捉了劉備，再將禮物相贈。」

呂布見信大怒，一把將信撕裂，大罵袁術失信，要起兵討伐他。

陳宮勸阻道：「不可，袁術占據壽春，兵多糧廣，不可輕敵。不如將劉備請回，讓他屯兵在小沛，使他成爲我們的羽翼。日後可令劉備做先鋒，那時先取袁術，後取袁紹，就可以縱橫天下沒有敵手了。」

劉備滿臉愧色地返回下邳城。呂布擔心劉備疑心，先派人送還劉備的兩位夫人。劉備夫人見了劉備，便歷數了呂布派兵把守宅門，禁止閒人擅自入內；平時又派侍妾送東西，從未有缺的好處。

劉備對關羽、張飛說道：「我知道呂布肯定不會害我的家眷。」

於是，他入城拜謝呂布。張飛對呂布恨之入骨，不肯相隨，先帶著兩位嫂嫂去了小沛城。

呂布見了劉備，說道：「並非我想要奪城，只因令弟張飛在這恃酒殺人，恐怕有失，故意來幫劉兄守城池的。」

劉備連忙說：「奉先將軍要是早來，我早就把城池讓給將軍了。」

呂布虛情假意仍要將城池讓還給劉備，劉備堅持推辭，帶領關羽等人仍回小沛去駐紮。

關羽、張飛忿忿不平，劉備勸解道：「屈身守分，以待天時，不可與命相爭。總有一天，我們還要率兵復出的。」

那時天邊風起雲湧，一朵墨黑的雲飄移過來，城中的百姓亂紛紛地奔跑，鑽到屋簷下要躲雨。劉備將頭高高仰起，披風在大風中鼓脹而起，宛若旗幟。關羽、張飛眼中一陣恍惚，覺得劉備在那一瞬間化作了一隻朝著即將到來的暴風雨展翅欲飛的大鷹。

第十章　轅門戟　弓弦上的笑影

你不要說
有時候，言詞是傷口
是痛苦的泡沫
時間也無法治癒

——沃吉迪・《漫長的路》

棲鳳情事

窗外滴著春天最初的雨。在風中枯焦了一個冬天的枯枝又開始滋潤起來，點點的綠色，像蠶兒般爬上枝頭。極目四望，到處都是綠得發膩的風景。

這是呂布一生中度過的最爲平靜的日子，周邊無戰事，春天又翩翩而來，他的心中，野心像從剛濕的土地裡鑽出的綠芽，開始復甦、膨脹、勃發。

他憑欄遠眺，大好江山，都沉浸在飄搖春雨之中，像盛宴佳肴一般誘人。他的腦中浮現出一幅畫面：少年將軍手持方天畫戟，跨在赤兔馬上，率領千軍萬馬，縱橫馳騁，這如畫的錦繡河山，在他神出鬼沒的方天畫戟威逼之下，統統歸他所有。於是，少年將軍戴上皇冠，手挽如玉美人，緩緩走向一個金碧輝煌的寶座。他的身後，是此起彼伏，震天動地的高呼「萬歲」之聲……

呂布的想像絢爛多姿，卻被一聲長長的嘆息中斷，變得支離破碎。

呂布轉過身，循著消失的嘆息聲走去。

嘆息之聲是從呂布的書房中傳來的。他將門輕輕地推開。貂蟬坐於窗前，手持畫筆，凝眉緊蹙。她的前邊，鋪著一張畫紙，畫上一輪明月在飄渺的雲中半遮半露，一剪梅花在月下怒放。梅花之下，流水潺潺，凝視畫面片刻，便彷彿能聽見流水之聲叮咚作響。一隻鸜鵒，棲於梅枝之上，被那輪圓月所籠罩，淒清、孤獨、無依無靠……

貂蟬正陷於沉思之中，沒有覺察呂布進來，她的畫筆高舉在空中，遲遲不肯落下……

呂布悄悄走近貂蟬，伸出手，猛地將畫筆從貂蟬手中奪過。

貂蟬先是一驚，回頭一看是呂布，便又一笑。

貂蟬與呂布相處已久，多少回出生入死，呂布卻依然被那動人的一笑弄得神魂顛倒，伸出雙手，就要去摟抱她那纖細如楊柳的腰肢。

貂蟬將身閃開，愁雲復又緊蹙於眉間。呂布見她鬱鬱不樂，便問：

「蟬兒怎麼不高興了？」

貂蟬默默無言。

呂布又低頭看畫，略有所悟，問道：「這幅畫上的鸜鵒爲什麼形單影孤啊？來來來，我給你畫一隻，讓它成雙成對。」

貂蟬將筆挪開，她知道呂布對詩畫音律是一竅不通，便道：「要讓你畫，豈不把我一早上的光陰都糟蹋了。」

呂布並非眞的想畫，只是想同貂蟬逗樂，他朝貂蟬擠擠眼睛：「那你畫啊，畫啊。」

貂蟬將筆一擲，長嘆道：「要眞能再往上畫一隻就好了。」

呂布是個粗人，對貂蟬此時寂寞孤獨心境一無所知。心想：女人眞是奇怪，總有那麼多的舉動讓人捉摸不透。

於是他轉身欲走。

貂蟬就像一朵彩雲一般撲進他懷中，嬌嗔地說：「阿布，帶我出去玩吧，我在家裡悶得慌。」

春天的原野，綠色無邊無際地鋪展，遠方的青山如煙如黛。原野上的水窪，像鏡子一樣清澈、明亮。天空是鋼藍色的，雲在天上白得刺目。

貂蟬偎依在呂布懷中，赤兔馬載著他們在春天的陽光下歡快地奔跑，隨行的車隊和騎士，被他們遠遠地甩在後邊。

貂蟬仰起頭，望著呂布那張白皙、英俊、沉毅的臉，心中翻湧著愛意。世上有幾個女人，可以像她這樣，被一個瀟灑威武的英雄愛著，摟著，在原野上奔騰馳騁並能和他擁有那麼一段美麗的日子，一生也就知足了，也就無怨無悔了。

呂布發現了貂蟬纏綿的目光，臉居然像初戀的少男，「刷」地一下紅了起來，直發燒。貂蟬的臉龐此時像桃花一般燦爛、媚人。他禁不住將頭深深地埋下去，去親吻貂蟬那溫軟、濕潤的嘴唇。

貂蟬伸出雙手，勾住了呂布的脖子，無比熱烈地去迎接他的親吻。一片茂密的桃林浮現出來，桃花已經盛開，像彩雲般連成了一片。赤兔馬躍入桃林之中，便彷彿躍入了彩雲中一般。

盛開得燦爛的桃花讓人眼花繚亂。呂布止住赤兔馬，將掛在他脖子上的貂蟬抱下。他們相擁相抱著，傾倒在桃樹之下。

一陣風吹過，桃花瓣兒漫天飛舞，好像滿天的雪花，將他們淹沒。

……

這是一個被重覆了無數次的愛情故事。儘管前早有古人，後必有來者，在他們的意識中，這仍是千古唯一的一次刻骨銘心的愛情故事。他們深深地渴望著天長地久，海枯石爛……

不管他們後來各自怎麼想，做過什麼，他們此時都是眞誠地相愛著，純潔得像是沒有雜質的水晶。

暖煦的風颬來，桃花像抖動的花布般揮舞起來，又令人眼花繚亂地飄落。他和她，被那桃紅色的錦繡覆蓋。醉人的花香，四處飄揚。

鴻門冷宴

棲鳳城，因爲呂布、貂蟬的到來，變得春光明媚，婀娜多情。呂布、貂蟬每天都騎著赤兔馬，在以桃花聞名於世的棲鳳城中日日閒遊，樂而忘返。這是他們一生中最美麗的時光。

棲鳳城與劉備駐地小沛城緊緊挨著。劉備一封淒淒慘慘，彷佛剛剛逝去的冬天的書信，宣布了他們美麗時光的終結。

劉備的書信是這樣寫的：「伏自將軍垂念，讓我在小沛安身，其實仰仗的是將軍雲天一般高厚的盛德。今袁術欲報私仇，派遣大將紀靈領兵前來小沛。小沛危在旦夕，非將軍不能相救。」

呂布看完書信，便同陳宮計議道：「劉備屯兵小沛城，到目前爲止還不能與我們匹敵；若袁術與劉備合作，又北連泰山的各路人馬前來攻打我們，我們必不能敵，不如出兵去救劉備。」

陳宮點點頭，說道：「不過我軍主力還在下邳，棲鳳城兵微將寡，要將主力搬到棲鳳城來救劉備，也需幾天時間，何況準備不足。現在若要救劉備，只能動用棲鳳城的兵馬。袁術軍隊來勢凶猛，我軍人馬同劉備人馬合在一起，不到袁術軍隊的五分之一。倉皇應戰，我們不但救不了劉備，反而自取滅亡。」

呂布說道：「那麼我們只能坐視劉備滅亡了？」

陳宮搖搖頭：「劉備還是要救的，我現在倒有一計。」

紀靈率領袁術大軍，煙塵滾滾地殺奔小沛城而來。

經過呂布駐地棲鳳城時，只見棲鳳城城樓上旌旗飄揚，刀光劍影，無數士兵的盔甲在陽光之下閃閃爍爍。凝神細聽，城中馬嘶之聲不絕，軍隊操練的號聲不絕。看似平靜的棲鳳城，蘊含著無限殺機，如臨大敵。

紀靈派出探子潛入棲鳳城中。探子回來報告說棲鳳城中兵精糧足，磨刀霍霍，彷彿要同誰決一死戰。

紀靈得到情報大驚，對他的手下說道：「看來劉備已經向呂布求救，呂布搬來了主力部隊，要同我們展開一場大戰。我軍遠來，身體疲乏，他們要是兩面夾攻，我等必敗無疑。這可怎麼辦？」

紀靈手下獻計道：「呂布同我主有過協定，要將他的女兒嫁到我主家。雖然至今沒有實現這個諾言，但他同我主多少還有些姻親關係。將軍可寫信給呂布，責怪他言而無信，讓他不要出兵。」

紀靈拍手道：「此計大妙。」

紀靈急寫書信一封，星夜送給了呂布

紀靈很快收到呂布回書一封，邀他到棲鳳城中作客，一解壽春城別後之情。

紀靈得到呂布回信後喜形於色，對他的手下說：「只要呂布不出兵，劉備遲早要成爲我的刀下之鬼。呂布請我，必是要同我軍和解。這眞是上天相助啊。」紀靈欣然接受了呂布的邀請。

這天黃昏，天邊燃起了一場大火，一輪血紅的夕陽，在大火中冉冉下沉，晚霞熊熊地燃燒著，紅光將大地染紅。

紀靈在兩名武士的陪同下，進入棲鳳城中。遠遠地，紀靈看見呂布頭戴紫金冠，身穿金甲，披著猩紅色的披風，昂然向他走來。他的身後，是一群錦衣花帽，看上去很博學的雅士，簇擁著呂布前來。

紀靈心中一驚，心想：「這大概是呂布的智囊團了，短短的一年時間，他搜羅的人還眞不少。」

他想著，呂布早已迎上前來，微笑著對紀靈說：「將軍別來無恙！」紀靈連忙還禮，呂布手一招，將他迎入城中。不一會兒，便到了呂布府上。只見文官武將，各穿錦衣；帳下偏裨將領，都披銀鎧，分兩行來迎接紀靈。

紀靈心中暗暗慶幸沒有同呂布貿然開戰。

進入呂布居所的中堂，紀靈大吃一驚。劉備坐於中堂左側，關羽、張飛分別立於劉備左右。紀靈與劉備四目相對，紀靈發現劉備的目光中，也露出驚詫的神情。

氣氛在他們的對視中驟然緊張起來，關羽、張飛的目光像烈火一樣噴向紀靈。紀靈終於承受不住六束目光的攻擊，轉身欲走。他的動作給人的感覺是一隻遇到險境轉身脫逃的烏龜。

「公台慢走。」呂布伸出大手，拎起紀靈的衣襟，像拎一隻小雞似的，將紀靈抓回來。

紀靈被呂布拎在半空中，手腳亂動，活像一隻被人逮住的烏龜。他大叫道：「將軍要殺我嗎？」

呂布哈哈一笑，將紀靈一把扔在地上，說道：「不是。」

紀靈心裡稍稍安定了些，又問：「莫非要把劉備殺了？」呂布搖頭。

紀靈大惑不解，問道：「那又是爲什麼？」

呂布說道：「劉備和我是兄弟，現在爲將軍所困，所以來救他。」

紀靈便道：「那還是要殺我了？」

呂布勃然變色，說道：「我和袁術是親家，哪有跟自家人鬥的道理？」

紀靈更加迷惑：「那究竟是怎麼回事？」

呂布說道：「我呂布平生不好鬥，只好解鬥。我是來爲兩家和解的。」

紀靈又問：「怎麼個解法？」

呂布打了個哈哈，說：「今晚我們免談此事，只顧飲酒，明日我自有道理。」

呂布說著又叫出陳宮來，對他說道：「這些人都是我的朋友。公台可用我的佩劍作監酒：今日宴請，只爲朋友交情，如有提起打仗事情的，斬！」陳宮應允，持劍歸座。劍的寒光使紀靈膽戰心驚，他不知道呂布葫蘆裡究竟裝了什麼藥，既來之，則安之，便同兩位隨行的武士落座。

劉備三兄弟坐在紀靈的對面，他們望著紀靈，心中也忐忑不安。劉備事先接到呂布的邀請，要他來棲鳳城中觀看桃花，以爲呂布願助自己一臂之力，欣然前來，不料卻出來一個敵軍大將紀靈，呂布想幹什麼？

空氣緊張得要爆炸。

呂布舉起酒杯，說道：「我自從去年秋天以來，滴酒不沾。今天見了故人，又沒有什麼疑忌，當一醉方休……」

呂布說罷，大笑暢飲。座上觥籌交錯，但瀰漫在空氣中的火藥味依然久驅不散。

呂布對這場面似乎早有準備。這時天色漸漸暗下來，呂布命手下點上燈燭，然後離席，從手下將士鞘中取出一把佩劍，先把臉轉向桃園三兄弟，再把臉轉向紀靈，說道：「在座諸位，都是當今的英雄豪傑。今天的聚會，可取名爲『群英會』，如何？」

呂布說完端起酒杯，一飲而盡，說道：「我呂布不通詩書音律，喜好歌舞。近來一首詩讓賤妻譜成了歌，今日相聚十分難得，我在這獻醜了。」

劉備聞言，帶頭鼓起掌來。

中堂上的將士，也跟著鼓掌。

紀靈無奈，只好將手拍了兩下。

呂布便將手中那一把劍，游龍驚鴻一般揮舞起來，雄渾的歌聲飄揚而出，使他那少年俊逸的身姿，更顯風采。他歌唱道：

丈夫處世兮立功名；
立功名兮慰平生。
慰平生兮吾將醉；
吾將醉兮發狂吟！
……

一輪明月從屋簷上浮出，桃花香味在晚風中拂拂而來，少年矯健的身姿和神出鬼沒的劍影刀光，使在座的賓客們無不看得目眩神迷，魂飛天外。

關羽手持著青龍偃月刀站在一側，心中暗暗喝采：「果然好身手。」

張飛直翻白眼，心想：「這個小白臉，使這些花拳繡腿幹嘛？我又不是沒見過。」

紀靈坐立不安：「今晚可別把小命折在棲鳳城中了。」

呂布收劍歸席，拱手道：「我不勝酒力，舞得不好，見笑了。」

眾人半天沒緩過神來，呂布又說：「爲慶賀今宵聚會，我把賤妻貂蟬叫出爲諸位歌舞一番如何？」

眾人大聲說道：「這樣最好。」

呂布將手一拍，頓時笙簧之聲飄揚而起，繚繞在堂柱之間。一陣異香拂拂而來，所有的人都飄飄欲仙。

再抬頭時，人們不禁瞠目結舌，一個身穿彩衣的女子，翩然而出。她輕舉衣袂，晚風將她的衣帶吹得飄飛起來，猶如九天仙女下凡塵。她輕舒歌喉，清脆悅耳。她身形窈窕，嫵媚似堤岸邊的楊柳，她裊裊婷婷地向人們走來。

她讓人怦然心動的目光從人們臉上掃過，中堂頓時鴉雀無聲。

她的目光與劉備的目光相接，劉備心中頓時「噗」地升起一團烈火。

貂蟬的目光掠過張飛，張飛馬上換了一副笑臉。

紀靈垂下了眼，不敢去接貂蟬的目光。他不敢去面對貂蟬的美麗，他的內心怯懦、自卑。在貂蟬的目光裡，他變成了一隻縮頭烏龜。貂蟬的目光最後落在了關羽紫紅色的臉龐上，她的心不禁猛地一顫，彷彿又跌進了多年以前的往事中了：那個紅臉漢子？那個她曾救過的紅臉漢子，那個她曾苦苦地去追趕的紅臉漢子，不是他又會是誰？

關羽的心也怦然一動，這是他一生中所遇見過最美麗的女子。她的臉龐他似曾相識，但他記得，在此之前，他是沒有見過像她這樣美得讓人心顫的女人的，要不他怎麼會記不住呢？

那個遙遠的，讓人恐懼的預言又在貂蟬的耳邊回響：「跟上他，那是你一生的幸福。」可是，她畢竟沒有跟上他，他的腳步太快了，她追趕不上。在人生的旅途上，他們只是擦肩而過，當他們再相遇時，她已成了他人之妻，她可能再也不會屬於他了。貂蟬且歌且舞道：

昭昭素明月，輝光映我床。
憂人不能寐，耿耿夜何長！
……
悲聲命儔匹，哀鳴傷我腸。
感物懷所思，泣涕忽沾裳。
……

貂蟬的歌聲，宛若傾天而下的春雨，潑進人們的心中。在座的無不爲之動容。除了呂布，沒有一個不落淚的。關羽面對貂蟬不斷向他投來的秋波，望著她梨花帶雨的臉龐，心有所動，不禁而眼朦朧，一股柔情，自心底泛起……

轅門射戟

一輪紅日從桃林深處冉冉升起，棲鳳城中，頓時沐浴在一片金光之中。

校場上，呂布兵馬持弓舉槍，戒備森嚴。呂布、貂蟬坐在中央，紀靈和桃園三兄弟各坐在呂布左右。

紀靈心中一直敲著鼓，不敢抬頭。

貂蟬此時一顆心，全繫在了身穿青色戰袍，手持青龍偃月刀的關羽身上。那一張棗紅色的臉龐，使她不時眼前一片恍惚，走進蒼茫的回憶中。

貂蟬是這個春天裡盛開得最燦爛的一樹桃花，她的身上散發出清香，有這樣的美女相伴，呂布顯得更加的神采煥發。他起身站到校場中央，拱手對紀靈和劉備說道：「你們兩家看在我的面上，各自都罷兵息戰，握手言和吧。」

劉備聞言，低下頭，沉默不語。

紀靈一聽，早按捺不住了，說道：「我奉主公的命令，率領十萬大軍，前來捉拿劉備，怎麼罷得了兵？」

張飛將劍從鞘中抽出，哇哇大叫：「我雖然兵少，但看你輩卻如同兒戲！你比百萬黃巾軍如何？敢傷害我哥哥。」

關羽見氣氛緊張，連忙止住張飛，說道：「三弟不必著急。先看看呂將軍的主意，到時各自回營寨去再廝殺不遲。」

關羽溫文爾雅的話音，像一顆五彩的石子一般投入貂蟬的心湖，激起她心中無窮的愛意來，她不禁又望了一眼關羽。

呂布起身冷冷地說：「我請你們兩家來是解鬥的，不是叫你們來廝殺的。」

這邊紀靈聞言更加憤憤不平，那頭張飛拔劍只要廝殺。呂布大怒，對左右說道：「取我戟來！」

明晃晃的畫戟通過左右之手，被傳遞到呂布手中。太陽照射下來，畫戟放射出凜凜寒光。紀靈、劉備都大吃一驚，不知呂布要幹什麼。紀靈面如土色，按劍的手微微顫抖。張飛要拔劍出鞘，被關羽一把按住。

呂布連看都沒有看到人，大聲說：「我勸你兩家不要廝殺，盡在天命。」說著，他又把畫戟遞給左右，命令左右將畫戟頭朝上，在轅門之外遠遠地插定。

一切進行完畢，呂布才回頭對紀靈、劉備說道：「轅門距離中軍有一百五十步。我若一箭射中了畫戟的小枝，你們兩家就罷兵回去；如果射不中，你們各自回營，安排廝殺。如果有不從者，我與另一家合力去抗拒他。你們兩家以爲這個建議如何？」

紀靈暗自思忖：「戟在一百五十步之外，小枝連看都看不清楚，哪有可能射中？不如應允了他。等他射不中，那時再任我廝殺。」

紀靈暗地還以爲呂布是做人情給他，便欣然應允道：「那就聽天由命了。」

劉備也痛快地答道：「一切都聽呂將軍安排。」呂布於是說道：「既然兩家都已答應，就不許再反悔了。貂蟬，給兩位將軍上酒。」

貂蟬應諾，用盤端著三杯酒，輕移蓮步，用托盤將酒一一分呈給紀靈、劉備、呂布。「玄德將軍，請用酒。」貂蟬動聽的聲音使劉備端起一杯酒，痛快地往嘴裡傾倒。

貂蟬的目光此時與關羽對接在一起，雖然是短短的一瞬間，卻在她心中激起了無限的漣漪。關羽被那灼人的目光一燙，心也怦怦直跳，但他畢竟是剛勇之人，雖然目光如火，卻也不動聲色。

紀靈、劉備飲酒已畢。呂布也一飲而盡，大喝一聲：「拿我弓來。」

一弓在手，呂布挽起袍袖，搭上箭，扯滿弓。太陽在天空中已經火熱。劉備恍惚間，彷彿看見火熱的太陽從天空中降下，罩住呂布。呂布輕輕將弓拉開，大喝一聲：「著！」

正是弓開如秋月行天，箭去似流星落地。只聽「啪」的一聲虎筋弦響，飛箭的羽翎便拖著陽光的尾巴朝前飛去。在箭的飛翔過程中，一聲如珠落玉盤、玉佩相撞的笑聲像透明的鳥兒從人們眼前飛翔而過，拂動人們的睫毛。如此晶瑩剔透的笑聲不是來自貂蟬，又會是誰？

「噹！」

那枝銀箭正好射中畫戟的小枝，火星四濺，帳上帳下的將士無不喝采。回頭看時，貂蟬的微笑，也像桃花一般燦爛，令人意動神搖。

呂布呵呵一笑，將弓擲到地上，拉著紀靈、劉備的手，說道：「這是老天爺讓你們罷兵啊！」

呂布說著，又喝教軍士道：「拿酒來！各飲一大觥。」

劉備心中長舒一口氣，暗自稱僥倖。

紀靈默不言語，過了半天，才對呂布說道：「將軍的話，我不敢不聽。只是我也是替別人打仗，這樣回去，主人怎麼肯信？」

呂布豪爽地說：「公台不必擔心。我寫信給袁將軍就可以了。」

酒過數巡，紀靈悻悻地讓呂布寫了書信，先班師回朝。呂布萬萬沒想到，正是這一封書信，斷送了他在不久之後白門樓的危難之中的對外求援之路，以至殞身白門樓。紀靈回朝後，將呂布轅門射戟解和的事，呈上書信，告訴袁術。袁術大怒道：

「呂布吃了我的許多糧米，反而以此爲兒戲，去偏袒劉備。他答應將女兒嫁給我做兒媳婦，至今仍未實現諾言，眞正可恨。我當親提重兵，先征劉備，再討呂布。」

紀靈連忙勸道：「主公千萬不可造次。呂布勇力過人，而今如日中天。若呂布與劉備首尾相連，就不易戰勝了。還是先將此事放一放好。」

袁術只好憤然作罷，並從此對呂布懷恨在心。

紀靈走後，呂布對劉備說道：「不是我則公危險了。」劉備千恩萬謝，率領關羽、張飛而去。

紀靈、劉備散去之後，陳宮長舒一口氣，命令全城的百姓，將甲冑脫去，回歸原位。陳宮的空城計大獲成功。棲鳳城守軍其實不足三千人，全城百姓穿上甲冑，給紀靈留下的錯覺是呂布至少有雄兵十萬，因此他害怕劉備、呂布聯合，乖乖退去。

呂布萬萬沒想到，正是因爲他救了劉備，卻日後埋下禍根，將他送上了斷頭臺。一個月後，呂布出動傾國之兵，打敗徐州陶謙的守軍，占領了徐州，勢力空前壯大起來。

真情假「義」

八月仲夏，氣候潮濕悶熱，知了有氣無力地在腳丫間叫喚，熱風貼著湖面飄來。天空中烏雲翻滾，不時響起隆隆的聲音。

陳宮這些天怏怏不樂。

自從呂布進入徐州後，每日大擺酒席，會宴賓客。在酒肉的甜腥氣味中，宋憲父子喋喋不休的讚頌之詞，如熱風一般吹入呂布耳中，把個呂布聽得雲裡來霧裡去。陳宮實在看不慣，便乘無人之機告訴呂布：「宋憲父子當面捧將軍，其心不可測，將軍還是防好。」

呂布一聽勃然大怒：「你無緣無故向我進讒言，是想誣陷好人嗎？」

陳宮在呂布離去後，依稀看見了數月之後白門樓上旗倒兵潰的幻影，內心被恐懼所震懾，顫慄著仰天長嘆道：「忠言不入，我輩遲早要遭殃的。」

陳宮從此每天帶領幾個人馬，無所事事地在小沛地界上打打野兔、山豬解悶。他預感到苦難的降臨，然而他愛莫能助，只能百無聊賴地等待著死亡的到來。

烏雲黑沉沉地直壓下來。

時近黃昏，仍然一無所獲，天空中開始飄起了雨絲。陳宮像個下棋鬥敗了的人一般，紫漲著臉，不許任何人離開圍獵場。

馬蹄聲得嗒得嗒傳來。

一個騎著白馬的信使在林子間一晃，便同馬蹄聲消失了。

嗅覺一向靈敏的陳宮，一下子預感到白馬信使的出現，是苦難即將降臨的徵兆。他命手下打了個呼哨，那幾個同他一起圍獵的夥伴們，便也棄了圍場，朝他雲集過來。

「我們抄近道堵住那個騎馬的信使。」陳宮口令一出，他的獵伴們的馬便奔騰起來，躍上了小路。

雨絲變得更加綿密，天空中雲不時發生磨擦，閃電掠過大地，一下子照徹人間，又使人間一下子變得更爲昏暗。

閃電似刀鋒般一閃，悶雷滾滾而來。

亮光中，白馬信使驚訝地看見高坡之上，有一幫人持刀搭馬，在等候著他。閃電將他們映得慘白，彷彿是從天而降的天兵天將。

白馬信使急急勒馬回頭，幾個騎馬的彪形大漢，已堵住了他的退路。

他成了陳宮這一天裡所獵得的最好的獵物。

白馬信使被陳宮推到了呂布帳下。

呂布坐在搖曳的燈影裡，宛若天神。呂布一拍桌子，喝問道：「快說，你是誰的信使，爲誰送信？」

在呂布的神威之下，白馬信使被唬得臉色蒼白，兩腿顫顫，直冒虛汗。他的大口裡吐出一串渾濁的、不規則的音，試圖證明他是個不會說話的啞巴。

「你要送的信呢？」陳宮問道。

白馬信使茫然地搖頭。這便洩露了他的全部秘密。大凡啞巴也是聾子，白馬信使搖頭證明了他能聽見別人的話，啞巴肯定是裝出來的。

「搜！」呂布喝道。

兩名衛兵擁上，摸索之手探遍了他的全身，一無所獲。

陳宮與呂布迷惘地對視了一下。

一絲狡黠的笑影掠過白馬信使的臉龐。

雨絲飄飛進來。

陳宮突然恍然大悟，繞到信使的背後，拉起手猛地一踢。

信使向前趴下，一個小小的丸球，從他腰帶間滾下。

信使見狀大驚，面如土色，竟開口說話了，喊著：「饒命，饒命——」

陳宮用刀切開蠟封的丸球，一封黃色的帛書便從丸球裡掉出來。陳宮將那帛書展開，遞到呂布面前，呂布一看，氣得瞪圓了眼睛。閃電從帳外竄進來，照亮了呂布的臉，陳宮驚訝地發現，呂布的臉變成了藍紫色。

帛書上寫著：「奉明公之命欲圖呂布，敢不夙夜用心。但劉備我兵微將少，不敢輕動。曹丞相若興大軍討伐呂布，劉備當為前驅。謹嚴兵整甲，專待鈞命。」

「好個大耳兒劉備，恩將仇報，膽敢圖我？」

呂布性起，撕碎帛書，拿起方天畫戟。陳宮來不及阻止，那畫戟已經沉重地落在白馬信使的頭頂上。

天空一個炸雷，雨點嘩嘩而下，將帳內的一切照亮。白馬信使的頭上，一股殷紅的血噴射出來，人像一段木頭直挺挺地落在了地上，血流如注。

陳宮眺望了一眼帳外，銀亮的雨點已經把一切都吞沒了，耳邊的「嘩嘩」之聲響個不停。

呂布的人馬開始四面出擊。

陳宮、臧霸結連泰山綠林軍，進攻孫觀、吳敦，奪取山東兗州各郡。高順、張遼直取沛城，氣勢磅礴地攻打劉備。宋憲、魏續西取汝州、穎州。

兵分三路，呂布親自統領中軍，作為三軍的救應。

呂布的勢力像天空中的積雨雲一般，急劇膨脹。

高順、張遼大軍的到來使劉備惶惶不安起來，當即召集眾將商議。

眾人商議的結果只有一條路：速向曹操告急。

然而，曹操遠在許都，且不說路途遙遠，途中要經過呂布的地盤，沒有大智大勇的人擔此重任，是絕難將消息傳給曹操的。

劉備憂心忡忡地問道：「誰可去許都告急？」

階下一人閃了出來，他的青色戰袍被風吹起，宛若旗幟，臉龐棗紅色，遠遠望去好像一團燃燒的火。他的長鬚隨風飄揚，神采非凡。

此人正是劉備桃園三結義的義弟關羽。

「大哥，事情緊急，我願前往。」

劉備定定地望著他，數年前桃園結義時燦爛的陽光又灑進了他的記憶，那一日的草香拂拂而來。叫關羽親擔此事，他實在有些不忍，但看帳中無他人可以前往，也只好應允，關切地說：「二弟一路小心。」

滿天的星光閃閃爍爍，遠方的群山和城池在夜色中連綿起伏，若有若無。

關羽風餐露宿，一路快馬加鞭。許都仍像天邊那顆星星，遙不可及。

夜走向深處。

淡藍色的霧從地平線上升起，關羽驅馬向前，便被那層霧包裹住了。

奇妙的聲音從四面八方傳來。

關羽驚訝地發現，大地、群山、城池已飄渺不可知了，他彷彿墜於雲霧之中。

「關雲長且留步。」一個女子的聲音從後邊追了過來。關羽勒住馬，回首望。一個青衣女尼的身影像雲一般飄移過來，停在關羽馬前。

關羽不知身置何處，拿起青龍偃月刀，喝道：「何方妖魔邪道，休要近我。」

青衣女尼微微一笑：「我乃蓬萊靜空女尼，雲長怎麼誤認爲我是妖魔邪道。」

關羽聽她的聲音美麗清純，像鐘鼓之聲一般悅耳動聽，仙氣拂拂而來，便知錯怪了女尼，下馬謝罪道：「關某多有冒犯，請菩薩恕罪。」

女尼將長袖一揮，又問：「雲長將往何處去？」

關羽拱手道：「前往許都搬救兵救我大哥。」

女尼道：「不如就此隨我出家，同遊仙境，其樂無窮。」

關羽道：「我關羽乃信義之人，怎捨得在下義兄義弟，和你同行。」

女尼大笑：「『信』爲何物？『義』又爲何物？人世間本來蒼蒼莽莽，沒有一物。偏偏一些庸人要造出一些枷鎖，套住世人，使世人在迷津之中越陷越深卻越不知返……」

關羽道：「菩薩差矣，天地輪迴，自有其內在的規律，信義乃人之大德，不可淪喪。」

女尼搖頭道：「信義非德也，乃惡也。試看芸芸眾生，多少人表面上裝作仁義盡至，背地裡，卻幹些見不得人的勾當。這些人越講信義，就越虛浮，越臭不可聞。」

關雲長略微有點變色，道：「人世間倘無信義，世界豈不亂了。」

女尼大笑：「人世間有信義，不也亂得一塌糊塗嗎？」

關雲長辯解道：「如今天下大亂，主要就是因爲信義行得不夠的緣故。」

女尼道：「人本天地之靈物，同飛鳥，同走獸無異。雲長可曾見飛鳥講信義，走獸講信義？它們不是依然活得自然，活得有條不紊，活得無拘無束嗎？活得累的倒是人，無端生出許多規則，條條框框，越活越沉重。雲長便是一例。」

關雲長見她調侃自己，強壓住怒火，大聲說：「軍情火急，關某要趕路，請菩薩不要糾纏。」

女尼道：「將軍還是不悟？」

關羽飛身上馬，揮動青龍刀，說道：「果然是妖魔邪道，我關某不客氣了，看刀。」青龍刀落下，那女尼化作一縷青煙，飄然而逝。

藍霧又繞了上來，將關羽團團圍住。

「關將軍，關將軍……」雲霧之中，一女子的聲音在呼救。朦朧之中，關羽看見一雙玉手朝他伸了過來。

關羽不自覺地下馬，放下青龍刀，伸手去拉。

一條光潔瑩亮的玉臂，從藍霧中露出。

關羽頭暈目眩，想伸手甩去那玉手，那玉手仍緊拉著他不放……

關羽滿面羞慚。藍霧漸散，天空中露出純藍的一塊，星星閃爍著夏夜清涼的光，一月如昔。

關羽揉揉雙眼，發現原來是南柯一夢。渾身卻被露水打濕，涼颼颼的。

青龍刀在月光下泛著青色的光，馬兒低頭在星光下啃著青草。

關羽提刀上馬，渾身乏力，夢中的情景此時又在夜色中重現，他的內心受到了一下一下的衝擊。

馬蹄聲在靜夜裡清脆悅耳。

突然，馬兒一聲長嘶，雙腿跪倒於地，昏昏沉沉的關羽一時沒反應過來，整個身體被拋了出去，青龍刀也爲咣噹一聲，落在遠處，泛著明晃晃的光。

馬兒中了絆馬索。

草叢裡，人聲雀起，幾個持刀的人衝出，將關羽嚴嚴實實地縛住。

黎明時分，貂蟬正在鏡前著妝，突然聽見院中亂哄哄的，不知發生了何事，便走出去看。貂蟬不看則已，一看大吃一驚。

廳堂的柱子前，一個身材魁梧、長鬚飄飄的紅臉漢子，被縛在柱子上，雙眼圓瞪，嘴中大罵：「我關某竟中了你們這些偷雞摸狗小人的奸計……」

陳登手中握著皮鞭，得意洋洋地望著他，笑道：「只等主公一回來，我就把你獻出去……」

貂蟬望著關羽那棗紅色的臉，回憶蹣跚而來。她又彷彿走回了少女時代的那個午後，關羽，那個鬍鬚尚未定居的紅臉漢子，推著一輛獨輪車「嘎吱嘎吱」地走向童年的村莊。

「夫人，我抓到了劉備的結拜兄弟關雲長了……」

陳登點頭哈腰地向貂蟬邀功請賞。呂布帶軍前往小沛，徐州城中的許多事情都是貂蟬說了算。貂蟬心中打翻了五味瓶一般，說不出是什麼滋味，但她故作鎭定，笑著對陳登說：「陳將軍抓住劉備主帥，立了一大功，解了我軍心頭之患，眞是一件可喜可賀的事情。陳將軍且先回去休息，派兩個衛兵在此看守就行了。」

貂蟬另外還命人取出百兩賞銀，賜給陳登，陳登笑逐顏開地離去了。

陳登走後，院中只剩下捆在柱子上的關羽和兩名看守的士兵。

貂蟬移動金蓮，走向關羽，關羽只是抬頭望天，一股逼人的香氣和溫暖向他襲來，他的心怦怦直跳，但臉上的表情依然凍結，目不斜視。

「關將軍……」

夏日上午的太陽，好燙。

一輪圓月從城牆上冒了出來。

風帶著貂蟬房中的脂粉氣息，徐徐而來。關羽被縛於柱子上，覺得自己成了最自由的人了。這是不會產生任何實際的行動，因爲他被縛在了柱子之上。

一天的日曬風吹，他終於累了，於是昏昏欲睡。

突然，有人將他推醒，他睜開眼，驚訝地發現繩子已被解開。夜色當空，朗朗而照，香風習習而來。

月光揮灑，一個美麗動人的女子，如楊柳一般，婷婷立於關羽面前，關羽只能仰頭，不敢正視她。

「關將軍，請屋裡坐……」美人的聲音像珠落玉盤一般，清脆悅耳，讓人怦然心動。是貂蟬救了他。

貂蟬爲什麼要救他？

他是她丈夫的敵人。

她爲什麼要救她丈夫的敵人？

難道這一切都是夢？

關羽在貂蟬的引領下，不由自主地朝著她的房間走去。

關羽走進貂蟬房中，貂蟬的屋子收拾得素雅整潔，到處都留著貂蟬的體香。關羽站在燈光下，宛如置身夢中。

「關將軍，還記得六年前你經過忻州木耳村時的情景嗎？」貂蟬的聲音無限癡迷。

關羽一下子進入了霧氣重重的回憶之中，木耳村的記憶在他腦中稀薄得只剩下一些細細的、粉末狀的碎片，無從尋覓。

「……那時，你推著一輛獨輪車，『嘎吱嘎吱』從村口走來。從那時起，我就從心裡喜歡上了你，我甚至想跟你走，可是你走得那麼快，我怎麼也追不上你。當你的身影在村口消失時，我久久地望著你離去的方向……」

貂蟬的聲音斷斷續續飄來，關羽迷迷糊糊，那日的情景一點一點浮上來。是的，好像是有這麼一個小姑娘，穿著整潔的紅衣服，束了個麻花辮……

可那個梳麻花辮的小姑娘會是她嗎？

他難以置信。

貂蟬一生不珍惜什麼，只珍惜愛。

「哥，帶我走吧，趁現在還來得及……」貂蟬不顧一切地撲入關羽的懷中，關羽似乎聽見了她熱烈而急促的心跳聲。

然而，一種長久以來形成的思維方式，開始像車輪一般碾轉地壓著他的心。一個「義」字，無比沉重地從天而降。

「不——」關羽大吼一聲，將貂蟬一把推開，又獅子一般，衝出了門，他看見了青龍刀擱在一根石柱上，青光閃閃。

關羽奪了青龍刀，又衝向馬兒，順手牽了一匹，風馳電掣地馳出呂布的住宅，又向徐州城門衝去。

貂蟬無望地眺望著關羽和他的馬消失在夜色裡，抱著一根石頭柱子，淚水滾滾而出。

第十一章 白雲樓 芳心青龍刀

你那時將不得不向我描述
樹林的墨綠、鈷藍的天空

——西默爾曼・《不管》

逐鹿中原

關羽終於在許都見到了曹操，將呂布斬白馬信使，率兵攻打劉備，自己冒死前來搬援救兵的事情，一一告訴曹操。

曹操召集眾謀士議道：「我想要攻打呂布，不怕袁紹掣肘，只怕劉表、張飛的襲擊。」

荀攸分析道：「劉表，張飛二人剛剛吃了敗戰，不敢輕舉妄動。呂布驍勇，怕只怕結連了袁術，縱橫在淮水、泗水之間，那就麻煩了。」

郭嘉也進言道：「現在乘呂布剛剛建立基業，人心不穩，可一攻而破。」

曹操點頭稱是。次日就命令夏侯淳與夏侯淵、呂虔、李典領兵五萬先行，而後親自統帥大軍陸續出發。曹操大軍殺氣騰騰，直湧向小沛。

早有探馬報知高順。高順又飛報呂布。呂布先令侯成、郝萌、曹性引二百餘騎接應高順，在沛城三十里外迎戰曹軍，而自己則領主力在後邊接應。

劉備站立城樓眺望，只見高順軍隊似大海落潮般退出，猜出大概是曹兵到了，便只留下孫乾守城，糜竺、糜芳守家，自己率領張飛等部將出城，分頭安營紮寨，迎接曹軍。

夏侯淳先頭部隊在行進多日後，與高順軍隊相遇，兩軍對壘，擺開陣勢。

夏侯淳與高順兩馬相交，大戰了四五十個回合，高順不是夏侯淳的對手，抵敵不過，敗下陣來。夏侯淳縱馬追趕，高順像一隻被狼追逐的兔子一般，在自己布下的陣中鑽來鑽去。夏侯淳緊迫不捨，也在陣中繞來繞去。

曹性看夏侯淳追得專心，便暗暗拈弓搭箭，只聽「嗖」的一聲，那箭銀晃晃地在太陽光下劃了一道弧線，不偏不倚，正好射中夏侯淳的左眼，一抹殷紅的血噴了出來。

「哇——」夏侯淳大叫一聲，戰馬也長嘶一聲，騰空而起。夏侯淳只覺得眼睛發紅，發花，一股溫熱的東西眼淚一般從左眼中緩緩流了出來。高順騎馬遠去，消失在陽光裡。

夏侯淳大怒，抓住箭羽，猛力一拔，眼珠連同箭一起，被血淋淋地扯了出來。夏侯淳用僅剩的右眼一看，又大聲叫道：「父精母血，不可失也。」

於是將箭頭插入嘴中，咬下自己的眼睛，一口吞入肚中，然後將箭望空一扔。

夏侯淳又順著箭來的方向，提槍衝過去，只見曹性在陣中手握著弓，目瞪口呆，他被夏侯淳之舉驚得不知所措。夏侯淳一看便知是此人放的暗箭，搖晃著槍，搠向曹性的面門。曹性猝不及防，來不及躲開，那槍便像刺穿冬瓜一般，搠透了他的面門，鮮血噴湧而出。兩邊的軍士看著，個個面如土色。

夏侯淳殺了曹性，只覺得左眼發熱發麻，頭暈目眩，縱馬便回。

高順乘機率軍從背後趕上，衝殺而來，曹軍兵敗如山倒，丟盔棄甲而去。夏侯淵領兵衝出，救護他的兄長且戰且退。呂虔、李典也被高順軍殺敗，退向濟北下寨。

高順得勝，又引軍回擊劉備，恰好呂布大軍趕到，呂布與張遼、高順兵分三路，攻打劉備。

面對潮水般湧來的呂布大軍，劉備的軍隊猶如雞蛋面對砸過來的石頭一般，不堪一擊，很快潰不成軍。

劉備慌慌張張引著十來個貼身衛士奔向沛城，呂布率軍緊緊趕到。劉備急喚城上軍士放下吊橋。呂布也隨後趕到。

吊橋緩緩而下，城上守軍要放箭，又恐怕誤傷劉備。正在躊躇間，呂布軍隊乘機越過吊橋，殺入城門。把門將士，抵擋不住，一個個抱頭鼠竄。

劉備見大勢已去，也來不及到家中救出妻小，便穿城而過，走出西門，匹馬逃難。

呂布搶先率馬趕到劉備家中，劉備的謀士糜竺出來迎接，對呂布說：「我聽說大丈夫不廢人的妻子。如今和將軍爭奪天下的是曹操，不是玄德公。玄德公常常記掛將軍轅門射戟之恩，不敢有背叛將軍的地方。如今是不得已才投奔曹操，請將軍憐惜他的妻小……」

呂布哈哈大笑，說道：「我呂布與劉備是舊交，怎忍心害了他的妻小而我提前趕來，就是擔心亂軍之下，傷了劉備一家老小。」

呂布便令糜竺率劉備一家老小，前往徐州安置，又留陳宮守住小沛。自己引軍投向山東兗州境內。

曹操大軍如潮而至，宋憲、宋法父子的恐懼日漸一日地加深。

呂布再次回到徐州城中時，形勢開始朝著不利於他的方向變化：劉備在逃難途中，遇見了張飛敗軍，他們一同投奔曹操，又碰上了關羽。桃園三兄弟率著曹操的三千人馬，殺回沛城。而曹操的五萬人馬，則向徐州衝殺了過來。

呂布由山東兗州返回徐州，要同宋法去救小沛，令宋憲守住徐州。

宋法臨行之前，宋憲對他說：「呂布兵微將寡，和曹操拼殺無異於雞蛋碰石頭，我等遲早要遭殃。不如現在早點想出個活命的辦法。」

宋法道：「外面的事情，我自有辦法。倘若呂布敗回，父親就請糜竺一同守城，不要放呂布進來，你不必管我，我自有脫身之計。」

宋憲又說：「呂布妻子老小都在徐州，心腹不少，怎麼辦？」

宋法說：「父親不必擔心，我自有辦法。」

宋法便辭了宋憲，去見呂布，說道：「徐州四面受圍，曹操必然力攻，我等應當想想退路：可以先把錢糧移到下邳城，若徐州被圍，下邳也有糧食可救應，主公以爲怎麼樣？」

呂布點頭稱是，當即派了兩員大將，保護貂蟬，女兒鳳霞及錢糧移屯下邳。

呂布離開徐州城時是清晨，徐州城在揮灑的陽光下顯得金碧輝煌，呂布回頭望了一眼，他萬萬沒想到，這一離去，徐州城將成爲他人的城池，他也已經踏上了死亡之旅。

行到半路，已是下午時分，宋法驅馬到呂布面前，說道：「我先到小沛去看看曹操的虛實，再來回報主公。」

呂布點點頭，宋法平日裡的甜言蜜語使他對宋法深信不疑。

宋法飛馬到達小沛，陳宮等人出城迎接。宋法便說：「呂將軍怪罪你遲遲不肯向前，要來責罰。」

陳宮說道：「如今曹兵勢大，不敢輕敵。我等守住沛城，與將軍內外夾攻，以少勝多，以弱勝強，才是上策。」

宋法唯唯而出，登城眺望，只見劉備已經率著曹操軍隊滾滾而來，直逼關下，便連夜寫了三封信，拴在箭上，射到劉備陣中。

第二天一大早，宋法又辭了陳宮，飛馬來報呂布：「我和陳宮約定，黃昏時劫曹操的營，內外夾攻，可一擊而破。」呂布大喜，便叫宋法飛騎先到關中，約陳宮作內應，舉火旗號。

宋法便又驅馬去報陳宮，說道：「曹操已抄小路到徐州了。將軍快回去救應，否則便保不住了。」陳宮左思右想，徐州城比小沛城大，失了徐州就失了根基，只能捨小而保大了，便率軍放棄了小沛城，急救徐州。

夜幕降臨，這晚沒有星星，伸手不見五指。

呂布焦急地在小沛城外等候，突然看見小沛城上火光一閃，心想陳宮已經開始劫營了，便乘黑殺來。

小沛城上的火是宋法點的。劉備收到了宋法用箭射來的密信，也率領曹軍殺出，宋法放下吊橋，劉備不費一兵一卒，奪回了小沛。

呂布軍隊在半路上遇到了陳宮軍隊，彼此都以爲對方是曹操的軍隊，便揮刀砍殺起來。黑暗中，誰也看不清誰，兩軍像兩條瞎了眼睛的惡龍，展開了一場混戰，只殺得血肉橫飛，血腥的味道四處飄揚。

這場混戰一直進行到天明，雙方都殺得精疲力盡。當晨光從天邊洩露下來時，兩軍看見了彼此在晨風中飄揚的旗幟，才知道上了當，放下武器，兩軍合作一股。呂布、陳宮急忙撤退，擔心徐州有失，快馬加鞭地返身回徐州。

經過一天的急行軍，黃昏時分，徐州城終於在夕光中顯現，軍士們大大鬆了一口氣。呂布躍馬關前，大聲叫門。不料城樓之上，無數個弓箭手持弓從城樓上冒出。一聲令下，亂箭似蝗蟲一般，「嗖、嗖」飛下。呂布忙將方天畫戟掄得車輪一般，一邊引馬後退，一邊擋掉那些飛來的箭。

宋憲和糜竺同時出現在城樓上。呂布一見，頓時破口大罵糜竺。

糜竺大聲喝道：「這本來就是我主劉備的城池，我奪回來是理所當然。」

呂布又大罵宋憲：「宋憲，老子待你不薄，你爲何反叛於我？」

宋憲笑道：「我本是漢朝大臣，怎麼肯去侍奉反賊呢？」

呂布氣得兩眼冒火，回身到軍中尋找宋法，卻怎麼也找不見。

陳宮嘆道：「將軍難道還執迷不悟，想在軍中找到這個侫賊嗎？」

呂布悔之不已，滿面羞慚地對陳宮說：「我眞恨當時沒有聽進你的忠言，現在後悔也晚了……」

陳宮搖頭道：「天下什麼藥都能買著，就是買不著後悔藥，將軍不必再嘆氣，救小沛城要緊。」

呂布行到半路，只見煙塵滾滾而來，一支大軍驟然到來。他定睛一看，還是自己的軍隊，領頭的是高順、張遼。

呂布驚疑地問：「你們怎麼也來了？」

高順答道：「宋法來報說主公被圍，命令我等急來救解。」

陳宮道：「這又是宋法這佞賊的奸計。」

呂布氣得將方天畫戟亂舞，大叫道：「我發誓要殺死這賊！」三支人馬合作一處，殺回小沛。

當呂布重新返回小沛城時，小沛城樓上，已全部變幻成了曹操旗號。宋法似笑非笑地站在城樓上，對呂布說：「呂布小兒，以後學聰明一點。」

呂布大怒，指揮著人馬，正要攻城，突然背後喊聲大作，一隊人馬飛奔而來，當先一人不是別人，正是金環眼的張飛。

高順急忙出馬迎戰，雙方打得不可開交。正僵持不下，突然陣外又喊聲大作，原來是曹操親帥大軍自西向東殺來。

呂布估計難以抵敵，便引軍東走，曹軍緊追不放。呂布直累得人困馬乏。走到半道，又有一彪人馬攔住去路，爲首的一員大將橫刀立馬，大喊一聲「呂布休走，關雲長在此！」呂布慌忙接戰，背後張飛趕來，呂布陣腳大亂。

呂布再也無心戀戰，與陳宮等人殺開了一條路，逕奔下邳。那時，一輪夕陽正在小沛城頭徐徐下落，松風陣陣，吹得人心一片蒼茫。呂布的一幫人馬，走的山道越來越窄，夜幕徐徐降下，光線越來越昏暗。

當滿面血污的呂布出現在貂蟬面前時，貂蟬不禁大吃一驚。數月的征戰，使呂布皮膚變得黝黑，臉明顯地瘦了下去，少年氣盛的雙目，平添了些許殺氣與凶光。

貂蟬望著呂布站立在月光下，就如當年望著眉塢的董卓立在月光之下一般，一股死亡的氣息，從呂布身上散逸出來，呂布卻渾然不覺。

「夫君……」貂蟬撲進呂布懷中，失聲痛哭。

愛是一種奇怪的感覺，當愛人不在身邊時，那愛只是一種溫馨、一種牽掛伴隨左右。可是，一旦愛人回到身邊，在自己身邊呼吸時，才感到原來的溫馨，原來的牽掛並不是愛，愛同愛人一起走了，剛剛回來。

貂蟬在月下就這麼抱著呂布痛哭，久久。

呂布抱著貂蟬，他突然覺得自己是一個賭徒，他曾經贏了很多，甚至贏了四分之一個中國，可是，現在他又輸了，輸得只剩下一小塊地盤，遲早也要輸光，成爲他人的城池。

一種難言的悲哀湧上心頭。

萬幸的是，他沒有失去愛，沒有失去貂蟬，一邊一角都沒失去，這才是最難得的。

他擁著貂蟬，走回房中。

這時，女兒鳳霞也蹦蹦跳跳地跑出，撲進呂布懷中，喊著爸爸。她已經十四歲了，長成一個亭亭玉立的少女，模樣像她死去的媽媽。可是，她的一舉一動，還像個孩子，愛嬉鬧、任性，但也極體貼人。

呂布一手擁著貂蟬，一手擁著女兒，一股熱熱的東西向他眼瞼上漫來。他平生第一次有了想哭的感覺。小的時候，父親用鞭子抽他，他都沒有想要哭過。

戰場的無情與殘忍，使他第一次感到了天倫之樂的可貴與難得。

曹操大軍沒費多大力氣，便席捲了呂布的地盤，奪得了徐州、小沛等城池，將呂布逼進了彈丸小城下邳之中。

曹操的謀士程昱進言道：「呂布現在只有下邳一個城池，如果逼得太急，呂布必然會死戰而投袁術。呂布與袁術聯合起來，其勢難攻。現在可派一位能征善戰者守住淮南各路，內防呂布，外擋袁術，可保萬無一失。」

曹操聽從了程昱的計策，對劉備說：「我親自去擋山東各路。其餘淮南各路，請玄德獨擋一面怎麼樣？」

劉備答道：「丞相將令，我怎敢有違？」

第二天，劉備便留下糜竺，簡雍在徐州，親率孫乾、關羽、張飛引軍去守淮南各路。曹操親自引兵攻打下邳。

夏季在這一天走到了它的盡頭。

熱力逐漸降去的太陽照耀著兵精糧足的下邳城。曹操大軍滾滾而來，風沙瀰漫。

陳宮向呂布獻計道：「現在曹操軍隊剛到，可乘其寨而未定，腳跟沒有站穩，以逸擊勞，一戰可勝。」呂布道：「我軍屢敗，不可輕易出兵。待其來攻打時我們再出兵，可將他們全部逼入泗水之中。」

泗水環繞下邳城一周，地勢凶險，是下邳城的天然屏障。呂布因此安心坐守，不從陳宮的計策。

幾天之後，曹操的營寨便星羅棋布地在秋風之中安定下來，曹操統領眾將到下邳城下，大叫：「呂布出來搭話！」

呂布持戟出現在城樓之上。曹操對呂布說道：「我聽說奉先將軍要同袁術聯姻，所以領兵至此。袁術有反逆的大罪，而將軍有討伐董卓的大功，現在何故前功盡棄而從逆賊？倘若城池一破，後悔也來不及了！將軍不如早來投降，共扶王室，封侯便是遲早的事。」

呂布躊躇片刻，說道：「丞相且退，等我商議之後再作答覆。」

陳宮站在呂布身邊大罵曹操奸賊，他擔心呂布突然後悔，降了曹操，自己豈不是死無葬身之地。便彎弓搭箭，一箭射中了曹操車的麾蓋。

曹操指著陳宮咬牙切齒地說道：「我誓殺了這個反賊。」於是，曹操引軍大舉攻城，久攻不下。

陳宮望著城下潮一般起伏的曹軍，心生一計，對呂布說道：「曹操遠道而來，其勢必不能長久。將軍可率軍衝出，屯於陣外，我和其餘眾人堅守城中。曹操若攻打將軍，我就引兵攻擊它的後背；曹操若來攻城，將軍便從後面救我。用不了幾天，曹操軍隊糧草斷絕，便可一攻而破，不知此計可行不可行。」

呂布點頭道：「此言極是。」

呂布返回家中，便命衛兵動手開始收拾衣物。貂蟬聞聽此事，連忙出來，問道：「夫君將往何處去？」

呂布便將陳宮的計謀全部告訴給貂蟬，貂蟬聞言大驚，說道：「夫君棄城而去，孤軍遠出，倘若城中一旦有變，妾將怎麼辦？」說著，便嚶嚶地哭了起來。

呂布看著於心不忍，便三日不出城池。

陳宮又入見呂布，說道：「曹操四面圍城，若不早出，必受其困。」

呂布道：「我想了想，遠出不如堅守，還是算了吧！」

陳宮又說：「最近聽說曹操軍糧緊缺，派人前往許都去催取了，早晚將至。將軍可引精兵出去斷其糧道，這計還是可行的。」呂布點點頭，進入後廳向貂蟬說了此事。

貂蟬又哭泣道：「將軍若出去，陳宮、高順怎能守得住城池？如有差錯，後悔也來不及了。」

於是，呂布又出告陳宮：「你不必擔心，我有方天畫戟，赤兔馬，誰敢近我？再說曹操狡猾，詭計多端，我等還是不要輕舉妄動的好。」

陳宮怏怏不樂地離去，仰天長嘆道：「我等死無葬身之地，完了，全完了。」

白門愁雲

秋風漸起，下邳城樓上的愁雲越鎖越濃。曹操大軍將下邳城圍得水洩不通。呂布閉關終日不出，整天與貂蟬飲酒解悶。

陳宮手下的謀士許汜、王楷的到來使呂布隱隱地看到了一線生機，他急切地問道：「二公有什麼解圍的妙計?」

許汜說道：「當今袁術在淮南，聲勢大振。你曾經答應過將女兒嫁給他，將軍爲何不去向他求救而袁術大軍一到，內外夾攻，曹軍必敗無疑了。」呂布茅塞頓開，馬上修書一封，命許汜、王楷前去搬救兵。

許汜道：「必須有一軍引路才能衝出去。」呂布便命令張遼、郝萌兩人引兵，將許汜、王楷兩人送出隘口。張遼、郝萌領命。當晚夜黑風高，張遼在前，郝萌在後，率軍一千，衝殺出城。

面對呂布的突然之舉，淮南隘口的守軍防不勝防，待要領兵去追，郝萌率著五百精兵，帶著許汜、王楷已經殺出隘口，消失在茫茫夜色裡。張遼武藝高強，無人能敵，也返

身殺回下邳城中。許汜等人風馳電掣，緊趕慢趕，終於在三天後到達壽春，拜見袁術，將書信呈上。

袁術道：「上次呂布賴了我的婚姻，現在又復回來約，怎麼回事？」

許汜道：「這是曹操使用的奸計，以至於如此，請主公明查。」

袁術笑著說道：「要不是曹操將你們困逼得那麼急，呂布肯將女兒嫁到我家嗎？」

許汜答道：「呂將軍和袁將軍唇亡齒寒，若將軍不救我們，我們必敗無疑。我們一敗，將軍還能敵得過曹操嗎？」

袁術道：「呂布反覆無常，不講信用，可先把女兒送過來，我就以傾國之兵救他。」

許汜、王楷無奈，只好和郝萌返回下邳。到劉備寨邊時，許汜道：「白天不能過去。夜半的時候，我二人當先，你斷後。」

當夜風在月空下空洞地呼號著，許汜、王楷等以迅雷不及掩耳之勢，從劉備寨子上抹了過去。張飛出來追趕，許汜衝到下邳城下，大喊著：「城上救人！」

吊橋徐徐而下，許汜、王楷衝進城中，張飛已率兵趕到，萬般無奈之下，吊橋緩緩而起，將五百軍馬和郝萌一起，拋在黑森森的城門之外。郝萌和被遺棄的五百軍馬束手就擒。張飛將郝萌押到曹操營中，郝萌將呂布向袁術求救，許女爲婚的事告訴曹操。曹操大怒，將郝萌推出斬首，更加緊了對呂布的進攻。

許汜、王楷進見呂布，將袁術想要先得兒媳婦，後派出傾國之兵前來救援的意思告訴了呂布。呂布又向許汜、王楷問計：「如何把我女兒送去？」

許汜答道：「非將軍親自出馬不可！」

第二天晚上，呂布將鳳霞用綿布纏住身子，用盔甲將鳳霞身體緊緊地裹住，鳳霞好奇地問：「爸，你要帶我去哪裡？」

呂布說道：「我們做個遊戲，你趴在我的背上千萬別動，也別出聲。」

二更時分，一輪朦朧的月穿行在濃雲之中。呂布命人悄悄放開城門，呂布一馬當先衝出，張遼、侯成緊隨其後。快到劉備寨子時，只聽一聲鼓響，關羽揮著明晃晃的青龍偃月刀殺出，大吼一聲：「休走！」

呂布與關羽決戰十個回合，無心戀戰，拍馬便走。不料劉備也派出一軍前來，兩軍展開混戰，呂布的方天畫戟雖然神出鬼沒，但畢竟背著一個人，又怕傷著了鳳霞，不敢去突重圍，後邊徐晃、許褚也引軍殺來。鳳霞看著那些雨點般射來的箭矢，又驚又怕，抱著呂布喊：「爸爸，我怕，我怕。」

劉備軍中的士兵們又大叫著：「不要放走了呂布，不要放走了呂布。」

呂布左衝右突，難出重圍，只好引軍返回下邳城。

一縷愁雲飄過來，網一般罩住了那輪慘淡的秋月。

呂布怎麼也不會想到，這一夜，是他和美女貂蟬的最後一次溫存。

鳳霞在隔壁因爲驚嚇，嚶嚶地哭泣著，直到半夜方才睡去。

貂蟬用毛巾擦去了呂布身上的最後一處血跡。慘淡的月光揮灑進來，他們默默無言地對視著。滴漏之聲在靜夜裡淒清地響著，使人感覺到時間正在身邊無言地滑翔而過。

他們默默無言地對視著。死亡的氣息從呂布身上飄浮而出，他卻渾然未覺。

靜室之中的蘭麝之香將戰爭無聲地隔離開來，鶴形香爐中的青煙裊裊而上。

貂蟬徐徐躺下。貂蟬望著呂布那消瘦、疲憊、略顯憔悴的臉龐，不知爲什麼，溫熱的淚水一下子將她那秀美的雙眼給模糊住了。

「別哭，你哭什麼？」呂布也在貂蟬身邊平靜地躺下，悲愴之感使她淚如雨下。

呂布頓時也生出一種人生苦短的滄桑感，他伸出有力的雙臂，將貂蟬一把攬入懷中。

曹操在一個秋天即將過去，冬天就要來臨的下午，望著在秋日天空中依然巋然不動的下邳城，心灰意冷。他仰天長嘆道：「我圍攻下邳城近三個月了，卻久攻不下，北有西涼兵的威脅，東有劉表、張飛的禍患，使我食之無味。冬天即將來臨，我等不如捨棄呂布，暫且息戰。」

荀攸的聲音像一片枯葉一般飄來：「萬萬不可。我看呂布有勇無謀，現在屢戰屢敗，銳氣大失。三軍以將無主，將衰則軍無奮心。陳宮雖有謀略，但卻受呂布排斥。如今呂布元氣未復，加緊去攻打他，呂布必敗無疑。」

郭嘉的聲音將曹操引向了一個燦爛的未來：「我有一計，勝過二十萬雄兵。呂布雖然勇猛，肯定在劫難逃。」

荀攸道：「莫非決了沂河、泗水的河水，水淹下邳城？」

郭嘉答道：「正是。」

曹操大喜，哈哈笑道：「這正是英雄所見略同啊！」

曹操當即差出一萬人馬，立刻鑿開兩河之水。曹操軍隊都在高處，興高采烈地眺望著洪水像猛獸一般，湧向下邳城，又銀晃晃地瀰漫開來。

洪水的聲音震天動地，下邳城中，頓時成了一片汪洋大海。無數年久失修的房屋崩塌，發出巨大的響聲，陷落在洪水之中。富人們緊張地在水中搶救他們的財產；窮人們則一邊咳嗽，一邊抱著肩膀，流落街頭。到處飄浮著箱子、臉盆、稻草、被子……，到處蕩漾著惶惶不安的氣息。

呂布此時正沉浸在酒中，趴在桌前沉睡。一個士兵慌慌張張地跑進來，哇哇大叫著：「曹操鑿了兩河之水淹下邳城啦！」

呂布迷糊著雙眼，將手一揮，碰倒了一個酒杯，酒汁流了一桌。呂布的舌頭怎麼也轉不過彎來：「我有……有赤兔馬，渡水……渡水如平地，怕……怕什麼？」

銅鏡裡，一張蒼白、憔悴的臉浮現出來，從銅鏡中那雙迷迷濛濛的眼睛裡射出來的光充滿了恐懼、畏怯和疲倦。銅鏡裡的那張嘴，還帶著酒汁，微微地顫抖。

一個杯子扔向了銅鏡，銅鏡滑落地上。銅鏡碎裂成四片，每一片上都有一張憔悴的臉。一個聲音大叫著：「我呂布被酒色所傷！從今日起，我斷了酒色。傳我令，下邳城中只要有膽敢飲酒的，斬。」

群雄擒虎

盜馬賊在南門連同他盜來的十五匹馬，一齊被馬的主人抓獲。

盜馬賊一共五人，在一個無月的夜晚，偷偷潛進大將侯成的家中，從後槽盜得十五匹馬，想偷偷出城獻給曹操領功。

大將侯成以迅雷不及掩耳之勢趕到，奪回十五匹寶馬，並將五個盜馬賊的頭顱一一削去，把他們打發上了西天。

眾將聽到這個喜訊，紛紛前來祝賀。侯成便釀了五六斛酒，殺了十餘口豬，不敢吃飲。侯成先將五瓶酒，一頭豬送到呂布住所，敬告呂布道：「托將軍的虎威，追回了失馬。眾將都來祝賀，釀了些酒，獵了幾頭豬，不敢先擅自飲食，先奉上以表我的敬意。」

呂布心中剛剛平息了一些的怒火，此時便升騰起來，將酒一一摔在地上，在滿地流動的酒香中，大罵道：「我嚴令禁酒，你卻釀酒召眾將士會飲，召各位兄弟一起抵觸我的命令。你安的是什麼心？推出去斬了！」

高順等人連忙進來告饒。呂布怒火不息，命令道：「明知故犯我的命令，理當斬首。

現在看在諸將的面子上，只打一百。」

眾將繼續苦苦哀求，呂布命令道：「拉出去打五十個背花，大家不必再爲他求情，求情我也不聽。」呂布說著轉入內屋。

在揮舞而下的軍棍中，侯成的呻吟一點一點地飄浮上來。那些沉沉落下的軍棍，彷彿不是打在侯成的背上，而是打在了眾將的心上。人們的心都被打飛了，浸泡在秋風中，瑟瑟發抖。

侯成被眾將無比悲愴地抬回家中，在昏迷之中大叫：「把那些豬肉都給我倒了！把那些酒缸都給我砸了！」眾將聽著無不兩眼落淚，默默離去。

三天之後……

張揚、魏續來到侯成家探視。侯成望著兩位患難兄弟關切而悲痛的臉，悲憤地說：「不是眾兄弟相勸我就成爲刀下之鬼了。」

張揚嘆道：「呂布只戀妻子，把我們看得連草芥都不如。」

魏續的話讓人悲觀喪氣：「軍圍城下，水繞壕邊，我們的死期不遠了！」

張揚憤憤而起：「呂布無仁無義，我等不如棄他而走，怎麼樣？」

魏續道：「這不是大丈夫之舉，不如擒了呂布獻給曹操……」

魏續說話時目光游移，飄向了張揚、侯成。張揚、侯成的眼中有火花一閃，看得出這正是他們想說的話。於是，三人在瞬間達到了默契，心照不宣。

侯成道：「我因追回馬匹而受責，呂布所倚恃的，正是赤兔馬。你們二人設法擒得呂布獻給曹操，我則去盜赤兔馬去見曹操，你們以為怎麼樣？」

張揚、魏續相望一眼，異口同聲地說：「此計大妙。」

侯成在手刃盜馬賊數天之後，自己也成了盜馬賊。這晚月色昏暗，星光微弱，侯成像影子一般，潛至馬廄，牽著赤兔馬，走向南門。

赤兔馬認得呂布手下的猛將侯成，無聲無息地在侯成的牽引下走向南門。南門城門豁然洞開，吊橋緩緩而下，赤兔馬越過流水潺潺的護城河，城門卻在身後吱呀一聲合上，吊橋徐徐升向空中，赤兔馬以牠的敏感知道自己上了當，長嘶一聲。然而，此時在下邳城中沉沉睡去的呂布卻再也聽不見了。

呂布在失去赤兔馬後迅速走向了滅亡。

第二天清晨，當呂布醒來，走向馬院時，空空蕩蕩的馬廄卻使他產生了一種莫名的恐慌。他四處尋找著他的赤兔馬，像一個失去了羔羊的牧羊人。

擂鼓之聲從城門外震天動地地傳來，呂布只好披掛上陣，提戟上城，前往各門點視。只聽城外的曹軍中有人大聲宣讀曹操擬寫的文書：

大將軍曹，特奉明詔，征伐呂布。如有抗拒大軍者，破城之日，滿門抄斬。上至將校，下至庶民，有能擒到呂布來獻的，或獻呂布首級的，重加官賞。為此榜諭，各宜知悉。

呂布怒火中燒，當即命弓箭手往城門下射箭。曹操大軍，卻端著雲梯，攻城而來。面對潮水般湧來的曹軍，呂布不得不親自登城指揮。曹軍依然久攻不下。秋日慘白的太陽慢慢升到高空，呂布守軍和曹操大軍同樣感到了疲憊。曹軍緩緩地退下。

呂布累得渾身骨頭酥軟，又不能離開城樓，便坐在一把椅子上，睡意卻瀰漫上來，他覺得眼皮有千斤重，腦袋掛到胸前，沉沉地墜入夢鄉。

呂布的秋日午後之夢爲張揚、魏續提供了一個機會。張揚、魏續一人一頭牽著一根長長的繩索。在張揚的安排下，方天畫戟和赤兔馬一樣，飄離開呂布。而長長的繩索，則十分玄妙地在呂布身上捆綁，一圈、一圈，又一圈。繩索狡猾地附在呂布身上，無聲無息。突然，繩索猛地抽緊，將呂布從夢中驚醒。

從夢中醒來的呂布驚恐地看到，他已被繩索牢固地縛在柱子上，張揚、魏續得意忘形的笑臉，在他眼前浮動。呂布像猛虎一般掙扎著，大聲呼喊。然而，白門樓上空空蕩蕩，只剩下欣賞他垂死掙扎模樣的張揚、魏續。

一面白旗在白門樓上高高飄揚，獵獵作響。方天畫戟被張揚從白門樓上高高飄起，以無比優美的姿勢下墜。張揚、魏續的聲音使那些圍攻下邳城長達三個月，思念故鄉的曹軍將士的心裡猛烈顫抖：「我們已生擒呂布啦，我們已生擒呂布啦！」

生性驕狂的呂布，從沒有想到自己有被人緊捆著雙手，推到曹操、劉備面前，成爲階下囚的一天。

下午的陽光像牛奶一樣白，從天瀉下。曹操、劉備、關羽、張飛彷彿四尊神，坐在白門樓上，俯視著困獸一般掙扎的呂布。

「綁得太緊了，鬆一點，鬆一點。」呂布的聲音像絕望的猛虎一般從人們頭頂呼嘯而過。

曹操大笑：「縛虎不能不緊。」

侯成、張揚、高順、魏續……這些曾經忠心耿耿跟隨他的將士們，魚貫而出，立於曹操、關羽等人的身後，牛奶一樣白的陽光傾瀉而下。

呂布問道：「我待你等不薄，你等為何反了我？」

幾乎是異口同聲的聲音：「只聽妻妾的話，不聽將士的計策，視我們如同草芥，怎麼不薄？」呂布默默無語。

陳宮在徐晃的推搡下，昂然立於曹操面前，斜視曹操。曹操假惺惺地說：「公台別來無恙。為何棄我而去？」

陳宮大罵：「你心術不正，我才離你而去。」

曹操又說：「我心術不正，你為什麼又去侍奉呂布？」

陳宮道：「呂布雖然有勇無謀，卻不像你那麼奸詐陰險。」

曹操又道：「你足智多謀，為什麼成了我的階下囚？」

陳宮回首望著呂布道：「恨只恨此人不聽我的話，若聽我的話，今天做階下囚的應該是你。」呂布滿臉羞慚。

曹操又問道：「今日之事怎麼辦？」

陳宮道：「今日只求一死。」

曹操又說：「你死了，你的老母妻子怎麼辦？」

陳宮笑道：「那就隨你便了。」

陳宮說著大步下樓走向刑場。

曹操心中蕩漾起一股留戀的情緒，含著淚，叫了一聲：「公台——」

陳宮義無反顧，彷彿沒有聽見一般。

曹操起身相送，卻大聲命令道：「馬上送公台的老母妻子回許都養老，凡有怠慢者，斬！」陳宮臉上神情默然，也不開口，將頭高高揚起，期待著閃亮的、鋒利的刀刃的到來。

呂布面對著即將到來的死亡，感到一種不可名狀的恐懼從秋日的天空中徐徐降臨。端坐於高臺上的劉備，使他看到了一線生機。

呂布便告劉備道：「我是階下囚，公是座上客。你爲何不說幾句話來爲我解脫解脫。」劉備點點頭。

曹操終於兩眼通紅地從陽光裡浮現了出來。呂布衝著曹操大叫：「明公所患的，不過是我。現在我願意臣服，公做大將，我願鞍前馬後相隨，平定天下是舉手之勞。」曹操猶豫不定。

呂布又叫道：「明公還記得銅雀臺上煮酒論英雄嗎？明公還記得你曾說過天下只有我們兩個英雄嗎？我們合作一股，誰能及我們？」

呂布以為這句話可以救他，卻沒想到，正是這句話，將他置於死地。

曹操回過頭，問劉備道：「玄德公以為怎樣？」

玄德答道：「公難道忘了丁原、董卓是怎麼死的嗎？」

呂布聞言臉色大變，破口大罵道：「大耳兒，你難道忘了轅門射戟嗎？」

劉備微笑著盯著呂布，一言不發。他彷彿看見呂布在陽光下一點一點地崩潰。

曹操將手一揮，喝道：「斬！」

呂布的頭顱被捧到曹操和劉備面前，他的雙眼像生前一樣圓睜著，卻永遠地失去了活力與光澤。

第十二章　靜慈庵　飄忽的艷魄

用了世界上最輕最輕的聲音
輕輕地喚你的名字每夜每夜

——紀弦・《你的名字》

最後的情人

在一個冬日的下午，被命運追擊得無處藏身的貂蟬，發現自己像童年玩的繡球一般，經過了董卓、呂布的床第，又被傳到了曹操的懷中。

曹操是在牛奶一樣白的陽光中出現的。他的鬍子在顫動，他的微笑使貂蟬怦然心動。他用平靜的聲音宣布了貂蟬前夫呂布的消失：「我把他殺了，我只能這樣做，不然他就會殺死我，這是遲早的事。」

貂蟬被一種突如其來的悲痛所擊倒。她搖搖晃晃地站起來，張開雙手，白色的衣袂像蝴蝶翅膀一般飄起。她像蝴蝶一樣飛向一柄長劍，她輕巧的手抓住長劍的劍柄，輕而易舉地將雪白發亮的長劍從劍鞘中抽出。

曹操穿過奶白色的陽光將貂蟬與長劍隔開，他孔武有力的手握住了貂蟬的手，雪白的長劍在陽光下閃爍著令人眩暈的光芒。

曹操的聲音像枯枝上最後一片樹葉飄了下來：「你爲什麼想死？」

貂蟬淚眼朦朧地說：「你放開我！」

曹操將貂蟬持劍的手握得更緊，說道：「你回答了我這個問題我就放開你。」

貂蟬將臉仰起，淚水順著眼角流下，說道：「你爲什麼要這樣問我？」

曹操板著臉，道：「我先問你問題，你先回答我。」

貂蟬無可奈何地說道：「我爲什麼死？因爲我愛他，愛他，而你卻把他殺了！」

曹操微微一笑：「他，是誰？呂布還是董卓？」

貂蟬的臉一下變得蒼白，曹操的話觸及了她長久以來就纏繞不清的愛的困惑。她使盡全力，要將持劍的手從曹操手中抽出：「你是在笑我，對嗎？那樣我更應該死了，放開我。」

曹操的臉色一下子變得認眞而莊重：「貂蟬，我沒有戲弄你的意思。還記得銅雀台那天晚上嗎？你不得不承認，在這個世界上，我是你唯一的知音……」

貂蟬淚如雨下，嬌弱的身體在曹操懷中掙扎，她喊道：「放開我，求求你，讓我死吧！」

「不！」

曹操一用力，劍在貂蟬手中慢慢地垂下。他說：「你若眞要死，你早就應該死去。你曾經愛過董卓，可是呂布是殺死你第一個丈夫的仇人，你爲什麼不去死呢？爲什麼還心甘情願地去做他的妻子呢？我不敢說我比董卓、呂布優秀，可我至少和他們一樣，呂布是殺死你丈夫的仇人，我也是殺死你丈夫的仇人。他們爲了能得到你費盡心機，不顧一切。我爲了得到你，圍攻下邳長達三個月，損兵折將幾萬人，我只想得到你，因爲……」

貂蟬的身體顫抖起來，問道：「因爲什麼？」

「因爲我愛你！」

曹操將貂蟬的身體扳過來，他的眼中噴著火，注視著貂蟬那明月般豔麗可人的臉，他繼續說道：「你是這個紛亂的世界中最珍貴的一顆珍珠，你不能輕而易舉地從這個世界消失，你的離去將使這個世界黯然無光。別死，跟著我，只有我才能眞正地愛你，保護你，相信我……」曹操的聲音終於將貂蟬的信念擊潰。

「噹——」長劍從那玉一般瑩潔的手中落下，掉在地上，發出清脆的響聲，驚世駭俗。

窗外，冬天已經降臨，陽光牛奶一樣白，從蒼茫的天空中傾瀉而下。不知從哪兒飛來一隻彩色的鳥兒，歡快地叫了一聲，又展翅鑽進白紙一般的天空中，像一抹彩色的顏料，突然在天上出現又消失了。然而那一聲清脆的叫喚，卻永遠留在人們記憶中了。

一輪迷惘的月，浮上了冬日的天空。冬日的天空高遠而虛幻。樹枝上的葉片都已掉光，光禿禿地叉向夜空。一隻孤獨的鳥，在寒風中，棲在高枝上，淒清地啼叫。

貂蟬坐在曹操房中，月光灑進，滿地銀光閃爍。

一種新的生活即將開始。新的生活總是飄揚一種陌生的氣息，貂蟬浸泡在陌生的氣息之中，無限迷茫。

是的，正如曹操所說，她不該死，因爲還有愛。

可是，難道她就該活嗎？她已經徹底迷惘，她不知道爲什麼而活。

琴聲悠揚而起，彷彿亮麗的清泉，向她奔騰而來。

她回過頭，月光下，曹操撫琴而坐，微笑地看著她。

那一雙在琴弦上跳動的手是多麼得奇妙啊。它們曾經指揮過千軍萬馬，也曾經殺過人，充滿了血腥的味道。可是，當它們在琴弦上跳動時，不再帶有任何戰爭和血腥的氣息，透明的音符像蝴蝶一般翩翩而起，在月光下進行著美麗絕倫的舞蹈。它們在那雙手的催促下，飛入貂蟬心中。

貂蟬的心門敞開了，無數奇異的幻景，從她眼前掠過，那聲音好似高山流水的叮咚之聲，好似大海漲潮落潮的喘息聲，好似花兒綻放時極輕極細的聲音一般……使她怦然心動。

她不禁熱淚滾滾。

琴聲戛然而止，曹操的身影從琴桌上移出，貂蟬的心怦怦直跳。一隻有力的手扶在她的肩膀上，那隻手不像董卓的手那麼蒼老，但也沒呂布的手白嫩，那隻手按在貂蟬滑潤的肩上，就好像按在了貂蟬的心上。

貂蟬被一種安全的氛圍所激動。

「跟著我，蟬。我會保護你，我才是眞正的英雄……」曹操的聲音彷彿是從一個很遙遠的地方飄來，若有若無。

貂蟬將手張開，想要去迎接他，董卓和呂布的影子，不知從哪兒冒出，隔開了他和她。她頓時有些茫然。

曹操將她托起。

她用手推曹操，喃喃地說：「不，不……」

曹操的聲音飄來：「你又想起他們了嗎？死去的人永遠不能限制生者。死亡就意味著人世間所有權利的消失。只要你去愛，沒有人可以阻攔你……」

這一句溫暖的話，將那飄忽的董卓和呂布的影子，擊得粉碎。

她羞怯地垂著眼，她實在無法面對她一生中第三個男人。

他將她的頭捧起，像欣賞一件藝術品一般欣賞著她。

「蟬，睜開眼，望著我吧。」她搖搖頭，她不習慣。……

劉備和張飛，在這個月黑風高之夜，像一枚生銹的釘子，插入曹操的軍營，到處傳播曹操要娶貂蟬爲妻的謠言。

「你們的主公要娶貂蟬那個妖精做老婆啦，你們主公的人頭遲早要像董卓、呂布那樣『喀嚓』一下掉下來，你們的人頭也遲早要跟著掉下來……」

劉備聳人聽聞的聲音使曹操軍營的士兵們都憂心忡忡起來。

劉備和張飛在曹操的軍營中穿行著，謠言毫不費力地四處傳揚，人們的心晃蕩起來。

女人是禍水。

曹操遲早要被禍水淹死。

曹操死了我們跟著遭殃。

與其等死，不如投了劉備。

……

惶恐像瘟疫一般在曹營裡傳播，像蝙蝠一般在月光下飛翔。

人們的心像秋天的樹葉一般簌簌發抖。

劉備和張飛則像一陣西北風，悄然而逝。

清晨的陽光無比溫暖。

貂蟬坐起來，被子從身上滑落，她的兩隻手叉向了陽光，熱切地呼吸著新鮮的空氣。生命的風帆，在一夜的休憩之後，重新鼓脹。

曹操靜靜地躺著，欣賞著貂蟬美麗的身姿，她擁抱陽光的動作實在太讓人著迷了。上天把貂蟬賜給了他，眞是上天有眼啊。

他要保護她，珍惜她。他有十萬甲兵，誰敢來侵犯她，誰敢來把她搶走？

他會心地笑了。

貂蟬正好回頭，她被曹操的微笑感染，問：「你笑什麼？」

曹操自嘲地搖搖頭：「我原以爲我早就是英雄了，直到今天我才配得上稱英雄啊……」

曹操話音未落，敲門聲響起：「嘭、嘭、嘭……」

曹操穿戴已畢，走出臥室，只見謀士蔣幹坐在堂中，臉上愁雲密布。「公台有什麼要事相告？」曹操問道。

蔣幹一見曹操，兩手哆嗦，嘴唇直打顫，說道：「丞相，大事……大事不好，可能要發生兵變。」

曹操大驚，問道：「此話怎講？」

蔣幹的話將曹操推入困難的境地中：「丞相有所不知，昨夜營中有人傳言說丞相要娶貂蟬為妻，還說丞相遲早要落得董卓、呂布的下場，於是人心浮動不止……」蔣幹的言下之意，自然是阻止曹操收攏貂蟬。

曹操沉吟片刻，他的心彷彿被浸泡進了苦澀的茶葉之中。天賜貂蟬，究竟是天助，還是天滅？他捨棄不了貂蟬，他生性喜好美女，曾寵幸過天下多少美女，可是他寵幸過的美女加起來都不及一個貂蟬。要把貂蟬從他身邊割捨開來，簡直要他的命。

沒有貂蟬，他就算不上英雄，這是他剛剛親口說的。

曹操將手一揚，說道：「你且退下，這事讓我再想想。」

「明公……」蔣幹說著，跪倒在地。

曹操氣憤地問道：「你這又怎麼啦？」

蔣幹伏拜道：「明公今日若不捨棄貂蟬，我就今日不起；明公明日若不捨棄貂蟬，我就永遠不起……」

曹操大怒，抓起一個杯子，狠命摔到地上，罵道：「我不就要了一個女人，你就這麼死在地上！」蔣幹伏跪在地，頭也不抬。

這時，大門敞開。

一群披盔戴甲的將軍們蜂擁而入，紛紛跪下。這些將軍是曹操的心腹許褚、夏侯淳、夏侯淵等人。他們齊聲說道：「明公若不答應我們，我們就長跪不起。」

曹操無比驚詫地望著這一幕，氣得直發抖，指著他們說：「原來你們是合計來害我啊。我有什麼錯，我不就要了一個女人嗎？」

貂蟬要重新開始生活的夢想，在這個冬天的早晨被曹操擊得粉碎。

貂蟬正在洗漱打扮，曹操滿臉愁容地走進來，他垂著頭，像一隻鬥敗了的公雞。

貂蟬從來沒有見過一個男人，在短短的一刻鐘之前，還意氣風發；一刻鐘之後，便垂頭喪氣，判若兩人。她從來沒有見過。

她問：「你怎麼啦？」曹操默默無言地走過來，他的眼中布滿憂傷，看上去像個初戀的大男孩。

曹操捂著頭，大聲叫道：「不，不，我不能把你送人。」

貂蟬聽他這麼一叫，不禁大吃一驚，問道：「你在說什麼？」

曹操跪倒在地，痛哭流涕，將事情的原委粗略地說了一下。貂蟬只覺得頭暈眼花，淚水滾滾而出，用平生的力氣大聲地、屈辱地喊道：「出去……滾出去……」

情天恨海

劉備和張飛在曹操營中穿行散布謠言的這個夜晚，關羽將自己關在了屋裡，早早地躺在床上。

關羽凝視著那在空洞無物的夜空中穿行的圓月，神情恍惚。難耐的孤單向他襲來，他的心彷彿掉進了滾燙滾燙的油鍋，時沉時浮。

圓月在雲中穿行，他的意識飄忽起來，走進了夢鄉。

夢中的月比照耀著他的圓月更大，更圓。他提著青龍偃月刀，在這更大，更圓的月亮照耀下行走，腳下的石頭，被他踩得嘎吱嘎吱作響。

風在頭頂空洞地號叫著。

他就這樣急匆匆地朝前趕路，他不知道將要發生什麼，只知道向前趕著，彷彿急行軍。

路變得越來越狹窄，很快成了羊腸小道，再向前走一點，布滿了荊棘。

他將青龍偃月刀猛力揮舞起來，荊棘像雪片一般，在月光下飛舞。

路一點一點向前延伸。

他從來沒有走得如此艱難過。

一座大山擋在了他面前，將那又大又圓的明月遮住。

或者倒退回去，或者翻過眼前這座大山。

沒有走回頭路的關羽。

他大喝一聲，一手持刀，另一手抓著山岩，竟然無比輕捷地在懸崖峭壁上爬起來，如履平地。

他感覺到自己越爬越高。

他稍稍低頭望了一眼，平地消失了，變成無底的深淵，雲繚霧繞。

他又側臉去看，那輪圓月奇異地浮現出來，立在一根筆直地朝天空挺立圓圓的石柱上。石柱上面，躺著兩個人，他們在月光下抱在一起。

他再定睛一看，不禁怒火中燒。

不是曹操、貂蟬又會是誰？

他大吼一聲，從石壁上跳開，提著青龍偃月刀，朝那根朝天隆起的石柱上蹦了過去，他驚訝地發現自己會飛，飛的感覺眞好。

他穩穩地落在了石柱上，舉起了大刀，大喝一聲：「曹操看刀！」

突然，幻景消失了，貂蟬的影子也在明亮的月光照射下飄忽而去。他恐懼地睜開眼，偌大的房子空空蕩蕩。

夢中的情景一點一點從月光下飄浮而起。

這使他滿面羞慚。

夢中的那個人，是手持大刀，義薄雲天的關雲長嗎？

他的臉一陣發燒。

一時，一道冷峻的目光射向了他，他看見室內掛了一張畫，是釋迦牟尼的像，他的目光，冷森森地注視著他。

他的腦袋「嗡嗡」直響，渾身哆嗦起來。他連忙從床上爬起，取出了紙、蠟燭和香火。

香煙裊裊而上，菩薩冷森森的目光飄向了他，他恐懼地跪拜道：「菩薩明鑒，我關羽乃忠義之人，絕沒有過任何非分之想。」

月光洗刷著那張棗紅色的臉龐，那張臉龐如同面具一般，似乎一碰便可脫落。

劉備萬萬沒想到曹操竟然如此慷慨地將貂蟬贈送給了他。

貂蟬亭亭玉立地被兩個侍女扶著，站在陽光下，宛若河邊一株細柳，衣帶飄飄而起。

而貂蟬的目光，則無比哀怨地投向了關羽，關羽低垂著眼，臉由棗紅色變成了赤紅色，手中的青龍偃月刀微微有些發抖。

曹操臉帶微笑，一顆心，也繫在了貂蟬身上，他和她曾經有過美好的一夜，但那已成了往事，雨季不再來。

劉備興高采烈地帶著貂蟬，離開曹操。曹操望著貂蟬的背影，心如刀絞。

貂蟬連看都沒有看他。

他的腦中像有無數隻馬蜂在「嗡嗡」叫喚，頭暈眼花，只覺得有萬千個太陽在爆炸。曹丞相的頭風病又犯了。

冬日的太陽高掛在天上，好像是被人不經意地從天空中敲打出來的一個圓圓的洞穴，光線從洞穴裡流出，傾瀉而下。貂蟬像一株被繩子緊緊地纏繞的柳樹一般，裊裊婷婷地走向了受刑台，劊子手的大刀貪婪地注視著她那美麗動人的生命。

關羽的目光從她身上滑過，他的聲音令人不寒而慄。

「曹操把貂蟬送給大哥，這是曹操挑撥離間我們兄弟，妄圖使我等自相殘殺的奸計。我兄弟三人都是忠義之人，有難同當，有福同享，何必為區區一個貂蟬傷了和氣。古語說得好，朋友如手足，妻子如衣服，依我之見……」關羽說著喉嚨彷彿被一個棗核給噎住。

「怎麼辦？」張飛急躁地問。

關羽遲疑片刻，他不敢看貂蟬。他的聲音顫抖著，幾個殘酷無情的字眼從他口中蹦出：「不如殺了她。」這幾個字便在次日上午將貂蟬推上了受刑台。

桃園三兄弟坐在離受刑台不遠的帳中，等候著貂蟬在這個世界消失的消息到來。

時間像一輛沉重的破車，十分凝滯地朝前行走。

一個士兵慌慌張張地跑進來，說道：「將軍，誰也下不了手處斬貂蟬。」外邊人聲喧嘩，好像開水滾燙著開了。

「竟然還有這事？」

劉備大驚，又對張飛說：「士卒無能，這事還是交給三弟吧。」

張飛十分猶豫地站起，心裡直恨劉備。但他轉念一想，大丈夫天不怕地不怕，難道還怕一個女人不成？便提刀而出。

地上的影子又移動了一些角度。

張飛氣喘吁吁地走回，將大刀扔到一邊，抓起桌上一壺酒，咕嚕咕嚕猛灌一氣，大聲說道：「大哥，二哥，我實在下不了手。」

劉備和關羽面面相覷。劉備起身說道：「你們等著我吧。」

說著走出帳篷，鑽進了雪白的陽光裡。

時間悄然而逝。

劉備返回將劍插在地上，臉漲得通紅，背轉著身面對帳篷，默默無言。

張飛無可奈何地說：「二哥，看來只有你去了。」

關羽忐忑不安地提劍走出帳篷。

穿過營地，便到了受刑台。貂蟬被一條繩子縛著，他驚恐地看到，有四射的光芒從她身上散發出來，照徹天地。

關羽腳步沉重地走上受刑台，大刀倒拖在後，彷彿即將受刑的不是貂蟬，而是他自己。貂蟬望著勾著頭走向自己的關羽，那個神話一般的預言又在耳邊響起：「你將遇到一個紅臉漢子，跟上他，你將一生幸福。」

她望著那張英俊的、棗紅色的臉向自己飄來，心怦怦直跳。走向自己的人，才是她眞愛的人，被自己愛的人所殺，也是一種幸福。

她閉上了眼，等待著那冰涼的一刀，那樣一切都結束了，她可以毫無牽掛地與這個世界告別。然而，刀風的呼呼聲遲遲沒有降臨。她睜開了眼，只見關羽一手持著青龍偃月刀，一手捂著眼睛，刀在他手中顫抖。

「關將軍，你砍吧，我不恨你。」貂蟬的吟哦之聲飄向關羽，使他渾身酥軟，他的骨頭也一節一節地軟了下去。

大刀高高舉起，無力地在陽光下劃了一道弧線，快到達貂蟬令人心動神搖的頭顱時，突然止在空中，又被移去，甩開，在遠處「噹啷」落下。

關羽撕心裂肺的聲音：「天——哪——」

桃園三兄弟要將貂蟬斬首的消息使曹操大爲震驚，他馬上派出謀士蔣幹、荀彧前去制止。蔣幹、荀彧回來報告說貂蟬尙未處斬，但也沒成爲桃園三兄弟誰的妻子，而是被送到一個叫靜慈庵的小寺廟裡出家了。

曹操心上的一塊石頭才落了地，他馬上召來大將夏侯淳、夏侯淵、許褚、張郃，說道：「你們速往靜慈庵中，將貂蟬給我接回來。」

靜慈庵在揮灑的月光下顯現，閃閃發亮，宛若夢中的小屋。

淒涼的鐘聲，從靜慈庵裡飄出，像一隻透明的鳥兒，在月光裡孤獨地穿行。被月光覆蓋的萋萋芳草，像落了霜一樣白。遠方狼的叫聲，刀片一般劃破夜空。昏暗的天空，頓時四分五裂了。

楚楚動人的貂蟬在關羽青龍偃月刀的陪伴之下，淒涼地步入靜慈庵中。冷而空曠的靜慈庵，彷彿一個闊大的墳墓，讓人窒息。

在這個地方，她燦爛的容顏將如鮮花一般在青燈古佛前枯萎，老去，無人憐愛。

關羽敲響了靜慈庵的庵門，敲門聲在夜空中十分空洞地迴響。

漫長的等待。

門徐徐敞開。

一個小尼姑紅撲撲的臉，在月光下浮現出來，她長著一張童稚的娃娃臉，身形窈窕，容貌姣好，看上去只有十四五歲。

貂蟬的目光觸著那光滑的，沒有一縷青絲的頭時，心裡「咯」響了一下，不禁又哀憐起自己來。很快，她也將是這麼一副模樣，如瀑的長髮，將不再屬於她了。

小尼姑引路，關羽在前貂蟬在後，庵中十分清靜，一株桂樹的葉子尚未全部脫去，月光漏下來，地上樹影斑駁，彷彿有無數銅錢在閃光。

又推開了一道山門。

四大金剛射出的八道凶光令貂蟬不寒而慄。

她實在無法想像自己將與這些身上積滿了塵垢、煞有介事的泥人為伍。

一個老年尼姑出現了，她枯槁的手上掛著一串用乾澀的松果串成的念珠，顯示了她一生的乾澀與乏味。

她看見了關羽和貂蟬進來，以爲是一對路過的年輕夫妻前來投宿，便道：「施主一路辛苦了。」關羽連忙還禮。

老尼姑又回頭對小尼姑招呼道：「快去把東廂房打掃一下，讓兩位施主早點歇息。」

貂蟬見老尼姑將他倆誤以爲夫妻，臉微微一紅，隨即一股莫名的惆悵便湧上心頭。

關羽連忙辯解說：「我乃劉備帳下的大將軍關羽，這位女子名爲貂蟬，只因她看破紅塵，情願落髮爲尼，借寶地出家，伏望師父收留。」貂蟬嗔怪地望了一眼關羽，關羽卻連看都不看她。

老尼姑說道：「天色已晚，且待明天再說吧。」

說著，將手指向東邊的廂房，對關羽說：「你睡那間廂房。」

她又轉身與東廂房正對的西廂房，對貂蟬說：「你睡這間。」

然後，又將小尼姑叫出來，吩咐她將兩間廂房都打掃遍，便轉身走入自己房中。

關羽提刀走向東廂房，貂蟬遲疑了一下，喊道：「關將軍，等等……」關羽連頭也沒回。

貂蟬滿懷惆悵地走向西廂房。

西廂房內，除了一張桌子，一把椅子和一張床外，便空洞無物了。簷上的蜘蛛，孤獨地營造牠的網。風從廂房木板的縫隙裡吹進來，蛛網在風中一晃一晃。

風在屋外淒厲地號叫，月兒被烏雲吞沒，伸手不見五指。

貂蟬躺在一片黑暗中，心在黑暗裡孤獨地穿行，迷失了歸路。

雖然已是清晨，古廟之中，仍然一片昏暗。座上的釋迦牟尼，透過裊裊而上的青煙，似笑非笑地注視著人間。搖曳的燈光之中，貂蟬跪在蒲團上，她的身上，散發出一圈薄薄的光暈，宛若佛光。幽香從她身上散發出來，老尼姑拿著滑亮的剃刀走向她，猛吸了幾下鼻子。

關羽手持青龍偃月刀立於一側，看上去與殿前的四大金剛酷似，微風將他飄飄美鬚微微撩起，才使他有別於殿上的佛像。

老尼姑拿著剃刀挨近了貂蟬，她的手按在貂蟬如瀑的長髮之上。那縷縷青絲，將從那美麗的頭顱落下，揚起，飛散。而那美麗的頭顱與美麗的身軀，將與廟中的青燈古佛爲伴，在淒涼的鐘聲裡，度過歲歲年年。

貂蟬突然用手捂住了頭髮，說道：「等等，我還有幾句話要同他說。」貂蟬將身立起，走向關羽，關羽卻將身子轉了過去。

「將軍，你眞的忍心讓貂蟬在此古廟之中度過餘生嗎？」關羽沉默不言。

貂蟬又說：「將軍，告訴我，你喜歡貂蟬嗎？」關羽持刀的手微微有些顫抖，但他仍然一言不發。

淚水從貂蟬眼中噴湧而出：「將軍，你還記得木耳村那個挑水的小女孩嗎？那個小女孩在第一次見到將軍時，就打心眼裡喜歡上了你，渴望跟著你走。那天的黃昏，她追將軍，將軍走得好快，小女孩怎麼也追不上。將軍走了，小女孩只好在村口上，扶著一株桂樹默默地掉眼淚……」

關羽將身子緩緩轉了過來，他的目光與貂蟬目光相撞，他不自覺地向前走了一步，卻似乎又意識到了什麼，將身子往後退去。

貂蟬望著他的眼睛，似乎看見了他眼中進出的火花，貂蟬說道：「我知道將軍喜歡我。你騙不了我，你的眼睛說明了一切……」在貂蟬令人銷魂的目光逼視下，關羽將頭高高揚起。

貂蟬向前邁一步，關羽便向後倒退一步。

貂蟬問道：「將軍，你爲什麼不肯帶我走呢？」

關羽無奈地說：「貂蟬曾嫁……二夫……」

貂蟬只覺得頭「轟」地一聲響，原來，他顧忌的是這個！

貂蟬追悔莫及，一切都可以更改，重寫，唯有往事，被凝固在時間中，就不能更改重寫了。

成串的淚珠從貂蟬的眼中落下，貂蟬顫抖著說道：「此事到如今，我也不再逼將軍。貂蟬對將軍只有一個請求。」

關羽將頭垂下，問道：「什麼請求？」

貂蟬答道：「請將軍將腰間佩劍贈送於我。貂蟬見著佩劍，便如同見著將軍。」

關羽略爲沉思，解下佩劍，雙手捧著，遞給貂蟬。

貂蟬淚如雨下，接過佩劍，將它抱於懷中。

關羽便提著青龍偃月刀，大步向廟門邁去。雪白的陽光，將他高大的身軀勾勒出來。

「將軍……」貂蟬心如刀絞呼喊道。關羽沒有停頓，繼續往前走，他的身影，即將被陽光吞沒。

「將軍……」貂蟬喊道。關羽手持大刀依然沒回頭，英雄美人失之交臂。

這時，得嗒得嗒的馬蹄聲由遠而近傳了過來。

四個身影，猶如是四尊佛像，擋住了向廟中蜂擁進來的陽光。

關羽抬頭一看，正是曹操的四員大將夏侯淳、夏侯淵、張郃、許褚。

四人看見關羽，都行禮道：「沒想到關將軍也來靜慈庵中進香火，幸會，幸會。」

關羽將刀一橫，不放他們四人進入，冷笑著說：「四位恐怕不僅僅是來進香火，還別有所圖吧？」

夏侯兄弟、張郃、許褚互相望了一眼，哈哈大笑，也不隱瞞，說道：「將軍所言不差，我等奉曹丞相之命，來將貂蟬接回。」

關羽將青龍偃月刀一搖，說道：「要接走貂蟬，須先勝了我手中這口大刀。」

四人也紛紛拔劍出鞘。

氣氛驟然緊張起來。

一個動聽的聲音，向他們飄來，是貂蟬。她輕聲說：「夏侯淳、夏侯淵、許褚、張郃將軍，各位不必與關將軍為難，出家為尼乃是我個人所願……」

夏侯淳四人見狀施禮道：「曹丞相在家等著夫人回去呢。」

貂蟬淒然一笑，說道：「他要眞的想我回去，爲何不自己來？」

夏侯淳隨機應變，道：「丞相的車輦隨後就到。」

貂蟬搖了搖頭，對夏侯淳四人說：「各位不必多言，貂蟬我已心如死灰，情願遁入空門大家不必再動干戈，請回吧。」

關羽持著大刀，站在陽光裡，還是像往日一樣威風凜凜。

然而，此時在貂蟬眼中，他只剩下了一具軀殼，一具長著威武的身姿，紅色的、英俊的臉龐的軀殼，一具空空蕩蕩的軀殼。

貂蟬凝視著那具虛幻的軀殼，看見無數裂縫在軀殼上出現，延伸，像年久失修的老牆一般坍陷、崩潰……

他英俊威武的皮囊，包裹的只是一個骯髒自私的靈魂。而她曾經如此的敬仰過他，愛慕過他……

貂蟬看見自己少女時代的夢想，在陽光裡塌陷碎裂……

她全部的愛，都繫到了他的身。

而眞正的「他」，卻是不存在的。

這個世間，其實沒有眞正值得她愛的東西，即使有，也已經隨風而逝了……

那就讓一切都結束吧，既然一切都是假的、虛的！

她將劍緩緩地從劍鞘裡抽了出來。

關羽、夏侯淳四將同時看見貂蟬把那青光閃爍的劍緩緩地從劍鞘中抽出。她無限哀怨地再次回首了廟門外那個陽光燦爛的世界，從容、鎮定、美麗地把劍往脖子上一抹，一縷鮮血，便從那紅潤透明的嘴唇滲出來。她淒然一笑，整個身子，便像一株柳樹般十分嫵媚地倒下。她那白色的衣袂，在凜冽的冬風吹拂下，飄然而起……

「貂蟬夫人——」

夏侯淳四將見狀不好，同時伸出手去，想要制止住她。然而，那一柄長劍，已無限愛戀地在她雪白的脖子上劃了一道鮮紅的血痕……

貂蟬一生中都沒有如此暢快過。她第一次發現，青光閃現、鋒利無比的長劍，才配做她的愛人。長劍是那麼的愛她，依戀她。長劍對於她的要求有求必應，長劍愛她愛得如此銳利，如此深切，如此無拘無束……

在長劍的親吻下，她感覺到一股熱流從脖子下湧出。在那一瞬間，她聽見了一首歌飄揚而來，那歌是用琴彈出來的，如高山流水一般，動人心魄，是曹操在為她彈奏嗎？

她又聽見了一聲呼喚，還聽見了馬蹄的聲響，是董卓、呂布來為她送行了嗎？

她的身體輕靈飄逸。她看見了一輪金黃的明月，在悅耳的音樂聲中，一道色影向著月宮飛去。

司徒妙算托紅裙
不用干戈不用兵
三戰虎牢徒費力
凱歌卻奏鳳儀亭

——無名氏

國家圖書館出版品預行編目資料

色影—貂蟬／ 金斯頓 著；
-- 第一版. -- 臺北市：大地,
2003〔民92〕
面； 公分-- （歷史小說；18）

ISBN 957-8290-95-0（平裝）

857.7 92018710

歷史小說 18

色影—貂蟬

作　　者：金斯頓
創 辦 人：姚宜瑛
發 行 人：吳錫清
主　　編：陳玟玟
美術編輯：黃雲華
出 版 者：大地出版社
社　　址：台北市內湖區內湖路2段103巷104號1樓
劃撥帳號：0019252－9（戶名：大地出版社）
電　　話：(02)2627－7749
傳　　真：(02)2627－0895
E-mail：vastplai@ms45.hinet.net
印 刷 者：普林特斯資訊有限公司
一版一刷：2003年12月
特　　價：199元

Printed in Taiwan